Stephan Dömpke (Herausgeber)

TOD UNTER DEM KURZEN REGENBOGEN

Das Colorado Plateau als Heiliges Land –
Indianische Traditionen,
Energieentwicklung und Neue Physik

Redaktionelle Mitarbeit:
Angelika Solle und Ingo Jakob

1. Auflage 1982
c der deutschen Ausgabe
Trikont-Dianus-Verlag, München
c der amerikanischen Originaltexte
bei den entsprechenden Autoren
c Wenima und der kurze Regenbogen, Diedrichs Verlag, Köln
ISBN 3-88167-083-1
Satz: Ulli Bauer, München
Umschlaggestaltung: Elisabeth Petersen München
Druck und Bindearbeiten: Boss-Druck, Kleve

Ein Teil des Erlöses aus diesem Buch ist für
Selbsthilfeprojekte der traditionellen Hopi bestimmt.

All my relations

Die Autoren

Joan Price, geboren 1947, produzierte nach einem Kunststudium experimentielle Videofilme und Sendungen über ein weites Spektrum meist ökologischer Themen für ein alternatives Fernsehprogramm in Aspen, Colorado. Seit 1975 steht sie in enger Verbindung zu traditionellen Hopi-, Navaho- und Lakota-Ältesten. Ihr Arbeitsgebiet ist seitdem die Erhärtung indianischen Wissens über die Naturkräfte durch wissenschaftliche Forschung. Joan Price ist Beraterin mehrerer indianischer und nichtindianischer Projekte in Fernsehen, Literatur und Wissenschaft.

Richard O. Clemmer, geboren 1945, arbeitet als Kulturanthropologe seit mehr als 13 Jahren mit traditionellen Hopi und gilt als einer ihrer besten Kenner und Vertrauten. Seine Hauptarbeitsgebiete sind indianische Widerstandsbewegungen und ökologische Fragen. Zu diesem Thema liegt eine Vielzahl wissenschaftlicher Veröffentlichungen vor. Neben seiner Professorentätigkeit ist Clemmer auch Mitarbeiter des „Anthropology Resource Center" in Boston, Massachussetts.

Stephan Dömpke, geboren 1955, studiert Ethnologie und Psychologie an der Freien Universität Berlin. 1978/79 arbeitete er im 'Action Anthropology'-Projekt Karl Schlesiers mit traditionellen Südlichen Cheyenne in Oklahoma. Dömpke ist seit 1978 Mitarbeiter der 'Gesellschaft für bedrohte Völker'.

INHALT

Geleitwort eines traditionellen Hopi (David Monongye)   S. 9
Vorbemerkung des Herausgebers   S. 11
Heilige Berge — Quelle der Kultur (Joan Price)   S. 12

I. COLORADO PLATEAU

Das Colorado Plateau: Ein meteorologischer Querschnit, der das vorhandensein ungewöhnlicher atmosphärischer Ionisierungsverhältnisse und damit verbundene Auswirkungen auf die Gesundheit aufzeigt (Joan Price)

Vorwort   S. 22
Einleitung   S. 23
1. Die Beziehung geologischer Merkmale, die wesentlich für klimatologische Prozesse des Colorado Plateaus sind   S. 25
2. Aussagen, die die Rolle des Colorado Plateaus innerhalb eines globalen Systems atmosphärischer Prozesse unterstützen   S. 29
3. Einige Zusammenhänge von Wachstums- und Verhaltensprozessen bei Menschen, Tieren und Vegetation   S. 34
4. Einige mit dem Eingreifen in Sonnen- und Erdstrahlung und deren Produkt, der atmosphärischen Elektrizität, zusammenhängende Probleme   S. 37
5. Einige wirtschaftliche Überlegungen   S. 44
Zusammenfassung   S. 48
Literaturhinweise   S. 49
Anhang
1. Das Zeitalter der Unbestimmtheit (Ivan Tolstoy)   S. 54
2. Limitations to the Accuracy of Energy Resource Allocation Based on Weather Predictions (Zusfg.)   S. 60
3. Biological Impact of Small Air Ions (Zusfg.)   S. 60
4. Tail of the Dragon (Zusfg.)   S. 61
5. Comments on Draft Generic Environmental Impact Statement on Uranium Milling Regulations (Zusfg.)   S. 62
6. Agribusiness Company Director Interlocks (Zusfg.)   S. 62
7. Arizona Three Mesa Air Ionization Study (Zusfg.)   S. 63

II. NATIONALES OPFERGEBIET

Die Energieentwicklung auf dem Colorado Plateau und ihre wirtschaftlichen, ökologischen und kulturellen Folgen für die indianische Bevölkerung (Richard O. Clemmer)   S. 66
Einführung in Hopiland: Oraibi, Hotevilla und der Ursprung des Widerstands   S. 67
Der Hopi-Stammesrat   S. 71

Elektrischer Strom versus Hotevilla	S. 74
Black Mesa	S. 76
Strip-mining, Kohlekraftwerke und Umweltzerstörung	S. 79
Das Monster Uran	S. 85
Die gesundheitlichen Folgen des Uranabbaus	S. 91
Das Wissenschaftliche Laboratorium Los Alamos	S. 96
Vorgehensweisen der transnationalen Großkonzerne	S. 97
Der Widerstand	S. 100
Big Mountain	S. 104
Die Benutzung der Technologie und die Prophezeiung	S. 107
Literaturhinweise	S. 109

III. TUWANASAWI
"Wenn Ihr am Herzen der Mutter Erde grabt; dies werden Eure letzten Tage sein"
(Selbstzeugnisse und Überlieferungen traditioneller Hopi)

Diese Erde, unsere Mutter (Thomas Banyacya)	S. 115
Das Gesetz des Schöpfers (Dan Katchongva)	S. 121
Das Heilige Zentrum (Thomas Banyacya)	S. 121
Der Kern der Hopi-Prophezeiung (Tom Tarbet)	S. 124
Die San Francisco Peaks (Hopi-Ältester)	S. 129
Die spirituellen Energieströme (Hopi-Ältester)	S. 129
Das Gleichgewicht des Landes (Thomas Banyacya)	S. 131
Die Schlangenzeremonie (Techqua Ikachi)	S. 133
Der Schlüssel zum Überleben (Techqua Ikachi)	S. 135
Erklärung an den Präsidenten der USA (Hopi Kikmongwis)	S. 137
Wir haben es euch gesagt (Techqua Ikachi)	S. 139
Die Rache der Kachinas (Puhunomtewa)	S. 143
Wenima und der Kurze Regenbogen (Frank Waters)	S. 146
Was ist die Lösung? (Techqua Ikachi)	S. 150
Die Kenntnisse der Bahanna (Techqua Ikachi)	S. 154
Die drei Nationen und ihre heilige Aufgabe (Thomas Banyacya)	S. 155
Die Sonne, der Vater aller Dinge (Dan Katchongva)	S. 157

Einige weiterführende Gedanken. . . (Stephan Dömpke)	S. 159
Briefvorschlag	S. 165
Bildnachweis	S. 168

Ich möchte die Gelegenheit wahrnehmen, alle Brüder und Schwestern, die den Weg aller aufrichtigen Menschen teilen, von einer großen Bedrohung unserer Zukunft zu unterrichten.

Zur Zeit leiden wir Hopi unter dem Druck der Industrialisierung auf unser Volk. Unser armes Land hat die Bahanna, die Angloamerikaner, nie wirklich interessiert. Erst in den vergangenen zehn Jahren hat es mehr und mehr Interesse an unserem Land gegeben.

Dieses plötzliche Interesse ist keine Überraschung für diejenigen von uns, die noch unsere alte Prophezeiung kennen. Im Anfang sagte der Große Geist den Urmenschen, daß dies geschehen würde. Es war eine ernste Warnung.

Dies ist die Prophezeiung:

"Nun seht mich an. Ich bin ein armer Mann. Ich besitze fast nichts. Ich habe nur meinen Grabstock, meine Maiskörner und einen Krug Wasser. Ich führe ein einfaches Leben.

Wenn Ihr leben wollt wie ich, müßt Ihr viele Dinge opfern. Wenn Ihr mich als Euren Führer, Euren Häuptling wollt, müßt Ihr beweisen, daß Ihr ein solches Leben führen könnt.

Nun schaut um Euch. Seht dieses Land. Es gibt nicht viel Wasser hier und sehr wenige Bäume. Doch dies ist das reichste Land. Großer Reichtum ist darunter. Doch hört diese Warnung: Ihr dürft dieses Land nicht stören und diesen Reichtum herausnehmen, solange es noch Kriege gibt. Wenn Ihr es tut, werden diese Dinge benutzt werden, um Leben zu zerstören, und dies wird nicht Eure Erlösung sein."

Euer Großvater
David Monongye

(Aus einem Brief David Monongye's an die Zeitschrift 'Akwesasne Notes' aus dem Jahre 1976.)

Vorbemerkung des Herausgebers

Das vorliegende Buch ist ein Beitrag zur aktuellen Diskussion über die Energiekrise. Es geht jedoch über die technologische Ebene, auf der dieses Thema üblicherweise — auch von 'Alternativen' — behandelt wird, weit hinaus. Im Sinne einer Kulturanthropologie, die sich als eine integrative, ganzheitliche Wissenschaft vom Menschen begreift, umfaßt es naturwissenschaftlich-technologische, politisch-ökonomische, philosophisch-weltanschauliche und psychologisch-mystizistische Aspekte gleichermaßen. Dies entspricht meiner Auffassung, daß die Konflikte, die auf der Erde im Umgang mit Energie in all diesen Bereichen entstehen, in der Tat einander bedingen und nur zusammenhängend zu lösen sein werden. Nirgendwo anders wird dies deutlicher als auf dem Colorado Plateau im Südwesten der USA, dem Heiligen Land der Hopi-Indianer und der „Energiekapitale der Welt".

Nach den Lehren sowohl der Physik als auch der Mystik ist die fundamentale Quelle allen Lebens eine Schwingung unbekannter Schöpfung und Ursprünge. Die Qualität dieser Schwingung erscheint auf einer nicht beobachtbaren Ebene, die den Alten als die unsichtbare Welt des Geistes (oder der Geister, wenn man seine verschiedenen Aspekte betonen will) bekannt ist. Uralte Überlieferungen zahlreicher Kulturen sprechen auch von einem Lebensfunken in der Luft, die wir atmen, und identifizieren beide miteinander in ihre Sprachen (z.B. lat. spiritus oder sanskr. prana: Geist, Atem, Lebenskraft).

Die in Teil I dieses Buches vorgelegte Studie des Colorado Plateau Projekts, die im Auftrag der amerikanischen National Commission on Air Quality erstellt wurde, beschreibt diese Verhältnisse mit wissenschaftlichen Begriffen der Meteorologie und Geophysik. In einem neuartigen multifaktoriellen Modell, das mathematisch noch nicht dargestellt werden kann, verbindet die Studie bioelektrische und biochemische Prozesse mit geographischen Regionen. Dadurch erkennt sie die bedeutende Rolle des Colorado Plateaus (und anderer heiliger Länder) in einem globalen System atmosphärischer Elektrizität und verdeutlicht den engen Zusammenhang zwischen der Aufrechterhaltung natürlicher Energieströme und der Gesundheit allen Lebens.

Während sich das Colorado Plateau dem Naturwissenschaftler als eine biogeographisch definierte Region erschließt, hat es für die diesem Land eingeborenen Hopi-Indianer eine sehr viel weitergehende Bedeutung. Sie kennen es als Tuwanasawi, das „Zentrum des Universums", von welchem die bedeutendsten Kräfte der Erde ausgehen.

Die Hopi, ein Volk von wenigen tausend Menschen, bewohnen eine Reihe von Dörfern (pueblos) auf drei Tafelbergen im Zentrum des Colorado Plateaus. Ihre Existenz als Maisbauern ist eingebunden in einen hochentwickelten zeremoniellen Zyklus, welcher vielleicht die älteste mystische Überlieferung auf dem amerikanische Kontinent darstellt. Die Hopi sind die heutigen Vertreter einer Kultur, die nach wissenschaftlichen Erkenntnissen seit mindestens 2.000 Jahren im Südwesten Nordamerikas existiert. Ihre eigene Geschichte

⟨David Monongye, religiöser Führer von Hotevilla

geht jedoch noch sehr viel weiter zurück und besagt, daß sie die ersten Menschen auf diesem Kontinent waren.

Danach wurde ihnen nach langen Wanderungen vom Schöpfer ihr Land angewiesen, auf dem sie noch heute leben. Den Hopi konnte die Verantwortung für das heilige Zentrum des Kontinents übertragen werden, da sie ein Leben in tiefster Demut und in völliger Übereinstimmung mit den Gesetzen der Schöpfung führen. Sie werden daher von den meisten indianischen Völkern, besonders in Nordamerika, als spirituelle Führer anerkannt. Zusammen mit anderen Völkern in anderen heiligen Ländern sind sie für das natürliche Gleichgewicht der Erde verantwortlich. Diese Aufgabe verpflichtet sie, ihr Land zu beschützen und das religiöse Leben darin zu bewahren. Daher dürfen sie keiner fremden Macht gestatten, Einfluß auf dieses Land zu gewinnen. Andernfalls wird der Name Hopi (d.h. „Volk des friedlichen Weges") von ihnen genommen und ihre Kultur vernichtet.

Aus diesen Gründen gehören die Hopi zu denjenigen indianischen Völkern, die ihre traditionelle Lebensweise und Religion weitestgehend bewahrt haben. In der Überzeugung, daß die Errungenschaften von Wissenschaft und Technik letztlich auf einem mangelhaften Verständnis für die Gesetze der Schöpfung beruhen, setzen sie sich gegen die Zivilisation der Weißen entschieden zur Wehr.

Nun birgt das Colorado Plateau außergewöhnliche Reichtümer an Kohle, Öl und Uran, eine Tatsache, die sich — genau wie die Erkenntnisse der Colorado Plateau Studie — in voller Übereinstimmung mit der Bedeutung befindet, die diesem Land von den Hopi zugeschrieben wird. Die Bodenschätze sowie das Grundwasser, das zu ihrer Verarbeitung gebraucht wird, sind dazu verurteilt worden, die gegenwärtig herrschende 'Kultur' mit Energie zu versorgen. Der militärisch-industrielle Komplex der USA und besonders Mitglieder der sogenannten „Trilateralen Kommission" haben vorgeschlagen, das gesamte Colorado Plateau zu einem „Nationalen Opfergebiet" (National Sacrifice Area) zu erklären, um den steigenden Energieverbrauch der USA abzusichern. Nach den vorliegenden Plänen soll in diesem Gebiet die durch die Energieentwicklung verursachte ökologische Katastrophe bewußt in Kauf genommen und eine Wiederherstellung des Landes nicht einmal versucht werden. Die Energie- und Militärkartelle stellen daher die Hopi und alles Leben in ihrem Land als in Armut und Unwissenheit verstrickt und als ein Hindernis für den Fortschritt dar, um die Vernichtung ihrer integrierten Kultur zu rechtfertigen, welche sich der Zerstörung ihres Landes und ihrer Verbindungen zu den Naturkräften widersetzt. Der zweite Teil dieses Buches gibt einen detaillierten Bericht über das Ausmaß dieser ökologischen Zerstörung, die Folgen für die indianischen Kulturen und deren Widerstand.

Während der langen Zeit des Leidens und der Unterdrückung haben die Hopi umsichtig und bedacht auf die großen Gefahren der gegenwärtigen Entwicklung aufmerksam gemacht. Aus ihren Überlieferungen haben sie Kenntnisse von früheren Kulturen, die auf den gleichen falschen Grundsätzen aufgebaut waren, zu den gleichen technischen und zivilisatorischen Erscheinungen geführt und sich schließlich selbst zerstört haben. Heute suchen sie eine internationale Öffentlichkeit, um uns zur Rückkehr zu einer Lebensweise zu veranlassen, die mit den Vorgängen der Schöpfung im Einklang steht.

Der dritte Teil des Buches enthält Selbstzeugnisse und Überlieferungen traditioneller Hopi, die durch die Aussagen und Warnungen der Colorado Plateau Studie bestätigt werden. Sie machen deutlich, daß deren Erkenntnis den Hopi seit langem in ihren religiösen Überlieferungen bekannt sind.

So betont die Geschichte vom 'Kurzen Regenbogen' sowohl den lebenserhaltenden und zerstörerischen Aspekt des Urans als auch dessen Verbindung zur Atmosphäre, die durch den Regenbogen hergestellt wird.

Es ist anzumerken, daß es den Hopi verboten ist, über Blitz und Donner zu sprechen, da die Kenntnisse über diese Naturkräfte zu dem geheiligten Wissen gehören, das mit den religiösen Zeremonien zur Erhaltung des natürlichen Gleichgewichts verbunden ist. Ich konnte daher bei der Zusammenstellung der Texte lediglich auf bereits vorhandene öffentliche Äußerungen der Hopi zurückgreifen, die in manchen Fällen über allgemeine Darstellungen nicht hinausgehen. Diese Einschränkung liegt also an der Natur des Themas und schmälert nicht den Wert der Aussagen.

Der Zusammenhang zwischen dem Uran der Atmosphäre (Regenbogen) und einer globalen Katastrophe wird im übrigen durch Überlieferungen anderer bedeutender Kulturen unterstützt. Von den Griechen der Antike ist bekannt, daß sie davor warnten, ,,Donner, Blitz und Strahlen" aus dem Boden freizusetzen. Dort hatte sie ihr Vater Ouranos niedergelegt, nach dem später das Uran benannt wurde. Nach Überlieferungen australischer Eingeborener wird das Uran, das sich unter den heiligen Bergen befindet, von der Regenbogenschlange bewacht. Wenn es aus dem Boden genommen wird, wird diese Schlange entfesselt und mit ihr eine große Flut, die alles Leben auf der Erde vernichten wird. Der Regenbogen erscheint auch in der biblischen Sintflutgeschichte als Mahnung an die Menschen, ihren Bund mit Gott einzuhalten, also ein mit der natürlichen Ordnung im Einklang stehendes Leben zu führen. In der Offenbarung des Johannes spielen Regenbogen, Blitz und Donner ebenfalls eine Rolle in der Endzeitkatastrophe, dem 'Jüngsten Gericht'. Diese wiederholt auftauchenden Zusammenhänge in den ältesten und größten Religionen der Menschheit sollten uns eine ernste Warnung sein.

Mit dem vorliegenden Buch möchte ich dazu beitragen, ein öffentliches Bewußtsein für die Naturkräfte des Colorado Plateaus und ähnlicher Länder zu schaffen, und die Aufmerksamkeit auf die katastrophalen und folgenschweren Auswirkungen der Ausbeutung der dortigen Energiepotentiale lenken. Es ist meine Absicht, den tätigen Respekt für die Heiligen Länder der Erde zu födern, indem wissenschaftliche Beweise vorgelegt werden, die die uralten spirituellen Lehren der eingeborenen Völker Amerikas und anderer Erdteile stützen. Damit verbinde ich die Hoffnung, daß diese Völker als verantwortliche Beschützer ihrer Länder international anerkannt und respektiert und ihre Überlieferungen in Zukunft mit mehr Ernsthaftigkeit zur Kenntnis genommen werden. Schließlich könnte das unserer Kultur diametral entgegengesetzte Verständnis der Hopi von Energie und ihrer Nutzung auch der Diskussion hierzulande eine neue Perspektike eröffnen.

>>Wir müssen jetzt auf andere Nationen überall in der Welt vertrauen, gemäß der Unterweisung für die Zeit, wenn wir das Zeichen sehen: das Ende des Zeitalters der Hopi-Nation. Oder könnte es das Ende des Zeitalters für alles Land und Leben sein? ...
Ihr alle müßt stark bleiben, denn das große Drama bereitet sich vor, in dem Euer Land eine Rolle spielen wird.<<

Diese Zeilen schrieb uns David Monongye in einem Brief an die Berliner Regionalgruppe der 'Gesellschaft für bedrohte Völker'. Mit dem vorliegenden Buch habe ich versucht, meinen Teil Verantwortung dafür zu übernehmen, daß die Rolle unseres Volkes gegenüber allem Land und Leben eine bessere sein wird als zuvor.

Für die Mitarbeit, Kritik und Ermunterung dazu möchte ich mich sehr herzlich bedanken bei Joan Price und Richard Clemmer, der uns sein Manuskript in deutscher Sprache schickte; sodann bei Angelika Solle und Ingo Jakob, bei Karl Schlesier, Claus Biegert, Elke Herzog, Tirmiziou Diallo, Gert Hensel, Robert Jungk, Ilka Hartmann, Tom Tarbet, Willi Seidel, Anneliese Rudwaleit, Susan Scharwiess, Waltraud Wagner und besonders bei Elke Paßmann, sowie bei allen, die nicht wissen, daß sie geholfen haben.

Berlin, im Juni 1982
Stephan Dömpke

Joan Price
Heilige Berge – Quelle der Kultur

Jahrhunderte und Äonen hindurch haben mystische Schulen eine großenteils ungesprochene Tradition aufrechterhalten, die Blitzaktivität, Wolkenformationen und Regenbogen betrifft, sofern diese ihren Mittelpunkt über besonderen Berggipfeln haben. Sie betrachteten diese Ereignisse als „heilig" und lebensspendend. Gebiete mit hoher Blitzrate werden als Heilige Berge und Heiliges Land angesehen. Uns zeigt sich, daß mystische Traditionen, insbesondere indianische Traditionen, die Wurzeln ihrer wissenschaftlichen, künstlerischen und religiösen Kultur den Gang der Zeit hindurch an Gebieten festgemacht haben, die ausgeprägte Rollen in Gewitterprozessen spielen.

Die Erde wird von einer lebendigen Hülle umfangen, die Atmosphäre genannt wird. Sie ist sehr dünn, verglichen mit dem Rauminhalt des gesamten Planeten. Innerhalb dieser wirbelnden Atmosphäre gibt es zwei grundlegende Prozesse, die ineinandergreifen oder sich miteinander koppeln. Einer sind die charakteristischen Abläufe, die der Bildung von Gewitterwolken zugrundeliegen. Der Ursprung der Wolken sind die verdunstenden Ozeane. Indem sie über Land ziehen, wird dieses Zirkulationsschema rund um den Globus mit einem Netz von Elektrizität verzahnt, welches ebenfalls die gesamte Atmosphäre umfaßt. Und die bloße Gestalt erhabener und mysteriöser hoher Berge, die mit Höhlensystemen versehen sind, erfüllt die Aufgabe, diese Prozesse zu verweben und zu koppeln. Die Berge von Hawaii, die größten der Welt, wenn auch vom Ozean bedeckt, stellen das Zentrum des nordpazifischen Stromes oder „Kreises" dar, der von heutigen Wissenschaftlern als die Ursache von Veränderungen im atmosphärischen Klima angesehen wird, das die eine Hälfte Noramerikas beeinflußt. Das „Dach der Welt", wie das Hochland von Tibet oft bezeichnet wird, ist ebenfalls dafür bekannt, atmosphärische Winde in eine wirbelnde Spiralbewegung zu leiten, die das Klima für ganz Asien aufrechterhält, sowie dafür, Quelle all der Flüsse zu sein, ohne die Asien stürbe. Der tibetische Name für den Mt. Everest ist Dschumulungma, „Göttliche Mutter der Winde."

In Nordamerika sehen Indianer die Kette der Rocky Mountains als Rückgrat des Kontinents an und nennen ihn „Schildkröteninsel". Am Fuße dieser nord-südlich verlaufenden Bergwand liegt das Colorado Plateau, ein zerklüfteter Ring der höchsten Berge außerhalb Alaskas. Dieser Bergring wird von den Hopi und Navaho als Sitz der Geister ihrer Vorfahren angesehen und ist nach ihrer mystischen Tradition der Platz, an dem „die Energie gespeichert ist". Die moderne Wissenschaft zeigt nun, daß das Colorado Plateau die höchste Konzentration von Blitzen unter sämtlichen Ländern der Erde besitzt. Weiter nördlich liegen die heiligen Black Hills, die „Paha Sapa" der Lakota und anderer Sioux-Völker, welche sich dort traditionellerweise zum Erlangen von Visionen zurückziehen. Diese Berge sind verantwortlich für die höchste Konzentration turbulenter Hagelstürme auf dem Kontinent. Wissenschaftliche For-

Das Colorado Plateau im Südwesten Nordamerikas

schung hat auch Hinweise darauf erbracht, daß dieses höhlenreiche Land die Ursache für Stürme ist, die sich unter Verbreitung von Feuchtigkeit und Hitze in Richtung Osten über das Land bis zum Atlantischen Ozean ausbreiten.

Im Nahen Osten kannte der große Prophet Abraham Gott unter dem Namen El Shaddai, „Der vom Berge", und Moses erhielt die Gesetzestafeln für sein Volk auf dem Berge Sinai in einem Gewittersturm. König Salomon ließ einen großen Tempel auf dem Berg „Abrahams Geheiligter Hoher Platz" errichten, der auch der Ort von Mohammeds Auffahrt in den Himmel ist. Sechs Berge sind mit dem spirituellen Leben von Jesus verbunden. Die Verehrung von Bergen durch Eingeborene im Nahen Osten ist also wohldokumentiert, wenn auch ihre physikalische Wirkungsweise weniger klar. Wie auch immer, ihre Länder sind die niedrigsten der Welt, und aus ihnen erheben sich Berge, die lebenswichtige Visionen und lebenswichtiges Wasser für die Kulturen jener Völker bereitstellen.

Die Verbindung zweier Prozesse — Wolkenformationen und ein globales Netz von Energie, die sich über hohen Gipfeln konzentriert, beherrscht tatsächlich alles Leben auf dem Planeten. Sie beherrscht natürlicherweise den Wuchs der Pflanzen, und die Forschung zeigt darüberhinaus, daß sie auch die Stimmungen und die Gesundheit des Menschen und sogar die Kultur beherrscht. Im menschlichen Körper fließen elektrische Ströme beim Feuern von Nervenimpulsen und bei Gehirnfunktionen; bei Tieren konnte gezeigt werden, daß sie empfindlich auf elektrische Ströme in der Luft und im Wasser reagieren; und in diesem Sinne erkennen wir, daß wir alle Teil eines Wesens sind, eines Flusses elektrischer Ströme und mit ihnen verknüpfter Magnetfelder.

Diese zwei Prozesse sind durch Blitzaktivität verbunden oder gekoppelt. Dies ist durch unsere modernen wissenschaftlichen Studien auf dem Gebiet der Teilchenphysik — Physik der Wolken, Mikrophysik — bewiesen worden, und es ist heute bereits einiges bekannt über Blitzaktivität und die Beziehungen zwischen Wolkenformationen und elektrischen Kräften. Worauf diese Studien jedoch anscheinend hindeuten, ist, daß wir in der mathematischen und wissenschaftlichen Tradition *niemals* wissen werden, wie diese Dynamik vollständig zu beschreiben ist.

Beziehungen zwischen Elementen im Reich der Materie oder Natur sind in der klassischen Physik durch mathematische Begriffe und Formeln ausgedrückt worden. Dies führte zu Modellen mechanischer Prozesse, die uns mit Fähigkeiten der Vorhersage und mit einem Bild der Natur versahen, das aus einem vorhersagbaren, deterministischen Satz von Kräften besteht. Andererseits haben die natürlichen Prozesse des Wassers und der Luft eine grundlegende Unvorhersagbarkeit offenbart, die wissenschaftlicher Gewalt widersteht. Computermathematik und -analyse gelangen an die Grenzen des Determinismus, wenn sie herangezogen werden, um das Wetter oder — in Sprachbegriffen der mystischen Wege des Wissens — die Kräfte der Schöpfung zu beschreiben. Dies ist, wie es schon immer war: Die Schöpfung ist letzten Endes unergründlich.

An dieser Stelle ist es nützlich, zwei Feststellungen zu vergleichen, um die durchdringende Einheit des Seins zu illustrieren, die jede Facette irdischen Lebens umschließt. Die eine stammt aus der zeitgenössischen Wissenschaft, die andere aus der mystischen Tradition der Hopi.

„Die wind- und regenerzeugenden Kräfte an einem bestimmten Platz auf der Erde sind in unterschiedlichem Grade mit den nämlichen Kräften an Stellen auf der anderen Seite der Erde gekoppelt, eine Beziehung, die die Meteorologen Fernverbindungen nennen."
(Stephen H. Schneider, The Genesis Stratety, S.20)

„Wir verehren einen Großen Geist in vielen verschiedenen Namen und in Symbolen seiner Eigenarten, die so vielfältig sind wie die Länder der Erde. Auf diese Weise erreichen wir ihn, um durch seinen Segen Kraft zu erlangen. Wir haben auch gesagt, die Erde gleiche einem Hirschkalb, dessen Flecken Gebiete mit einer bestimmten

Kraft und einem bestimmten Zweck sind. Wir sind alle mit einer unterschiedlichen Schwingung und Frequenz versehen, die dazu bestimmt sind, die Verbindung mit dem Großen Geist herzustellen, um nach unseren jeweils eigenen überlieferten Wegen gewisse lebenserhaltende Funktionen zu erfüllen."

(Techqua Ikachi, Aug./Sept. 1976)

Klar erkenntlich vertreten sowohl die wissenschaftliche als auch die mystische Sprachkonzeption ein einheitliches System von Quellgebieten, welche die Gesetze der Natur aufrechterhalten. Da die Quellen des Wassers und der spirituellen Offenbarung immer die Basis für Zivilisationen gewesen sind, können wir sagen, daß die Gesetze der Natur das Fundament für die Kultur bereitstellen. Dies erklärt den äußersten Schutz und die höchste Verehrung, die sämtliche eingeborenen Völker gewissen Bergen als ihrem Teil eines einheitlichen Systems angedeihen lassen.

Die Hopi leben in den ältesten ununterbrochen bewohnten spirituellen Gemeinschaften Nordamerikas. Hopi bedeutet „Volk des friedvollen Weges", und sie waren niemals in einen Krieg mit irgendeiner anderen Nation verwickelt. Die traditionellen Hopi fodern, ihre heiligen Gebote international als ein spirituelles Heiligtum und eine Quelle des Lebens anzuerkennen. Sowohl Physik als auch Mystik rechtfertigen diese Forderung und ihren friedlichen Geist.

Wir haben uns nun einen planetarischen Rahmen für ein Konzept von Kultur in lokaler und universaler Größenordnung veranschaulicht. Einige Höhepunkte in der jüngeren Geschichte internationaler Ideen und Handlungen bezüglich kulturellen Schutzes enthüllen die Arbeit einer unleugbaren schöpferischen Kraft: Beispielsweise widmete ein in Rußland geborener Kunstmy-

Nicholas Roerich (1874-1947): Kanchenzönga, der „Berg der Fünf Schätze"

stiker namens Nicholas Roerich sein Leben dem weltweiten Frieden durch kulturelles Bewußtsein. Auf Konferenzen und Treffen in der ganzen Welt stellte er wieder und wieder fest, daß es ohne Kultur keine Wahrheit, keine Einheit und keinen wahren Frieden geben könne. Dies ist die höchste Empfindung von Schönheit und Wissen. Es gibt keine Entwicklung ohne Kultur. Roerich, ein begieriger Archäologe, erkannte die Dreiheit des Friedens als bestehend aus wissenschaftlichen, religiösen und künstlerischen Schätzen, die sich an historischen Stellen befinden. Er selbst fand die seinen Glauben unterstützenden Länder im Himalaya und dem dort heimischen Buddhismus.

Einer der Höhepunkte seines Lebenswerkes war die Unterzeichnung des Roerich-Friedenspaktes in Präsident Roosevelts Amtszimmer durch 21 nord-, zentral- und südamerikanische Delegierte im Jahre 1935. Diese internationale Übereinkunft verdammt nicht nur die Zerstörung der Kultur durch Krieg, sondern auch alle barbarischen Akte, durch welche die Sinnbilder der Kultur in Zeiten des Friedens gefährdet sind.

Später, im Jahre 1954, wurde in Den Haag die 'Internationale Konvention zum Schutz kultureller Güter im Falle bewaffneter Konflikte' unterzeichnet. Kulturelles Erbe ist darin definiert als „bewegliches oder unbewegliches Gut großer Bedeutung für das Erbe aller Menschen, wie etwa Monumente der Architektur, Kunst oder Geschichte, ob religiös oder weltlich, sowie Kunstwerke von künstlerischem, historischem oder archäologischem Interesse ... Diesen beweglichen Gütern sind bestimmte Gebäude, Zufluchtsstätten und Zentren hinzugefügt, die Monumente enthalten."

So wie die Werke von wissenschaftlicher, religiöser oder künstlerischer Bedeutung als gemeinsames Erbe der gesamten Menschheit und Quelle des wahren Friedens anerkannt wurden, sind auch die Meeresböden kürzlich in den Vereinten Nationen inernational als gemeinsames Erbe anerkannt worden. Über einen Zeitraum von Jahren wurden die für diesen Vertrag vorgesehenen Artikel einer nach dem anderen einstimmig von sämtlichen beteiligten Nationen angenommen. Dies dürfte das erste Mal in der Geschichte sein, daß vorgeschlagene Artikel einer solchen Größenordnung einstimmig verabschiedet wurden. Ein gleichermaßen kennzeichnender Meilenstein ist die Übereinkunft sämtlicher Nationen, daß das Wasser der Weltmeere gemeinsames Erbe für alle Menschen ist. Es sind lediglich einige weitere Schritte, ein weltweites Verständnis und eine weltweite Achtung für atmosphäre Strömungen und die heiligen Berge dieser Erde als gemeinsamem Erbe zu erreichen, als Quellen der Kultur und als Heilige Stätten des menschlichen Verlangens nach Frieden.

Der Vereinigung von Physik und Mystizismus im Bereich der Erde und der Naturkräfte lassen uns die Orte der Schöpfung erkennen. Dieses Bewußtsein öffnet uns für sprachliche Konzepte für ein Sein in Harmonie mit dem Geist, der natürlichen Bewegung und dem Fluß der atmenden Hülle der Erde sowie für die Vereinigung von wissenschaftlichem, künstlerischen und spirituellem Wissen. Diese Aufmerksamkeit und dieses Bewußtsein erfassen so umfassend wie möglich die Wahrheit, daß der Himmel hier auf der Erde ist, und daß wir fähig und verantwortlich sind, diesen Himmel zu einer uns umgestaltenden Erfahrung zu machen.

I
COLORADO PLATEAU

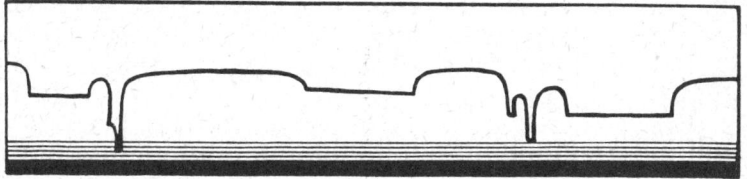

Joan Price

Das Colorado Plateau: Ein meteorologischer Querschnitt, der das Vorhandensein ungewöhnlicher atmosphärischer Ionisierungsverhältnisse und damit verbundene Auswirkungen auf die Gesundheit aufzeigt.

Vorwort

Das Colorado Plateau Projekt soll die Öffentlichkeit aufmerksam machen auf die Verbindung zwischen den bio-elektrischen Vorgängen in allem Leben und der Rolle, die das Colorado Plateau und seine Menschen in diesen globalen Vorgängen spielten. Ausgehend von den Tatsachen, daß Blitz und Donner seit undenklichen Zeiten mit Transformation (spiritueller und physikalischer) in Verbindung gebracht werden, und daß das Plateau die höchste Konzentration an Blitzen auf der Erde hat, wurde dieser Bericht verfaßt, um die physikalischen Vorgänge darzulegen, die die Grundlage der spirituellen Inspiration heiligen Landes bilden.

Indem wir eine Analogie bilden zwischen einer "Lebenskraft" oder einem "Lebensfunken, der uns alle verbindet", von welchem die mystischen Überlieferungen der Hopi sprechen, und den elektrischen und "Wellen"vorgängen, von denen die modernen Physiker sprechen, weisen wir auf die Bedeutung heiligen Landes als eines Feuers und einer Quelle des Lebens hin. Wir beginnen zu verstehen, daß die Blockierung irgendeines Teils dieses übergreifenden natürlichen Vorgangs, sei es durch die mißbräuchliche Nutzung eines Landstrichs oder durch die Vertreibung der zu ihm gehörenden menschlichen Gemeinschaft, eine negative Folgeerscheinung der aus dem Gleichgewicht geworfenen oder verseuchten Natur an anderer Stelle hervorrufen muß.

Die Suche nach wissenschaftlicher Bestätigung des Wissens der Hopi hat mich zu einem unausweichlichen Schluß geführt. Ivan Tolstoy hat in seinem für mich besten Werk "Das Zeitalter der Unbestimmtheit", in dem wir jetzt leben, sehr schön zum Ausdruck gebracht, und darum habe ich es als Anhang zu diesem Bericht aufgenommen. Ich kann nur empfehlen, sich um ein volles Verständnis seiner Worte zu bemühen. Dem möchte ich noch eine abschließende Bemerkung hinzufügen.

Meine Untersuchung begann mit der emotionalen oder intuitiven Gewißheit, daß es wissenschaftliche Beweise für das gibt, was die Hopi sagen. Mit anderen Worten: Ich suchte die Wahrheit in der Welt außer mir als Bestätigung meiner inneren Gewißheit. Ich habe versucht, diese Vision der Welt mitzuteilen, so wie es der Künstler mit Farben, Linien und Beziehungsgefügen tut. Aber für Sie, den Leser, ist dies nur Wissen aus zweiter Hand, denn die wahre Kraft ist in jedem von uns selbst, und Sie müssen erst d i e s e Kraft in sich selbst finden. Nur dann kann der Wissenschaftler in uns zur echten Erkenntnis kommen. Kein anderer kann diese Erfahrung für uns machen, und darin liegt die Gefahr der Wahrheit – sowohl der große Schmerz als auch die große Schönheit – im Unmeßbaren.

Einstein erlebte eine solch übergroße Vision der Zusammenhänge, doch er teilte sie der materialistischen Welt mit, verlor sie dadurch und erlitt unabsehbaren Schrecken bei ihrer Anwendung. Was werden Wissenschaftler und Techniker mit einem "Wissen" über heiliges Land aus zweiter Hand anfangen? Und was tut jemand, der zu sich und seiner Erfüllung finden will, mit einem "Wissen" aus zweiter Hand? Wird es nur benutzt werden, um die Suche nach noch mehr Wissen außerhalb ihrer selbst zu rechtfertigen? Nur wenn jeder den Weg des R e s p e k t s für die Visionen anderer Menschen findet und die V e r a n t w o r t u n g , durch langes und hingebungsvolles Hinwenden zur natürlichen Welt seine eigenen Visionen zu erwerben, und wenn er darüberhinaus die Grenzen der physikalischen Welt und der menschlichen Vorstellung a k z e p t i e r t , wird es Frieden nach dem einen Großen Gesetz geben.

Der unausweichliche letzte Schritt zu spiritueller Kraft ist Demut. Im demütigen Menschen wohnt die Kraft, in Harmonie mit den Mächten des Lebens zu bestehen. Das ist es, was der Glaube der Hopi und andere dem Land verbundene Glaubensvorstellungen uns sagen wollen – daß wir sie mißachten und dadurch Gefahr laufen, die Welt zu vernichten. "Sie" sind wir, und die "Welt" ist eine große und fortgesetzte Transformation. Spirituelle Kraft haben heißt, dafür Sorge zu tragen, daß sie immer und überall zur Verfügung steht – bis in die Ewigkeit.

Einleitung

Das C o l o r a d o P l a t e a u ist eine ausgeprägte geographische Region, die vollständig im G e b i e t d e r F o u r C o u r n e r s liegt und sich längs des 37. Grades nördlicher Breite erstreckt (Abb. 1). Jüngere Forschung in Geophysik und Mikrophysik der Wolken deutet auf eine – möglicherweise kritische – Beziehung seiner geologischen Merkmale zu klimatologischen Prozessen nicht nur regionaler, sondern auch globaler Größenordnung hin. Diese Beziehung beeinflußt durch atmosphärische Ionisation Verhaltens- und Wachstumsprozesse des Erdbodens, der Vegetation, des tierischen und menschlichen Lebens.

Der in Yale lehrende Geograph Ellsworth Huntington hat, neben anderen, überzeugende Gründe dafür vorgebracht, daß das Klima Leistungen beeinflußt. Keine große Zivilisation habe jemals in polaren oder tropischen Regionen geblüht.

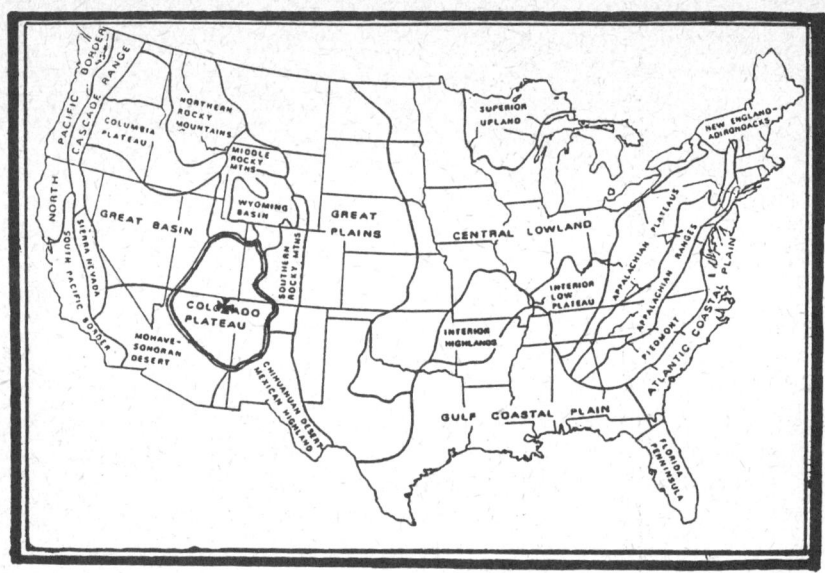

Abbildung 1: Physiographische Gliederung der USA

nach Fenneman, N.M. (1928): Physiographic Divisions of the United States

Die produktivsten und fortdauernsten Zivilisationen — wie auch Großstädte wie New York, Chicago, Los Angeles, Amsterdam, London, Paris, Berlin, Rom, Moskau, Peking — liegen alle zwischen dem 30. und 60. Grad nördlicher Breite.

Die anregendsten Klimate für die Menschheit werden allgemein in diesen Regionen gefunden, wo es häufig milde Stürme, mittleren Niederschlag und einen Durchschnittstemperaturbereich von 4 ° bis 16 ° C gibt (1).

Die Absicht dieses Berichtes besteht nicht darin, den Leser mit Studien zu überhäufen, sondern ein grundlegendes Modell vorzustellen, in dem bioelektrische, biochemische Lebensprozesse mit geographisch definierten Regionen verbunden sind. Die Auswertung dieses Modells liefert eine Grundlage für die Datenerhebung, um die Charakteristika der Luftqualität und die Ergebnisse menschlicher Urbanisierung auf dem Colorado Plateau u n d v e r w a n d t e n G e b i e t e n zu verstehen.

Wir sehen, daß ohne diesen Überblick und die sich daraus ergebenden Gegenmaßnahmen die verschiedenartigen Eingriffe in atmosphärische Ionisierungsprozesse zu einer schwerwiegenden und beschleunigten Degeneration in allen Bereichen biologischer Lebensprozesse und zu wahrscheinlich außergewöhnlichen Änderungen der Niederschlagsprozesse im regionalen und globalen Rahmen führen, wenn sie nicht korrigiert werden.

Zunächst werden wir einen Überblick über die geologischen Merkmale des Colorado Plateaus geben, die für die atmosphärischen Prozesse eine Rolle spielen. Dann werden wir Aussagen besprechen, die die möglicherweise kritische Rolle des Colorado Plateaus innerhalb eines weltumspannenden atmosphärisch-elektrischen Systems und in Niederschlagssystemen unterstützen. Davon ausgehend werden wir einige damit verbundene Wachstums- und Verhaltensprozesse in Pflanzen, Tieren und Menschen feststellen. Dann werden wir, mit dieser Perspektive bezüglich der Luftqualität, Probleme benennen und weitere Forschungsgebiete empfehlen.

I. Die Beziehung geologischer Merkmale, die wesentlich für klimatologische Prozesse des Colorado Plateaus sind

Das COLORADO PLATEAU (d a s   G e b i e t   d e r   F o u r C o r - n e r s), wo Colorado, Utah, Arizona, und New Mexico zusammentreffen, ist ein ungefähr 560 km durchmessender Kreis tangentialer Faltungslinien, welcher die größte Zahl von Hochgebirgsgipfeln in Nordamerika außerhalb Alaskas umfaßt. Diese Landmasse beinhaltet auch das Uranfeld des San Juan-Beckens, Kohlereserven, sowie ein ausgedehntes Höhlensy
Beckens, Kohlereserven, sowie ein ausgedehntes Höhlensystem. Diese vier geologischen Merkmale (Faltungen, Hochgebirgsgipfel, radioaktive Mineral-

Abbildung 2: Globales elekrostatisches Modell der atmosphärischen Elektrizität

(Vektor B bezeichnet die geomagnetische Feldlinie der Erde)

Quelle: Roble, op. cit. (4)

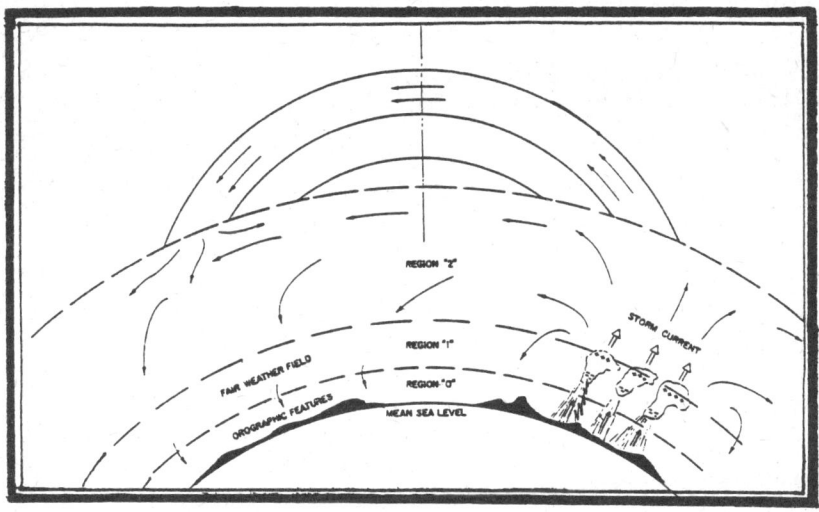

lagerstätten und Höhlen) sind alle Bestandteile landgebundener atmosphärischer Ionisierungsprozesse (Ionisierung bezeichnet in diesem Zusammenhang das Lösen von Elektronen aus Luftmolekülen, das der Luft eine elektrische Ladung geben kann, die sich aus den Proportionen positiv und negativ geladener Luftpartikel ableitet.). Diese können sich zu Niederschlagsprozessen verbinden.

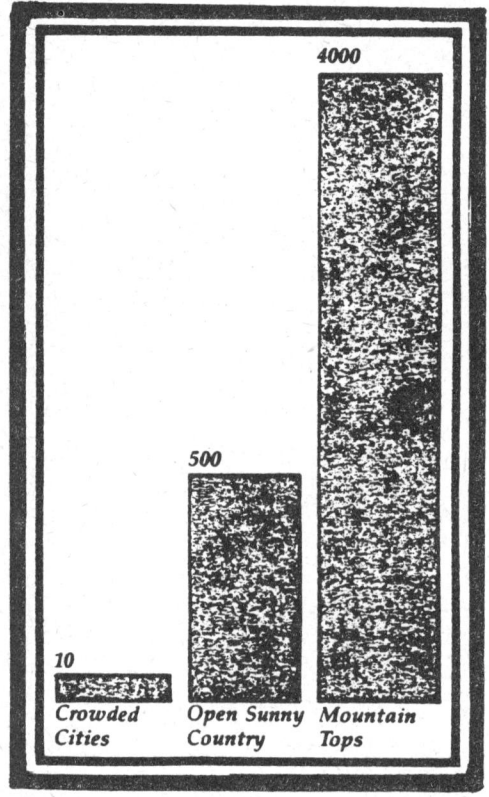

Abbildung 3: Anzahl der Ionen pro Kubikzentimeter Luft

        Quelle: Koslosky, P. Jr., und Riddle, J.: „Air Ions – Nutrients We Breathe"

1. Es existieren Beweise, daß Faltungslinien unter gewissen seismoelektrischen Bedingungen Ionen zur Oberflächenatmosphäre beitragen können. Tributsh (2) weist darauf hin, daß sich Tiere seltsam verhalten, wenn sie elektrisch geladene Aerosolpartikel wahrnehmen, die durch kurz vor Erdbeben auftretende erdelektrische Potentialänderungen erzeugt werden. Finkelstein und Powell (3) weisen auf Kräfte hin, die während der Verformung durch seismischen Druck in Felskristallen Radongas und elektrische Felder in einem großen Gebiet freisetzen. Diese Felder und verknüpfte Ma-

gnetfelder könnten beträchtliche Räume umfassen, welche die Form von hoch in die Ionosphäre reichenden Säulen annehmen (vgl. Abb. 2). Wenn der für die elektrische Säule verantwortliche tektonische Druck nicht die mechanischen Dehnbarkeitsgrenzen der örtlichen Felsstruktur überschritte, träte ein Erdbeben niemals auf.

2. Gebirgskundliche Merkmale (Gebirgsstrukturen) hat man als signifikanten Faktor in atmosphärischen Ionisierungsprozessen bestätigt. Roble (4) zeigt, daß die atmosphärische Leitfähigkeit über hohen Gipfeln viel größer ist als anderswo, und daß 20 Prozent der globalen atmosphärischen elektrischen Ströme in Richtung auf Hochgebirgsgipfel fließen dürften (vgl. Abb. 3 und 6).

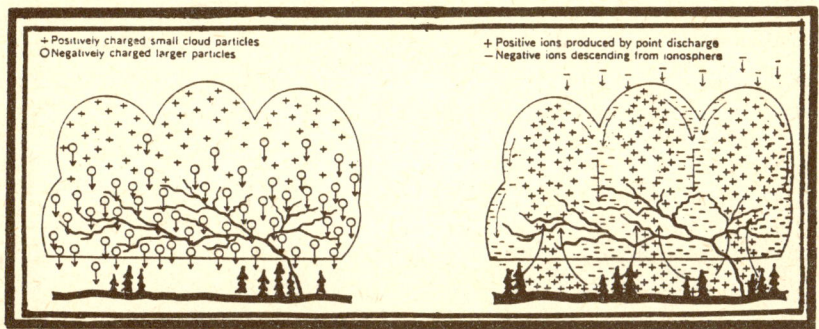

Abbildung 4: Elektrizität und Wettermodifikation

> *Bernard Vonnegut von der State University of New York in Albany und andere glauben..., daß Ladungstrennung und Wolkenaufladung entstehen, wenn thermische Aufwärtsströmungen positive Ionen — aus Punktentladungen am Boden — in höhere Wolkenschichten tragen, während kühlere Abwärtsströmungen negative Ionen — aus der Ionosphäre — in niedrigere Wolkenschichten tragen. Diese Theorie, dargestellt in der Zeichnung rechts, ist die Basis für ein Experiment zur Wettermodifikation.*
>
> *Quelle: Tilson, op. cit. (14)*

Die punkt- oder koronaförmige Entladung von Pinienbäumen sowie Blitze und Niederschlagsströme sind wichtige Ladungsaustauschmechanismen (vgl. Abb. 4).

3. Blitzschläge konzentrieren sich auf den das Colorado Plateau umgebenden Hochgebirgsgipfeln. Nach E. V. Komarek verzeichnet der Schultz-Paß auf den San Francisco Peaks in Arizona "das höchste Auftreten von Blitzen in Nord-Amerika" (5). Dr. H. Kasemir von der National Oceanic and Atmospheric Administration legte mir 1976 telefonisch dar, daß die

vordere Kette der Rocky Mountains in Colorado, die den nordöstlichen Umkreis des Colorado Plateaus bildet, von der höchsten Zahl von Blitzeinschlägen auf dem nordamerikanischen Kontinent getroffen wird. Und Dr. C. Hyder von der NASA stellte 1976 in einem Telefoninterview fest, daß südwestlich von Soccorro, New Mexico, die meisten Gewitterformationen auftraten. Im einzelnen widersprüchlich scheinend, beziehen sich diese Äußerungen zusammengenommen eindeutig auf den vulkanischen Umkreis des Plateaus, was in einer tektonischen Karte illustriert wird, die von der American Association of Petroleum Geologists veröffentlicht wurde (6).

4. Uran und Thorium enthaltende radioaktive Mineralablagerungen sowie deren Zerfallsprodukte (wie z. B. Radongas), die in Fels und Sand überall auf der Welt gefunden werden, rufen nach Boeck (7) Ionisationsprozesse in einer bodennahen Luftschicht hervor. Markson und Muir (8) stellen fest, daß innerhalb der unteren 2 Kilometer diese radioaktiven Gase beim Ionisieren der Atmosphäre über Land ebenso wichtig wie kosmische Strahlung sind.

5. Die Höhlensysteme des Colorado Plateaus können Ionen zur Oberflächenatmosphäre beitragen. Der United States Forest Service hat kürzlich entsprechende Forschungen über den Radongehalt in den Höhlen des Südwestens beendet, die unter seine Zuständigkeit fallen. Darüberhinaus "atmen" alle Höhlensysteme, und das Anbringen von Instrumenten an kleinen Öffnungen erlaubt Messungen der Luftvolumenänderung und gleichzeitig der Ionenströmungen aufgrund atmosphärischer Druckänderungen. Sator (9) zeigte das regelmäßige Ein- und Ausströmen von Luftströmungen in "Blasloch"-Öffnungen eines Höhlensystems am Wutpaki National Monument am Fuß der San Francisco Peaks am südwestlichen Rand des Colorado Plateaus. Yarborough (10) fand, daß die Ionisation aufgrund von Radon und Thorium in solchen Höhlen im Sommer zu- und im Winter abnimmt, in denen die hauptsächliche Ursache der Luftströmung ein Temperatur-/Schwerkrafts-(dichte)-Gefälle ist. Der von uns vorgenommene Vergleich dieser monatlichen Niveaus mit den monatlichen Höhen der Blitzaktivität zeigt ein Auftreten der Maxima beider Kurven im August. Myrup (11) zeigt, daß der Südwesten das höchste Auftreten von niedriggelegenen Temperaturinversionen (165 m oder weniger) im ganzen Land hat, etwa 55 % der Zeit im Winter und 40 % der Zeit im Sommer. Dies weist auf einen wichtigen Mechanismus zur Streuung der Ionisierung durch Höhlen/Temperaturdynamik hin.

6. Luftionen können der kritische Faktor in Niederschlagsprozessen und -systemen in der regionalen und globalen Atmosphäre sein. Krueger und Reed (12) sowie Whitby, Liu und Peterson (13) weisen auf die manchmal hochgeladenen im Nebel verteilten Partikel hin und darauf, daß das Zusetzen von Ionen die Stabilität in einem Gebiet des globalen Systems materiell verändert, was zu Druck und Ladungsänderungen in anderen aktiven Ge-

bieten führt. Vorhandene Modelle sind jedoch linear und deshalb nicht zum Abbilden dieser vielfältigen, simultanen und sich gegenseitig beeinflussenden Ereignisse geeignet, die im wirklichen Wetter stattfinden.

Tilson (14) stellt fest, daß die Wissenschaftler auf dem Gebiet der atmosphärischen Elektrizität und der Wolkenphysik genügend Beweise gesammelt haben, um nahezulegen, daß elektrische Felder, Kräfte und Ladungen in den unteren Schichten der Erdatmosphäre eine kritische Rolle — vielleicht d i e kritische Rolle — in der Entwicklung und dem Verhalten von Wolken haben, die Niederschlag freisetzen. Sein Artikel schließt 34 Literaturverweise ein (vgl. Abb. 4).

II. Aussagen, die die Rolle des Colorado Plateaus innerhalb eines globalen Systems atmosphärischer Prozesse unterstützen

Da sich das Colorado Plateau längs des 37. Grades nördlicher Breite erstreckt, kommt ihm eine bedeutende Position in einigen globalen Systemen der fundamentalen Eigenschaften der Atmosphäre zu. Diese umfassen die Morphologie von Wettersystemen, Wolkenbedeckung und Wolkenhöhe; die Verteilung von Wasserdampf und flüssigem Wasser; das elektrische Potential der Ionosphäre; weltweite Gewitteraktivität und Grenzen der Vorhersagbarkeit.

1. Eine der Hauptquellen für globale Wettersysteme sind Hoch- und Tiefdrucksysteme. Roberts (15) weist auf die mögliche Verbindung von Druckzonenänderungen in den höheren Luftschichten zu elektromagnetischen Prozessen in der Ionosphäre hin. Der Autor stellt die These auf, daß ein säulenförmiger elektrischer Strom und mit ihm verbundene Magnetfelder, die durch die geologischen Bestandteile des Colorado Plateaus geschaffen werden, bis in die Zentren solarmagnetischer Ströme der Ionosphäre reichen können, wie sie von Matsushita (16) als Modell vorgeschlagen werden. Dies tritt zur Tagundnachtgleiche im März bzw. September auf und könnte den elektrischen Mechanismus liefern, der im Winter mit dem Auftauchen von Hochdrucksystemen in der 500-Millibar-Zone (direkt unter der Ionosphäre) nördlich des 37. Breitengrades und in den Sommermonaten mit dem Auftreten von Tiefdrucksystemen südlich des 37. Breitengrades verbunden ist (vgl. Abb. 5 und 6).

Eine ergänzende Bestätigung dieser Theorie findet sich in der geographischen Lage des tibetischen Hochlandes in Asien. Es liegt — grob gesprochen — in der nördlichen Hemisphäre gegenüber dem Colorado Plateau; beide Landmassen sind die höchstgelegenen der nördlichen Hemisphäre. Diese können ihre Polarität in Bezug auf die Sonnenströme der Ionosphäre vertauschen. Roble hat Landmassen in den Polarzonen ausgemacht, die diese Funktion ausüben (17). Darüberhinaus baut die 500-Millibar-Zone Hochdruckgebiete nördlich des 37. Breitengrades auf, die eindeutig mit diesen hochaufragenden Landmassen in Beziehung stehen.

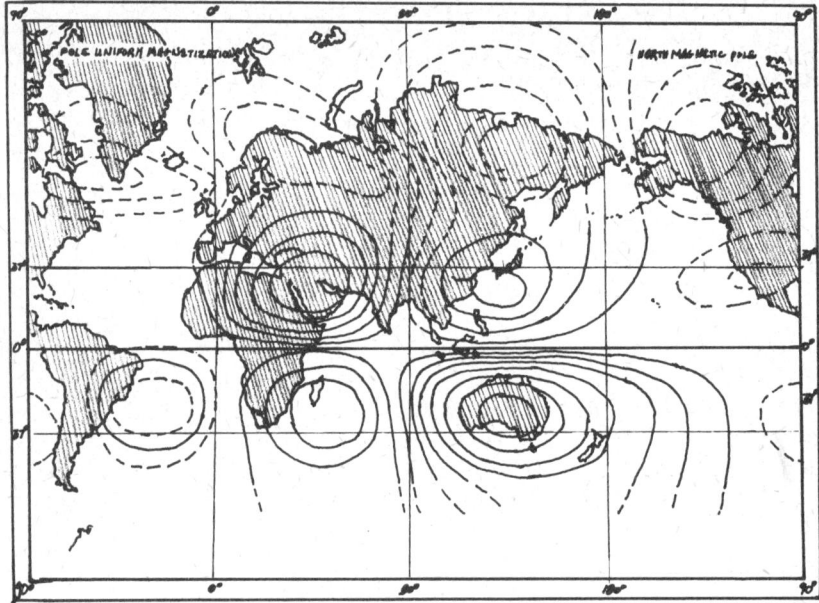

Abbildung 5: Das terrestrische System induzierter elektromagnetischer Ströme um 6.00 Uhr MEZ

Die atmosphärischen Felder induzieren Ströme in den Erdmantel und die Erdkruste, die mit den Veränderungen im Magnetfeld der Erde und der physikalischen Natur der Erdkruste fluktuieren. Weitere terrestrische Ströme werden von den elektrischen Eigenschaften von Fels und Erzen, Grund- und Oberflächenwasser, Topographie und anderen Bedingungen erzeugt.
Die Zentren der Sonnen- und Mondmagnetfeldströme befinden sich während der Sonnenwendtage und der Tagundnachtgleichen genau über alten Kulturzentren wie dem Colorado Plateau, Yucatan, Hawaii, Tibet und Oberägypten.

a) Quelle: Bender, T.: „Environmental Design Primer", New York 1976

2. Der Verteilung des Wasserdampfes und des flüssigen Wassers begegnen wir auf dem Colorado Plateau auch in einer herausragenden Stellung im globalen Modell. Eagleson (18) bemerkt, daß "der Austausch von Oberflächenfeuchtigkeit und somit der Austausch von Oberflächenhitze zu einem großen Teil kritisch von den physikalischen Gegebenheiten von Erdboden und Vegetation, ebenso wie von den Wetterbedingungen während der Wechselperioden

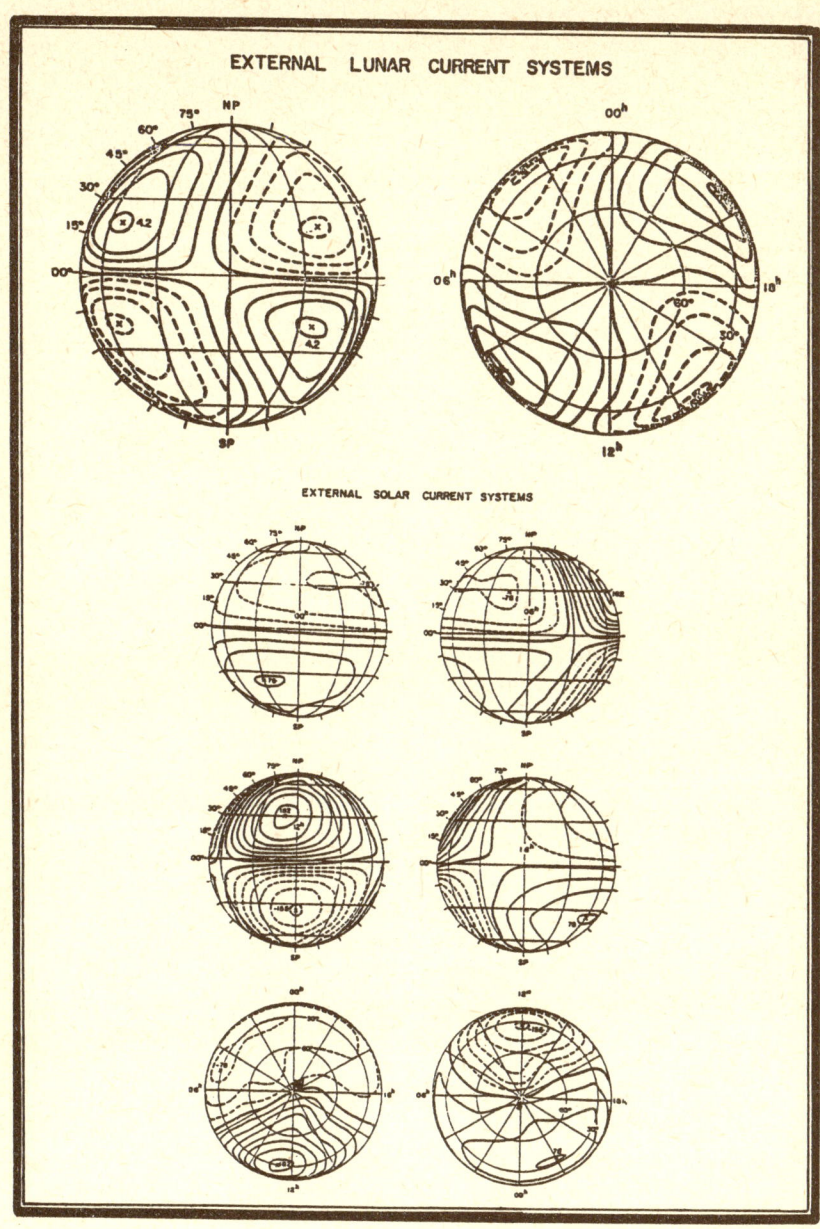

b) Quelle: Matsushita, S., op. cit. (16)

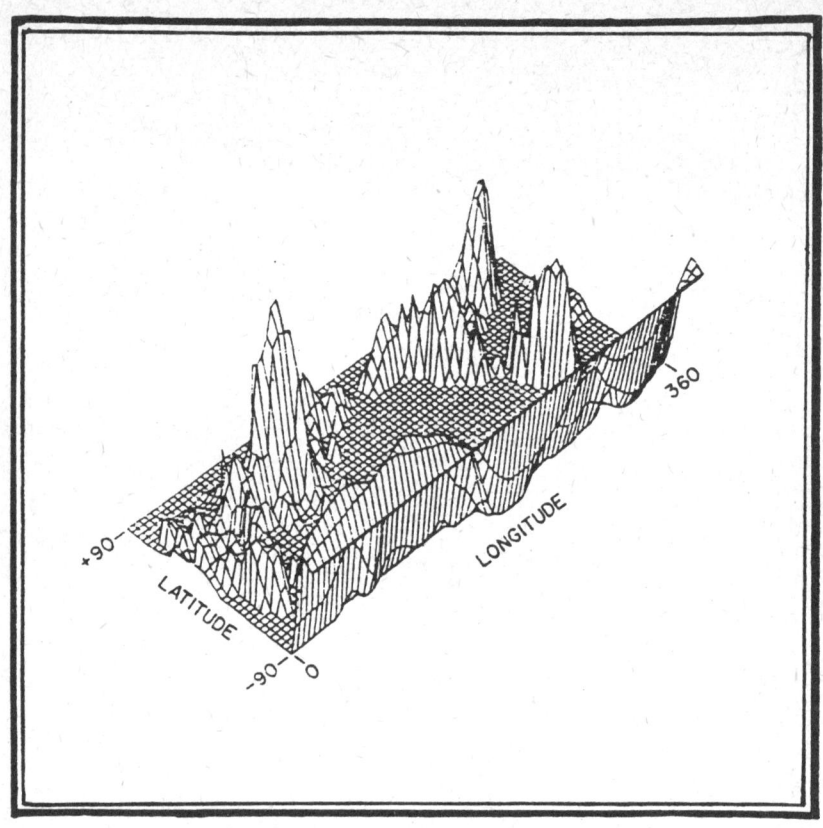

Abbildung 6: Orographie der Erde (Tibet — 5 km)

Perspektivische Darstellung der orographischen Oberfläche der Erde, wie sie im Modell benutzt wird. Das Modell zeigt durchschnittliche Höhen über einem 5°-Gitter der Breiten- und Längengrade. Der höchste Punkt liegt 5 km über dem Plateau von Tibet.

Quelle: Roble, op. cit. (4), S. 127.

von Niederschlag und Verdunstung, abhängen...". Budyko (19) und Houghton (20) stellen fest, daß allein die Landoberfläche etwa 12 % der gesamten Weltniederschlagsmenge durch Verdunstung an die unteren Schichten der Atmosphäre zurückgibt, und durch beständige Hitze etwa 17 % der insgesamt einfallenden Sonnenstrahlung. Lee (21) bezeichnet den 37. Breitengrad größten Wärmeenergieaustausches (hinsichtlich absorbierter kurzwelliger und emittierter langwelliger Strahlung), unter Ausschuß ausgeprägter Erwärmung in den Tropen und Abkühlung nahe den Polen.

Blitzschlag ist aus drei Gründen für die Verteilung von Wasserdampf und flüssigem Wasser entscheidend: Erstens gleichen Blitze elektrische Ladungen in der Atmosphäre aus, sind somit Bestandteil des Kopplungsmodells. Zweitens erzeugen Gewitterstürme beträchtliche Mengen von Stickoxiden – des unentbehrlichen Elements fruchtbarer Bedingungen des Pflanzenwachstums und damit verbundener Verdunstung (Rückgabe von Wasserdampf an die Atmosphäre). Und drittens ist dokumentiert worden (22), daß jedem Blitz ein Regenschauer folgt.

3. Die Rolle des Colorado Plateaus als Stromgenerator in einem globalen elektrischen System aufgrund von Ionisierungsprozessen in Faltungslinien, auf Hochgebirgsgipfeln, in radioaktiven Minerallagerstätten und Höhlen ist bereits in Teil I zur Sprache gekommen.

Zusätzlich fließen Erdströme unter der Erdoberfläche, um den Kreislauf zu vervollständigen. Sie können innerhalb der Hochländer eine einzigartige Struktur besitzen, deren Funktion bislang noch nicht berücksichtigt wurde. Spiralförmige elektrische Ströme und zugehörige Magnetfelder in der Ionosphäre rufen elektrische Ströme hervor, die in entgegengesetzter Spiralrichtung in der Erdkruste fließen, was wiederum mit dem Modell in meßbarer Weise verbunden sein kann (vgl. Abb. 5).

4. Im globalen Vergleich der Blitzaktivität ü b e r   L a n d durch den DMSP-Satelliten im Jahre 1977 (23) in den Monaten August und September zeigt das Colorado Plateau bei Morgendämmerung die geringste beobachtbare Häufigkeit. Demgegenüber springt die Aktivität in der Abenddämmerung auf die höchsten beobachteten Niveaus. Im September und Oktober weist das Colorado Plateau zur Morgendämmerung die größte Häufigkeit aller beobachteten Gebiete auf, die gegen Abenddämmerung leicht absinkt. Im November liegt keine beobachtbare Aktivität vor (zusammen mit einem drastischen Rückgang in allen anderen Gebieten).

5. Von Tolstoy und Lorenze entwickelten mathematische Modelle der Wettervorhersagbarkeit können einen klaren Kontext für die vorgeschlagene Ausbeutung der Ressourcen des Four Corner-Gebietes und gleichzeitiger Urbanisierung liefern. (Bitte sehen Sie dazu Anhang 1 und 2.)

III. Einige Zusammenhänge von Wachstums- und Verhaltensprozessen bei Menschen, Tieren und Vegetation

Schon in den vierziger Jahren wurde in Populär- und Fachliteratur angedeutet, daß atmosphärische Elektrizität eine fundamentale Grundlage für alles biologische Leben sein könnte. Die Forschung der letzten vierzig Jahre hat diese frühe Vermutung einwandfrei bestätigt. Die möglicherweise kritische Rolle des Colorado Plateaus bei der Erzeugung von Ionen erfordert einen kurzen Überblick über die bisherigen Forschungsergebnisse, die sich mit der Auswirkung auf den Menschen beschäftigen. (Bitte sehen Sie dazu auch Anhang 3).

Wetter ist eine Form von Druck, und seine Veränderungen können belastende Auswirkungen haben. Der Körper versucht unter allen äußeren Bedingungen, eine gleichbleibende Temperatur beizubehalten.

Bei warmem Wetter erweitern sich zum Beispiel die Adern, um damit dem Körper zu helfen, überschüssige Wärme abzugeben. Bei Kälte ziehen sie sich zusammen, um die Wärme im Körper zu halten.

Dies wirkt sich — über Veränderungen der Zusammensetzung des Blutes, des chemischen Aufbaus des Körpers und der Sauerstoffzufuhr zum Gehirn — auf unsere Stimmungen und unser Verhalten aus (24).

1. Atmosphärische Elektrizität (aus positiv und negativ geladenen Luftteilchen, Pos-ionen und Neg-ionen genannt, zusammengesetzt) steuert nachweislich den S a u e r s t o f f g e h a l t im Blut (25) und den Gehalt an S e r o t o n i n, einem sehr wirkungsvollen Hormon im Gehirn, das Schmerz-, Angst- und Streßgefühle bewirkt (welche nachweislich ca. 80 % der modernen Krankheiten verursachen). Serotonin beeinflußt außerdem Stoffwechsel-, Kreislauf- und Drüsenfunktionen (26). Atmosphärische Elektrizität könnte auch die steurnde Umgebung für den menschlichen Altersprozeß darstellen. Segall bewies nämlich (27), daß ein anderes Neurohormon, Trytophan, das dem Serotonin nahe verwandt ist, Altersprozesse bei Versuchstieren aufhielt oder rückgängig machte.

2. Gleichermaßen wichtig bei der Erhaltung der Gesundheit ist die Rolle, die die auf Strahlung basierende natürliche atmosphärische Elektrizität bei der Kontrolle von Bakterien zu spielen scheint. Kellog (28) hat in Laborversuchen gezeigt, daß Konzentrationen von Superoxidanionen, "einer der giftigsten Spezies, die beim aerobischen Stoffwechsel entstehen", bakterizide (tödliche) Auswirkungen auf den Staphylococcus albus haben können.

3. Atmosphärische elektrische Ströme haben zugehörige Magnetfelder. Bise (29) faßt Forschungsarbeiten über die Verbindung von Hypothalamus und Hypophyse zusammen. Diese Achse wird diesen Arbeiten zufolge durch elektromagnetische Felder gesteuert, die so zu Veränderungen von Tempera-

turregulierung, Herzschlag, Arteriendruck, Herzdurchmesser, Zusammenziehen der Herzkranzgefäße und Blutfluß im Menschen führen.

4. Elektromagnetische Auswirkungen sind nicht auf die Gesundheit und das Verhalten von Menschen begrenzt. Brown und Barnwell (30) haben festgestellt, daß einfach biologische Systeme wie Schnecken und Planarien leicht auf Änderungen in einer schwach magnetischen Umgebung reagieren. Die Einflüsse, die sie dabei wahrzunehmen vermögen, sind noch geringer als die, die von einem mehrere Meilen entfernten Gewitter hervorgerufen werden.

5. Honigbienen (wesentlich für die Befruchtung von Pflanzen) benutzen nach Prof. Gould von der Princeton University (31) anscheinend magnetische Felder zum Navigieren. Vögel wie Rotkehlchen (kontrollieren Insektenverbreitung) und Möwen (beseitigen verwesende Organismen) verlassen sich bei ihrer Orientierung und Navigation offenbar ebenfalls auf natürliche magnetische Felder (32), (33).

6. Weiterhin wirkt sich die Beziehung der atmosphärischen Elektrizität mit den zugehörigen Magnetfeldern zu den Wasserzuständen (fest, flüssig oder gasförmig) direkt auf das Pflanzenwachstum aus, indem sie zum Beispiel den Kreislauf der Stickstoffbindung kontrolliert.

"Wassermagnetismus handelt von komplexeren Wechselwirkungen zwischen elektrisch leitenden Flüssigkeiten und magnetischen Feldern, wobei eine leitende Flüssigkeit eine ionisierte Flüssigkeit oder ein Gas (Plasma) sein kann. Ein magnetisches Feld hat mehr Einfluß auf ein Plasma als auf eine Flüssigkeit mit gleicher Leitfähigkeit wegen deren Viskosität oder Bewegungswiderstand" (34).

7. Yung und McElroy (35) beobachteten, daß Reaktionen von Stickstoff mit Wasser in der Luftumgebung von Blitzen eine wichtige Quelle von Stickstoffoxid sind, dies sogar unter Bedingungen, wo Sauerstoff nur einen kleinen Teil der Atmosphäre ausmacht, etwa auf hohen Berggipfeln. Lovelock (36) fand heraus, daß der Stickstoff-Nigro-Oxidammonium-Kreislauf die Atmosphäre aufbaut. Zusätzlich dazu reguliert er ihren Sauerstoff- und Ozongehalt (vgl. Abb. 7). Ozon wiederum reguliert die Durchlässigkeit der Atmosphäre für ultraviolete Strahlung, die eine entscheidende Rolle sowohl für das normale Pflanzenwachstum als auch für die Wachstums- und Reproduktionsfunktionen des Menschen spielt (37).

Dies sind nur wenige Beispiele für die Beziehungen zwischen atmosphärischer Elektrizität und der Gesundheit, dem Verhalten und Wachstum von Mikrokosmos, Tieren, Pflanzen und Menschen. Die Anzahl der biochemischen Prozesse, die durch die ionisierende Strahlung von Sonne und radioaktiven Mineralien auf der Erdoberfläche gesteuert werden, ist damit aber noch keineswegs erschöpft.

Wie schon anfangs angemerkt, ist es nicht die Absicht dieses Berichts,

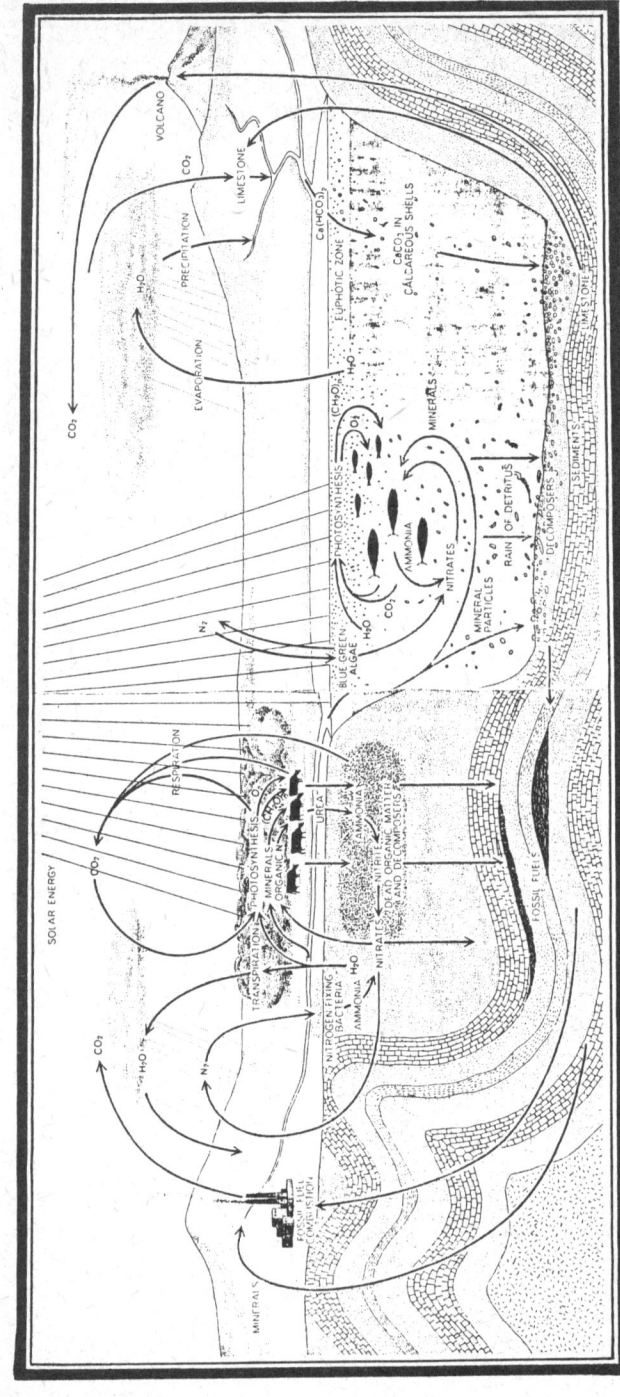

Abbildung 7: Hauptzyklen der Biosphäre

Der Wirkungsvorgang der Biosphäre hängt ab von der Nutzbarmachung der Sonnenenergie zur photosynthetischen Reduktion von Kohlendioxid (CO^2) aus der Atmosphäre, um einerseits organische Verbindungen $(CH_2O)_n$ und andererseits molekularen Sauerstoff zu bilden. Der Kreislauf einiger anderer lebenswichtiger Elemente ist ebenfalls angedeutet.

Quelle: G. Evelyn Hutchinson, "The Biospere", Scientific American, Vol. 223, 3, Sept. 1970

den Leser mit Studien zu überhäufen. Vielmehr soll ein Grundmodell vorgestellt werden, in dem bioelektrische, biochemische Lebensprozesse mit geographisch definierten Regionen verbunden werden.

Die Auswertung dieses Modells liefert eine Grundlage zur Datenerhebung, um die Charakteristika von Luftqualität und die Ergebnisse menschlicher Urbanisierung auf dem Colorado Plateau und verwandten Gebieten zu verstehen. Wir sehen, daß ohne diesen Überblick und die sich daraus ergebenden Gegenmaßnahmen die verschiedenartigen Eingriffe in atmosphärische Ionisierungsprozesse zu einer schwerwiegenden und beschleunigten Degeneration in allen Bereichen biologischer Lebensprozesse und zu wahrscheinlich außergewöhnlichen Änderungen der Niederschlagsprozesse im regionalen und globalen Rahmen führen, wenn sie nicht korrigiert werden.

IV. Einige mit dem Eingreifen in Sonnen- und Erdstrahlung und deren Produkt, der atmosphärischen Elektrizität, zusammenhängende Probleme

Im Lichte der Forschung, die die Beziehungen von atmosphärischer Elektrizität zu mikrobiotischem, tierischem, pflanzlichem und menschlichem Verhalten und Gesundheit aufzeigt, ist ernstliche Aufmerksamkeit bezüglich der Auswirkungen menschlicher Eingriffe in die Geologie des Colorado Plateaus und die Folgen für Wettersysteme, Gesundheit und Ökonomie angebracht.

"Nach Auffassung des Komitees des National Research Council können die Erdwissenschaften eine 'einzigartige Rolle' spielen... bei dem Versuch, eine fast vollständige und besser datierte Aufzeichnung früherer Klimate zu erstellen. Neben der Notwendigkeit eines solchen Berichtes für das bessere Verständnis der komplexen Naturvorgänge, die das Klima alle geologischen Zeitalter hindurch beeinflußt haben, besteht der Nutzen auch darin, die Auswirkungen von menschlichen Eingriffen auf das Klima zu verstehen." (39)

Zur Zeit wird angenommen, daß seit langer Zeit bestehende Klimaverhältnisse wegen menschlicher Eingriffe, die die Struktur der Wettersysteme stören, dicht vor einer radikalen Veränderung stehen. Jüngste Arbeiten im Bereich der Fließmechanik (Wasser und Luft) bestätigen, daß offene Systeme, in denen eine Struktur Energie mit der Umgebung austauscht, sich selbst organisieren und durch einen kontinuierlichen dynamischen Fluß erhalten. Man nennt solche Systeme 'streuende Strukturen' (dissipative Strukturen). Die simultanen mannigfaltigen Ereignisse einer regionalen und globalen atmosphärischen Elektrizität, die mit Niederschlagsprozessen gekoppelt sind, stellen eine ebensolche Struktur dar.

Diese Schlußfolgerung stammt vom Center for Studies in Statistical Mechanics der University of Texas in Austin unter Dr. Ilya Prigogine.

"Je komplexer eine solche Struktur ist, desto mehr Energie muß sie ausstreuen, um die Komplexität aufrechtzuerhalten. Dieser Energiefluß macht das System hochgradig instabil und unterwirft es interner Fluktuation und plötzlichen Änderungen.

Wenn diese Fluktuationen oder Störungen ein kritisches Maß erreichen, werden sie von den vielen Verbindungen des Systems verstärkt und können das ganze System in einen neuen Zustand treiben.

Der neue Zustand ergibt sich durch eine plötzliche Verschiebung, etwa so, wie ein Kaleidoskop in ein neues Muster fällt. Es ist ein nichtlinearer Vorgang, d.h. vielfältige Faktoren beeinflussen sich auf einmal gegenseitig.

...wie Prigogine es ausdrückt, gibt es eine Änderung in der Natur der Natur 'gesetze'." (40)

Das Modell von Austin paßt genau zu einer Arbeit, die unter E. M. Lorenze vom Massachusetts Institute of Technology erstellt wurde, und macht damit eine einfache physikalische Botschaft deutlich: "Unerwartete atmosphärische Instabilitäten können überall und jederzeit auftreten und unsere Vorhersagen durcheinanderbringen... Dies ist eine der wichtigsten Einsichten der Wissenschaft des 20. Jahrhunderts. Sie setzt unserer Fähigkeit, Dinge vorauszusagen, Grenzen." (41)

Es wurde nachgewiesen, daß fremde Partikel, die in die Atmosphäre eindringen, die Beweglichkeit der Ionen und die elektrische Leitfähigkeit reduzieren. Dies hat chemische Veränderungen der atmosphärischen Gase und Störungen des Wettersystems zur Folge. Einige der vielen Verbindungen der globalen Wettersysteme sind schon dabei, sich zu verändern, und bringen folglich wichtige Wettervorhersagen an den Rand totaler Ungenauigkeit. Wetterveränderungen großen Ausmaßes werden Auswirkungen auf die Ökonomie haben, soweit sie mit Energieversorgung (42), Lebensmittelproduktion und -verteilung (43) sowie öffentlicher und privater Gesundheit verknüpft ist.

1. Es wird erwartet, daß der Strahlungseffekt von Ozon Erkenntnisse über mehrere allgemeine Kreislaufmodelle bringt (44). In der Zwischenzeit drohen der massive Gebrauch von Stickstoffdünger und das zunehmende Entweichen von Kohlenmonoxid aus wachsenden Städten und Industriezentren die Ozonschicht der Atmosphäre zu zerstören (45) (46).

2. Alarmierte Wissenschaftler haben auch dringende Warnmeldungen über "unüberlegte chemische Kriegführung" gegen die Atmosphäre gegeben, seitdem nicht duldbare Mengen von Schwefeldioxid und Stickstoffoxiden aus Industrieabgasen ätzende Säureregen zur Folge hatten (47) (48).

3. Vulkanischer Staub ist eine weitere Quelle von Partikeln, die zunehmende Bedeutung erlangen, da die Teilchen Sonnenstrahlung streuen, und die Be-

weglichkeit der Ionen einschränken. Coakly (49) gibt an, daß Vulkanstaub sich bei der Klimaänderung als doppelt so wirkungsvoll erwiesen hat, wie man früher dachte.

4. Selvam u. a. (50) und das Projekt Metromex (51) haben bewiesen, daß großflächige Urbanisierung mit bleibenden Änderungen traditioneller Wetterverhältnisse zusammenhängt, weil Abgaspartikel von Autos und Industrie in die örtliche Atmosphäre abgelassen werden.

5. Zusätzlich zu unbeabsichtigten Störungen des Wettersystems gibt es 195 US—Büros, die sich mit beabsichtigten Modifizierungen herkömmlicher Wetterverhältnisse beschäftigen. Das reicht vom Zähmen von Wirbelstürmen bis zur Unterdrückung von Blitzen und Hagel (52).

6. Alle diese Störungen, unbeabsichtigte u n d geplante, öffentliche u n d private, sind unbeaufsichtigt und nicht durch eine übergeordnete Instanz geregelt. Es gibt kein Prüfsystem, das auf regionale oder globale Störungen des atmosphärischen elektrischen Systems ausgerichtet wäre. Alle diese Projekte studieren entweder die existierende Verunreinigung durch Partikel oder bringen selbst Teilchen in die Atmosphäre. Dies reduziert die Leitfähigkeit in örtlichen Prozessen oder beeinträchtigt direkt die Elektrifizierungsprozesse der Wolkenbildung und der Niederschläge (53) (54).

Roble (55) merkt an, daß durch die Veränderung von Widerständen in einem Teil des globalen Kreises die Ströme in einen anderen Teil fließen müssen. Dadurch wird die Spannung zwischen Erde und Ionosphäre geändert, denn die Erde ist von einem konstanten Spannungsfeld umgeben. Die Änderung der Leitfähigkeit in einem Bereich erfordert eine Ausbalancierung in einem anderen Teil zum Ausgleich, um die allgemeine Konstante zu erhalten.

Wir haben jetzt viele der gegenwärtig erfolgenden Störungen innerhalb weiter Teile der Wetterstrukturen aufgezählt. Wir haben dargestellt, daß simultane Vorgänge oder Störungen sich gegenseitig zu verstärken beginnen und schnell zu total umgeordneten Natur'gesetzen' führen werden. Das Colorado Plateau sieht massiver Urbanisierung im Zusammenhang mit ausgedehnten zukünftigen Energieentwicklungsprojekten entgegen, die um die natürlichen Uran-, Kohle- und Grundwasservorkommen in dieser Gegend entstehen. Wir wollen nun folgende Äußerungen von angesehenen Beratern von öffentlich und privat finanzierten Entwicklungsvorhaben über die Geologie und die atmosphärischen elektrischen Prozesse der Colorado Plateau Region zu bedenken geben:

"...vielleicht ist die Lösung des Problems ausströmenden Radons (aus Abbau- und Erzzerkleinerungsbetrieben), Uranabbau- und Verarbeitungszonen abzuteilen und dort menschliche Besiedelung zu verbieten..."

"Die National Academy of Scientists empfiehlt, solchen Gebieten trockenen Regionen wie dem Colorado Plateau) entweder die Last des (Kohle-) Abbaus zu ersparen, oder sie zu 'Nationalen Opfergebieten'

Abbildung 8: Zukünftige energiebezogene Projekte in den westlichen USA

Quelle: Rich, Charles, H., „Projects to Expand Energy Sources in the Western States — An Update of Information Circular 8719"

Bureau of Mines Information Circular No. 8772
US Gov. Printing Office, Washington D.C. 1978

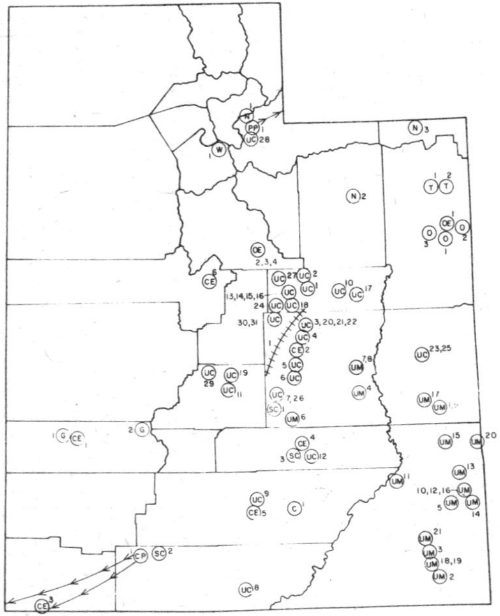

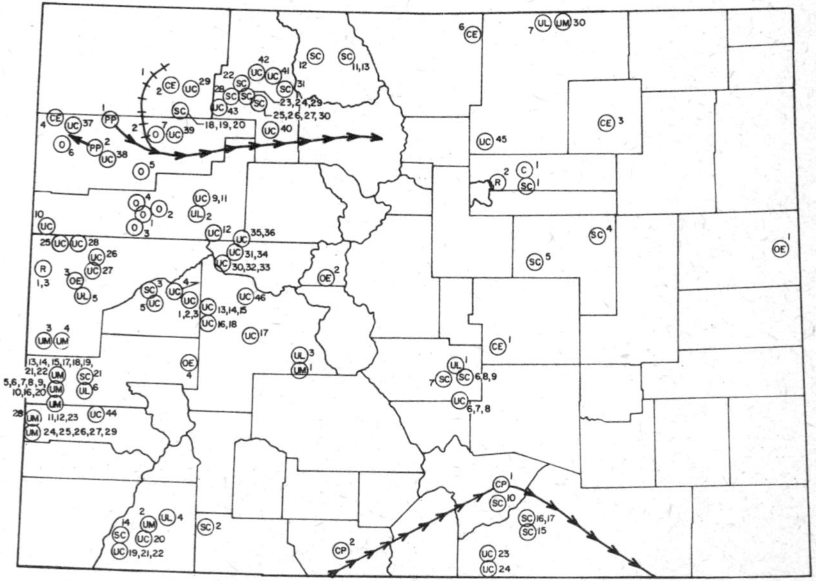

Legende:

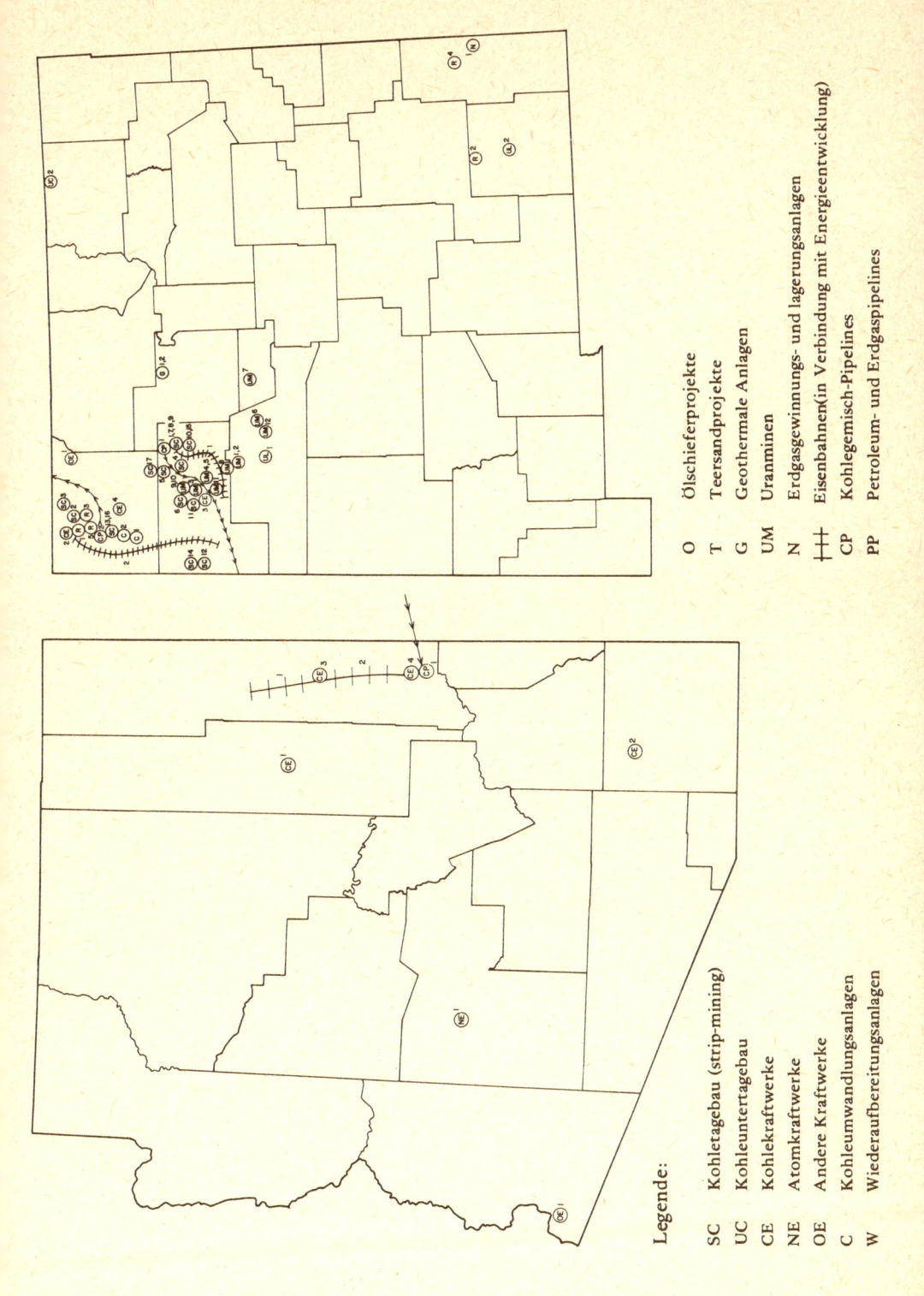

SC Kohletagebau (strip-mining)
UC Kohleuntertagebau
CE Kohlekraftwerke
NE Atomkraftwerke
OE Andere Kraftwerke
C Kohleumwandlungsanlagen
W Wiederaufbereitungsanlagen

O Ölschieferprojekte
T Teersandprojekte
G Geothermale Anlagen
UM Uranminen
N Erdgasgewinnungs- und lagerungsanlagen
╬ Eisenbahnen (in Verbindung mit Energieentwicklung)
CP Kohlegemisch-Pipelines
PP Petroleum- und Erdgaspipelines

41

(National Sacrifice Areas) zu erklären, wo eine Landwiederherstellung nicht einmal versucht wird." (56)

Sehen Sie dazu auch Abbildung 8. Abbau und Verarbeitung von Uranerz, Kohle und synthetischen Brennstoffen in großem Maßstab, zusammen mit dem Wasserbedarf, der für diese Prozesse nötig ist, werden voraussichtlich äußerst schwerwiegend in die Geologie des Plateaus eingreifen. So werden sie auch zu extremen und unberechenbaren Störungen von Niederschlagsprozessen in regionalem und globalem Maßstab führen. Im folgenden werden einige Gründe dafür besprochen (sehen Sie auch Anhang 4 und 5).

7. Mehrere synthetischen Brennstoff erzeugende Werke nach dem Vorbild des SASOL-Komplexes in Südafrika sind für das Gebiet des Colorado Plateaus geplant (57). Mehr als 20.000 Tonnen 'Asche' werden täglich von jedem eines solchen Werks abgegeben. Zusätzlich dazu benötigen sie eine beträchtliche Menge von Elektrizität, die mit Hochspannungsleitungen zur Verfügung gestellt werden soll. Es gibt schnell zunehmende Beweise dafür, daß diese Leitungen mit der Beeinflussung von elektromagnetischen Feldern und Ionenströmen in Verbindung stehen. Darüberhinaus gibt es weitreichende Belege über die möglichen Auswirkungen dieser Art von Störung, von denen wir manche schon angeführt haben (58) (59).

8. Es werden Dämme gebaut werden, um das kostbare Wasser für die Verarbeitung von synthetischen Brennstoffen, Uran und Kohle zurückzuhalten. Diese Dämme werden vermutlich Druck auf die bestehenden Faltungslinien ausüben (Abb. 9) und Radongas freisetzen, das zu einer Ionisierung der Atmosphäre in hochreichenden Säulen führt. Rogers (60) hat eine 300%ige Erhöhung von spürbaren seismologischen Vorkommnissen (Erdbeben) nach der Auffüllung von Lake Mead in Nevada/Arizona nachgewiesen.

9. Weitere Wasserquellen sind zwei der drei riesigen Grundwasserreservoire des Colorado Plateaus. Eins davon, das Black Mesa Reservoir, wird seit 1968 zugunsten einer Flüssigkohleleitung mit einer Geschwindigkeit von 102,2 hl in der Minute ausgetrocknet. Dort wird auf bis zu 26.300 km^2 Kohle im Tagebau abgebaut. Die Wasserentnahme ist weit höher als der natürliche Nachfluß. Das San Juan Reservoir soll zu demselben Zweck angezapft werden, ebenfalls mit einer Abflußrate, die höher als die Zuflußrate ist.

Persinger (61) stellt fest, daß eine wesentliche Absenkung des Wasserspiegels den Widerstand der Mineralien unter der Erdoberfläche erheblich erhöht. Dies hat eine erhöhte atmosphärische Ionisierung zur Folge.

10. Natürlich auftretende radioaktive Ablagerungen spielen bei der Erzeugung der Hälfte der Ionen in der Oberflächenatmosphäre eine Rolle. Wir müssen daher die Zusammenhänge zwischen Uranabbau und -verarbeitung, Atomkraftwerken und Wiederaufbereitungsanlagen auf der einen und atmosphärischer Elektrizität und Wettersystemen auf der anderen Seite in diesem Licht betrachten.

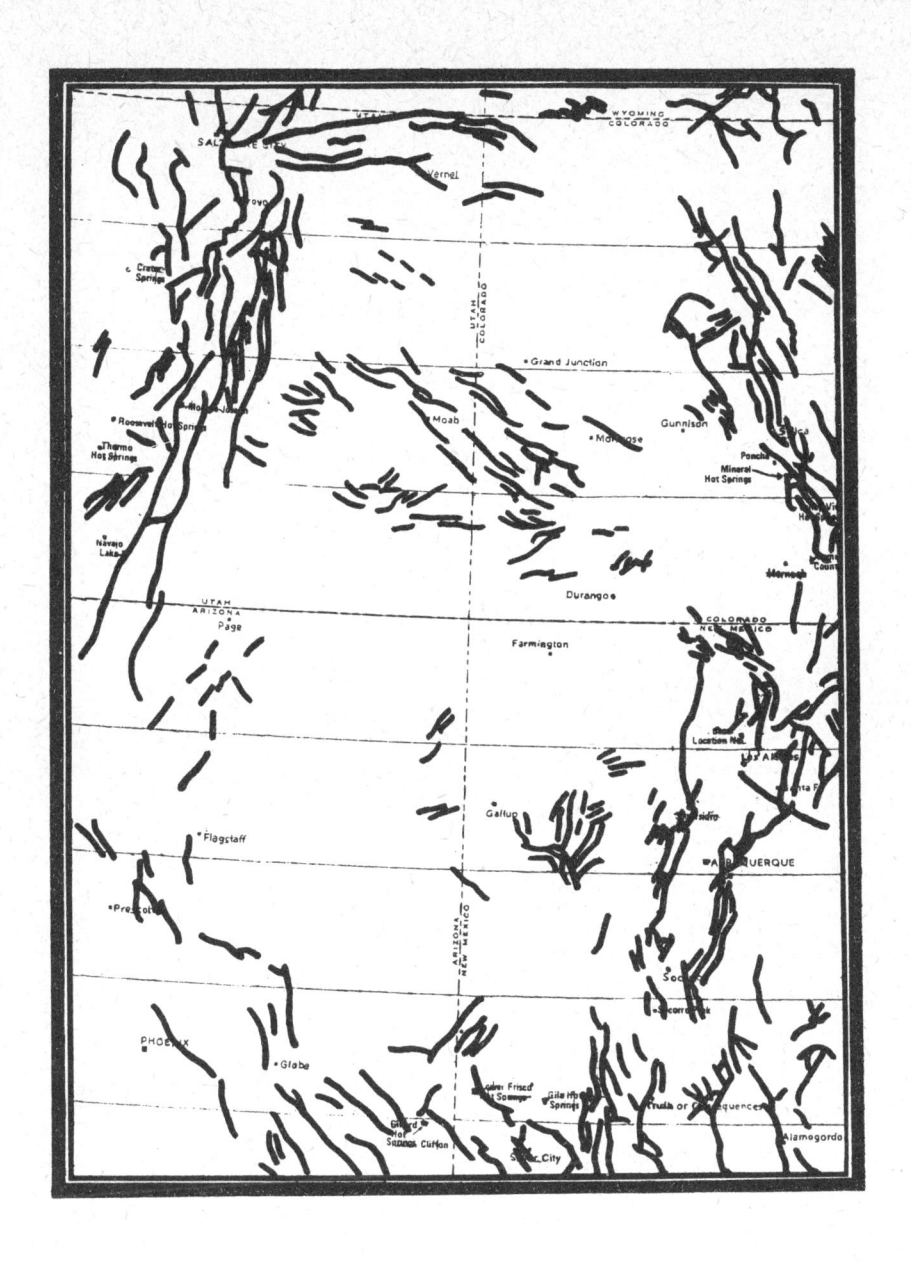

Abbildung 9: Das Faltungssystem des Colorado Plateaus

Quelle: US Geological Survey
„Geothermal Survey for Western US",
US Government Printing Office, Washington, D.C.

Kernkraftzentren sind Gruppen von 25 bis 40 Reaktoren in 'dünn besiedelten Gebieten'. Boeck (62) erklärt, wenn die Abstrahlung von 85 kr von e i n e m dieser Kernreaktoren unvermindert andauere, werden weltweite Veränderungen im atmosphärischen Stromkreis innerhalb von 50 Jahren erfolgen. Und der Leitartikel des Electric World Magazine vom 1. November 1975 erwähnt "die Möglichkeit, daß solch eine konzentrierte Energiequelle bestimmte Wettersysteme so abändern könnte, daß ein einziger starker Wirbel entsteht, etwa einem Tornado gleich". In New Mexiko wird wahrscheinlich ein solches Energiezentrum fertiggestellt, und zwar in der Nähe von Socorro, New Mexico, einer der Gegenden mit der höchsten Konzentration von natürlich entstehenden Blitzen auf dem Kontinent.

11. Vor dem Hintergrund, daß Strahlung die Quelle von atmosphärischer Elektrizität ist, sind die folgenden Äußerungen der Nuclear Regulatory Commission bedenkenswert:

"Uranabbau und -zerkleinerung sind die wichtigsten Strahlungsquellen... des gesamten Kernbrennstoffkreislaufs, weit mehr noch als kernreaktoren oder Lagerstätten für hochradioaktiven Müll." (63)

Mehr als die Hälfte des US-Urans kommt aus offenen Minengruben, die jede nach Schätzungen eintausend bis mehrere hunderttausend Curie pro Jahr freisetzen (64).

Die Industrialisierung dieser Region für die nationale und internationale Wirtschaft, dieses "Opfer", kann ganz zweifellos in eine nationale und weltweite Umordnung des Klimas münden, wenn sie einer ohnehin schon unsicher aufrechterhaltenen Dynamik auferlegt wird.

V. Einige wirtschaftliche Überlegungen

Wasser und Gesundheit sind Schlüsselbereiche für eine blühende Four Corners-Region. Es sollte scheinen, daß die Bewohner der Gegend mit ihrem Land der 'nationalen Sicherheit' besser dienen, wenn sie nicht die begrenzten Uran-, Kohle- und Wasservorräte ausbeuten, sondern wenn sie die natürliche Rolle des Gebietes bei der Aufrechterhaltung regionaler und globaler Wetter- und Gesundheitssysteme erkennen und schützen, zumindest bis zu einem besseren Verständnis der Vorgänge. Die Four Corners Information Study Group der National Air Quality Commission ist zu diesem Zweck ideal eingerichtet. Eine Neubewertung des Begriffs 'nationale Sicherheit' hat viele stabilisierende und sich steigernde ökonomische Vorteile nicht nur für die Bewohner der Region, sondern möglicherweise auch auf internationaler Ebene.

1. Der Schutz der Colorado Plateau-Region würde eine verantwortliche Aufrechterhaltung der Lebensmittelproduktion bedeuten:

"... Wir müssen der unangenehmen Wahrheit ins Auge sehen, daß in der nahen Zukunft die Wahrscheinlichkeit von Lebensmittelknappheit, Preiserhöhungen, Inflation und Hungersnot mindestens ebenso durch die Launen des Wetters gesteuert wird wie durch die Politik der Landwirtschaftsbürokratie. Man kann die Sache einfach so ausdrücken: *Der Raum zwischen der Weltlebensmittelproduktion und der Nachfrage ist so klein, und die Reserven so gering, daß schon ein 1%iger Rückgang der globalen Lebensmittelproduktion ernsthafte Auswirkungen haben kann.*" (65)

"... Neun andere biogeographische Provinzen rund um die Rockies sind zu einem gewissen Grade in Wasserversorgung und Bodenfruchtbarkeit auf sie angewiesen..., eine grundlegende Quelle an Nahrung und Wasser für den größten Teil der Pflanzen, Tiere und menschlichen Gemeinschaften in der westlichen Hälfte Nordamerikas." (66)

2. Gardner hebt hervor, daß bei den gegenwärtigen aus privaten, Staats- oder Bundesmitteln finanzierten Wetterbeeinflussungsprojekten zur Vermehrung der Schneemenge in den Colorado Rockies "der reine wirtschaftliche Effekt... der sein wird, daß Steuergelder aus der öffentlichen Hand in die Taschen der Energiekonzerne geschoben werden, die tief in Mineralabbau und künstlich bewässerte Landwirtschaftsprojekte im Coloradobecken verstrickt sind... Und viel von dem für die Energieerzeugung zur Verfügung gestellten 'Extra'wasser wird für die Kohleminen und Kernreaktoren abgezweigt, anstatt für die Entwicklung von Alternativen verwendet zu werden, wie etwa der Sonnenenergie, für die diese Gegend gut geeignet ist." (67) (Siehe auch Anhang 6).

3. Wegen der Unvorhersehbarkeit von Wetterveränderungen sind schon mehrere Katastrophen eingetreten. Eine Blitzflut in Rapid City, South Dakota, verursachte Stunden nach einem wolkenerzeugenden Projekt des Bureau of Reclamation eine unglaubliche Überschwemmung von etwa v i e r m a l dem Sechs-Stunden-Niederschlag, den man einmal in 100 Jahren erwartet. Sie tötete mehr als 200 Menschen und verursachte einen Schaden von mehr als 100 Millionen Dollar. Ankläger aus South Dakota verklagten das Innenministerium auf 1,7 Millionen Dollar Schadensersatz für Menschenleben und Sachschäden. Schutz und Untersuchung von natürlichen Wettersystemen würden zügellose Spekulationen mit der Wetterbeeinflussung vermeiden helfen.

4. Unvorhersehbare und verheerende Wettervorgänge können einen nuklearen Großunfall verursachen. Eine unvorhergesehene Blitzflut könnte eine radioaktive Abraumhalde wegwaschen. Ein Reaktor könnte von einem beispiellosen Tornado oder von Erdstößen beschädigt werden.

"Das Bundesrecht begrenzt die Schadenssumme für die Versicherung bei nuklearen Unfällen, und die Grenze ist lächerlich niedrig. ...560 Millionen Dollar..., (obwohl) eine Studie der Atomic Energy Commission von 1957 den Schaden eines nuklearen Großunfalls auf 7 Milliarden Dollar festsetzte. Sieben Jahre später setzte ein anderer Regierungsbericht die Zahl auf zwischen 17 und 280 Milliarden Dollar. Eine konservativere Bundesuntersuchung von 1975 sagt immer noch 14 Milliarden Dollar an Schäden voraus." (68)

5. An einfachen Geldausgaben gemessen ist das Gebiet der Four Corners weniger ein gebildetes und gesundes Gebiet als vielmehr eine Militärregion. Zum Beispiel:

> "Im Haushaltsjahr 1978... gab die Bundesregierung in Colorado pro Kopf 614 Dollar für Militärzwecke aus, 52 Dollar für das Gesundheitswesen und nur 24 Dollar für Bildung. Während Erstverträge mit dem Militär zwischen 1976 und 1978 um 44 % stiegen, wuchsen die Bundeszuschüsse für Gesundheit, Bildung und Soziales in dieser Periode um 34 %. Die allmähliche Auspressung von Menschen und physikalischen Rohstoffquellen durch das Militär signalisiert die Aushöhlung von wirtschaftlicher Gesundheit, Industrie, Ausbildung, Gesundheitswesen und ziviler Technologie." (69)

Diese ökonomischen Tatsachen haben eine direkte Auswirkung auf die Ionisierung der Atmosphäre in dieser Gegend. Zum Beispiel wurden 6 Millionen Dollar an die Abteilung von Martin Marietta in Denver gezahlt für die Systemdefinitionsphase der 200 landgestützten beweglichen MX-Raketen, die in unterirdischen Tunnelsystemen installiert werden sollen. Rockwell International unterhält über Militärverträge mit dem Energieministerium die

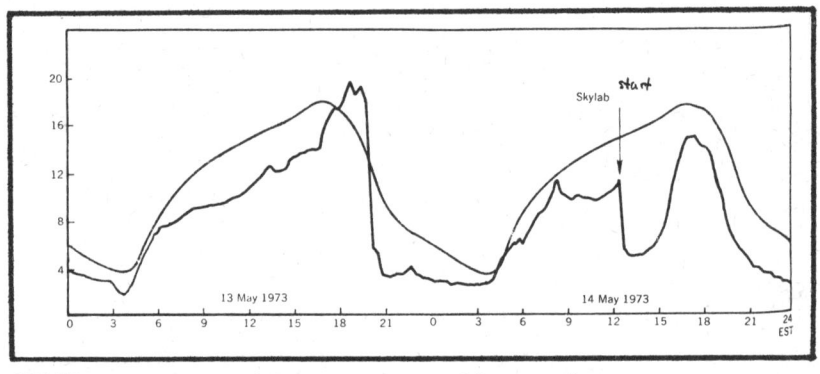

Abbildung 10: Gesamtelektronengehalt (10^{12}gm/ cm^2)

> *Gemessen vor und während des Starts der Raumsonde 'Skylab", verglichen mit dem monatlichen Mittel. Der Start von "Skylab" verursachte einen drastischen Abfall des Gesamtelektronengehaltes.*
>
> *Quelle: ,,Analysis shows Skylab tore hole in Ionosphere", in: Physics Today, Vol. 28, Nr. 5, Mai 1975*

Rocky Flats Kernwaffenfabrik 16 Meilen nordwestlich von Denver. Die Wetterverhältnisse über Rocky Flats übersteigen schon jetzt die Erwartungen an die Ausrüstung. Die Winde haben stetig an Geschwindigkeit zugenommen, bis sie im Frühjahr 1980 bei 192 Stundenkilometern die Meßgeräte zerstörten. Das Energieministerium betreibt auch die Versuchsstätten in Los Alamos, die sich in und um ein ausgedehntes Höhlensystem erstrecken. Sowohl diese Einrichtungen als auch Rocky Flats sind jetzt hochgradig radioaktiv. (70) (Abb. 10)

6. Es hat den Anschein, daß besonders Versicherungsgesellschaften von dem Mangel an öffentlichem Bewußtsein über die Problematik von beabsichtigten und geplanten Veränderungen von Wettersystemen profitieren. Niemand, sei es Bauer oder Bürger, hat bisher auch nur einen Pfennig für Schäden aus Wetterbeeinflussungsprojekten einklagen können. Das fällt nämlich unter den Punkt 'höhere Gewalt' (71) oder unter wissenschaftliche Maßstäbe von 'Unvorhersehbarkeit'. Unterdessen haben Regierungsuntersuchungen und Meßoperationen allein 1974 259 Millionen Dollar gekostet, die nie erfolgreich vor Gericht angegriffen werden können. Ein Projekt 'Skywater' des Bureau of Reclamation wurde mit 20 Jahren Laufzeit bei seiner Konzeption auf 800 Millionen Dollar veranschlagt. Derartige Projekte stören die Wettersysteme ohne Überwachung und sind vor Gericht nicht zur Verantwortung zu ziehen. Versicherungsprämien werden nie ausgezahlt.

Zusatz:

Bitte beachten Sie auch:

Gribbin, Dr. John, "Geomagnetism and Climate", New Scientist, February 5, 1981, S. 350-353. "Wissenschaftler der Columbia University in New York haben durch die Forschungen Dr. Goeast Wollins überzeugende Beweise und eine Erklärung dafür gefunden, daß zwischen Veränderungen im Magnetfeld der Erde und Veränderungen im Klima Verbindungen bestehen."

Cobb. W.E., Caldwell, B.R., und Wellman, D.L., "Aircraft Electric Field Measurements in Coal-Fired Power Plant Plumes", National Oceanic and Atmospheric Administration, 30th and Marine Street, Boulder, Colorado 80303. "Es wird die Möglichkeit diskutiert, daß die 10.000 mit elektrostatischen Ausfällapparaten versehenen Schornsteine in der Welt das globale elektrische Klima der Atmosphäre beeinflussen könnten..."

Zusammenfassung

Das Colorado Plateau: Ein meteorologischer Querschnitt, der das Vorhandensein ungewöhnlicher atmosphärischer Ionisierungsverhältnisse und damit verbundene Auswirkungen auf die Gesundheit aufzeigt.

Das Colorado Plateau ist eine ausgeprägte geographische Region, die vollständig im Gebiet der Four Corners liegt und sich längs des 37. Grades nördlicher Breite erstreckt. Jüngere Forschung in Geophysik und Mikrophysik der Wolken deutet auf eine — möglicherweise kritische — Beziehung seiner geologischen Merkmale zu klimatologischen Prozessen nicht nur regionaler, sondern auch globaler Größenordnung hin. Diese Beziehung beeinflußt durch atmosphärische Ionisation Verhaltens- und Wachstumsprozesse des Erdbodens, der Vegetation, des tierischen und menschlichen Lebens.

Das Colorado Plateau (das Gebiet der Four Corners), wo Colorado, Utah, Arizona und New Mexico zusammentreffen, ist ein ungefähr 560 km durchmessender Kreis tangentialer Faltungslinien, welcher die größte Zahl von Hochgebirgsgipfeln in Nordamerika außerhalb Alaskas umfaßt. Diese Landmasse beinhaltet auch das Uranfeld des San-Juan—Beckens, Kohlereserven sowie ein ausgedehntes Höhlensystem. Diese vier geologischen Merkmale (Faltungen, Hochgebirgsgipfel, radioaktive Minerallagerstätten und Höhlen) sind alle Bestandteile landgebundener atmosphärischer Ionisierungsprozesse. (Ionisierung bezeichnet in diesem Zusammenhang das Lösen von Elektronen aus Luftmolekülen, das der Luft eine elektrische Ladung geben kann, die sich aus den Proportionen positiv und negativ geladener Luftpartikel ableitet.) Diese können sich zu Niederschlagsprozessen verbinden.

Da sich das Colorado Plateau längs des 37. Grades nördlicher Breite erstreckt, kommt ihm eine bedeutende Position in einigen globalen Systemen der fundamentalen Eigenschaften der Atmosphäre zu. Diese umfassen die Morphologie von Wettersystemen, Wolkenbedeckung und Wolkenhöhe; die Verteilung von Wasserdampf und flüssigem Wasser; das elektrische Potential der Ionosphäre; weltweite Gewitteraktivität und Grenzen der Vorhersagbarkeit.

Schon in den vierziger Jahren wurde in Populär- und Fachliteratur angedeutet, daß atmosphärische Elektrizität eine fundamentale Grundlage für alles biologische Leben sein könnte. Die Forschung der letzten vierzig Jahre hat diese frühe Vermutung einwandfrei bestätigt. Die möglicherweise kritische Rolle des Colorado Plateaus bei der Erzeugung von Ionen erfordert einen kurzen Überblick über die bisherigen Forschungsergebnisse, die sich mit der Auswirkung auf den Menschen beschäftigen.

Der Bericht stellt ein grundlegendes Modell vor, in dem bioelektrische, biochemische Lebensprozesse mit geographisch definierten Regionen verbunden werden. Die Auswertung dieses Modells liefert eine Grundlage zur Datenerhebung, um die Charakteristika von Luftqualität und die Ergebnisse menschlicher Urbanisierung auf dem Colorado Plateau und verwandten Gebieten zu verstehen.

Die vorgeschlagene Arizona Three Mesa Ionisation Study, entworfen von E. A. Rauscher, D. L. Murphy und Q. Chen von den Lawrence Berkeley Laboratories und J. S. Hayes und H. Mullins von Mullins Engineering, wird als ein Forschungsvorhaben zur teilweisen Auswertung dieses Modells angeregt (siehe Anhang 8).

Im Lichte der Forschung, die die Beziehungen von atmosphärischer Elektrizität zu mikrobiotischem, tierischem, pflanzlichem und menschlichem Verhalten und Gesundheit aufzeigt, ist ernstliche Aufmerksamkeit bezüglich der Auswirkungen menschlicher Eingriffe in die Geologie des Colorado Plateaus und die Folgen für Wettersysteme, Gesundheit und Ökonomie angebracht.

Literaturhinweise

1. "How Weather Can Foul Your Mood", U.S. News and World Report; 2. Juli 1979, S.40.

2. "Animals' Actions Before Quakes May Be Linked to Paticles in Air", New York Times, 31. Dezember 1978.

3. Persinger, M. und Lafreniere, G.: "A Natural Explanation for Close Encounters", East West Journal Vol. 9. Nr. 2 1979, S. 42–46.

4. Roble, R. und Hayes: "Solar-Terrestrial Coupling Through Atmospheric Electricity", M i d d l e A t m o s p h e r e E l e c t r o d y n a m i c s : Report of the Workshop on the Electrodynamics of the Middle Atmosphere, 1979 (National Aeronautics and Space Administration CP-2090).

5. Komarek, E.V.: "Fire and Man in the Southwest", Proceedings of the Symposium on Fire, Ecology, and the Control and Use of Fire in Wildlife Management, Arizona Academy of Science, Tucson, Arizona 1969.

6. Tectonic Map of the United States, 1962. Hrsg.: American Association of Petroleum Geologists, P. O. Box 979, Tulsa, Oklahoma 74 101.

7. Boeck, W.L.:: "Meteorological Consequences of Atmospheric Krypton-85", Science Vol. 193, Nr. 4249 1976, S. 195–198.

8. Markson, R. und Muir, M.: "Solar Wind Control of the Earth's Electric Field", Science Vol. 208, Nr. 4447 1980, S. 981 ff.

9. Sartor, Doyne, Plateau – Quarterly of the Museum of Northern Arizona Vol. 37, Nr. 1, Sommer 1964.

10. Yarborough, K.: "Investigations of Radon and Thoron Produced Radation in National Park Service Caves", erhältlich beim U.S. Department of the Interior, National Park Service, Southwest Region, P. O. Box 728, Santa Fe, New Mexico 87 501.
11. Gordon, S.: "Black Mesa: Angel of Death", John Day Company, New York: 1974, S. 51.
12. Krueger, A.P. und Reed, E.J.: "Biological Impact of Small Air Ions", Science Vol. 193, 1976, S. 1209–1213.
13. Krueger, Ibid.
14. Tilson, S.: "Electricity and Weather Modification", IEEE Spectrum, April 1969.
15. In Konversation mit der Autorin.
16. Matsushita, S. und Karnicle, Y.: "Simulation Studies of Ionospheric Electric Fields and Currents in Relation to Field-Aligned Currents, 1. Quiet Periods", Journal of Geophysical Reserch 1979.
17. Roble, op. cit. (4)
18. Eagleson, P.: "Climate, Soil and Vegetation 1. Introduction to Water Balance Dynamics", Water Resources Research Vol. 14, Nr. 5 1978, S. 705.
19. Budyko, M.T., Efimova, N.A. und Strokina, L.A.: "The Heat Balance of the Earth's Surface", Izv. Akad. Nauk SSSR. Sev. Geogr. Nr. 1 1962, S. 6–16.
20. Houghton, H.G.: "On the Annual Heat Balance of the Northern Hemisphere", Journal of Meteorology Vol. 11, Nr. 1 1954, S. 1–9.
21. Lee, R.: "Forest Microclimatology", Columbia University Press, New York 1978, S. 5.
22. Moore, C.C., Vonnegut, B., Vrablik, E.A. und McCaig, D.A.: "Observations of Rain and Hail Gushes after Lightning", Vortrag auf der 10th Weather Radar Conference, Washington, D.C., 22. April 1963, 16S.
23. "Global Lightning Distribution", Hrsg.: Air Force Technical Applications Center, Patrick Air Force Base, Florida 32 925.
24. "How Weather Can Foul Your Mood", op. cit. (1), S. 37.
25. Jones, D.P., O'Connor, S.A., Collins, J.V. und Watson, B.W.: "Effect of Long-term Ionized Air Treatment on Patients With Bronchial Asthma", Thorax 31, 1976, S. 428.
26. Krueger, A.P. und Sigel, S.: "Ions in the Air", Human Nature, Juli 1978, S. 49.

27. Wilson, R.: "Cosmic Trigger", And/Or Press, Berkeley: 1977, S. 129.
28. Kellog, E.W., Yost, M.G., Barthakur, N. und Krueger, A.P.: "Superoxide Involvement in the Bactericidal Effects of Negative Air Ions on Staphylococcus Albus", Nature, Vol. 281, S. 400.
29. Bise, W.: "Low Power Radio-frequency and Microwave Effects on Human Electroencephalogram Behavior", Physiol. Chem. and Physics Nr. 10. 1978, S. 388.
30. Brown, B.: "Magnetic Field Strength and Organismic Orientation", Biological Bulletin.
31. "Bees Apparently Can Read Earth's Magnetic'Map' ", Denver Post, 11. Oktober 1978.
32. "How Robins Use a Build-in Compass", Colorado Springs Audubon Society Newsletter, März 1977, S. 6.
33. Richardson, W.J.: "Timing and Amount of Bird Migration in Relation to Weather: A Review, OIKOS, 12. Januar 1978, S. 252.
34. Beiser, G.: "The Story of the Earth's Magnetic Field", E.P. Dutton and Co., Inc., New York: 1964, S. 108.
35. Yung, McElroy: "Fixation of Nitrogen in the Prebiotic Atmosphere", Science Vol. 203, Nr. 4384 1979, S. 1002−1004.
36. Lovelock, J.E.: "Gaia. A New Look at Life on Earth", Oxford University Press, 1979, Tafel 3.
37. Rothchild, J.: "They Blight Up Your Life", Mother Jones, Juni 1978, S. 49.
38. Ormes, J.C.: "The National Academy of Sciences Fluorocarbon-Ozone Reports", S. 32. Nachdruck aus: "Weather Forecasting/Atmospheric Ozone", UCAR Forum 1975 und 1976, National Center for Atmospheric Research (NCAR), Box 3000, Boulder, Colorado 80 303.
39. "Looking to the Geological Record to Understand Climate Change", News Report, Monthly Register of Activities of the National Academy of Sciences, National Academy of Engineering, Institue of Medicine, National Research Council, Vol. 27, Nr. 12, 1978, S. 14.
40. "Prigogine's Science of Becoming", Brain-Mind Bulletin, Vol. 4, Nr. 13, 21. Mai 1979, S. 1.
41. "Das Zeitalter der Unbestimmtheit", Anhang 1.
42. Salstein, D.: "Limitations to the Accuracy of Energy Resource Allocation Based on Weather Predictions", NCAR, Box 3000, Boulder, Colorado 80 303, Nachdruck Nr. 2947.

43. Schneider, S.: "Is a Food-Climate Catastrophe Improbable?", NCAR, Boulder, Colorado.

44. "Scientists See Ozone and Carbon Monoxide Linked in Global Pollution", NCAR Information Release, 5. Dezember 1979.

45. Ibid.

46. "Atmospheric Ozone", aus: "Weather Forecasting/Atmospheric Ozone", UCAR Forum 1975 und 1976, NCAR, September 1977.

47. "Now Even the Rain is Dangerous", Dampier.

48. Likens, G.E., Wright, R., Galloway, J. und Butler, Th.: "Acid Rain", Scientific American Vol. 241, Nr. 4, Oktober 1979, S. 43.

49. Johnson, D.: "Volcanic Dust has Greater Impact Than Expected", NCAR Information Release, 7. Dezember 1979.

50. Selvam, A.M., Murty, R., Paul, S.K., Vijayakumar, R. und Murty, B.V.: "Airborne Electrical and Microphysical Measurements in Clouds in Maritime and Urban Environments", Atmospheric Envieronment Vol.12, Nr. 5, 1978, S. 1097–1102.

51. "The Management of Weather Resource, Vol.1", Report to the Secretary of Commerce from the Weather Modification Advisory Board, 1978, Kap. 4.

52. Gardner, H.: "Guess Who's Fooling Around With the Weather?", New Times, 27. Juni 1975, S. 21.

53. Glantz, M. und Katz, R.: "Does Cloud-seeding Work? Does Anybody Really Know?", Denver Post, 24. Februar 1980.

54. Tilson, S.: "Electricity and Weather Modification", IEEE Spectrum, April 1969.

55. Roble, R.G. und Hayes, P.B.: op. cit. (4).

56. La Duke, W.: "The Council of Energy Resource Tribes:: An Outsider's View In", Juli 1980, S. 34–35, erhältlich bei: Women of All Red Nations, P.O. Box 2508, Rapid City, S.D. 57 709.

57. La Duke, W.: op. cit. (56), S. 23.

58. "Powerline!", erhältlich bei: Hold That Line, Box 5, Lowry, Minnesota 56 349.

59. Schiefelbein, S.: "The Invisible Threat", Saturday Review, 15. September 1979, S. 16.

60. Rogers, A. M. und Lee, W. H. K.: "Seismic Study of Earthquakes in the

Lake Mead, Nevada-Arizona", Bulletin of the Seismological Society of America, Vol. 66, Nr. 5, Oktober 1976, S. 1657 ff.

61. Persinger, M.: "UFO Phenomenon and the Behavioral Scientist", Scarecrow Press, Metuchen, N.J.: 1979, S. 407.

62. Boeck, W. L.: op. cit. (7), S. 6.

63. Tribal People's Survival, Vol. 2, Nr. 1, April 1980, S. 7.

64. Nucleonics Week, Vol. 19, Nr. 21, Mai 1978.

65. Schneider, S.: op. cit. (43), S. 6.

66. Berg, P. und House, L.: "Are the Rockies Too Big to Worry About?", erhältlich bei: Planet Drum Foundation, Box 31 251, San Francisco, California 94 131.

67. Gardner, H.: op. cit. (52), S. 24.

68. Anderson, J.: "Financial, Health Ruin Looms Near Nuke Plants", Washington Post, 10. Mai 1979.

69. Schware, R.: "Colorado's Becoming a Military Junkie", Rocky Mountain News, 19. August 1979, Denver, Colorado.

70. Nicklaus, P. und Feldman, D.: "How Safe is New Mexico's Atomic City?", April 1980, erhältlich bei: Southwest Research and Information Center, P. O. Box 4524, Albuquerque, New Mexico 87 106.

71. Ponte, L.: "Who Owns the Weather?", Rocky Mountain News, 15. Juni 1980, S. 55.

Anhang

I.

Ivan Tolstoy

Das Zeitalter der Unbestimmtheit

Je größer die Komplexität des zu lösenden Problems, desto größer die Fehlbarkeit von Langzeitvoraussagen. Was aber veranlaßt dann die Technologen unserer Zeit anzunehmen, daß die Folgen ihrer Handlungen für zukünftige Generationen alle bestimmt werden können?

Betrachten wir die Dünung, die sich am Strande bricht. Wenn die Wellen zum ersten Mal in seichtes Wasser vorstoßen, sind sie langgezogen, gleichmäßig und rhytmisch; es ist nicht schwierig, diese Art von Wellen in Worten und Mathematik zu beschreiben. Wenn das Wasser seichter wird und die Welle vordringt, wird der Wellenkamm schärfer, die Front baut sich zu einer wässrigen Wand auf, wird instabil und beginnt vorzukräuseln, vorwärtsfallend in einem anmutigen Bogen. Bis hierher kann der Mathematiker, vielleicht mit Hilfe eines Computers, die Welle noch beschreiben, ja sogar ihre Formentfaltung voraussagen. Doch dann zerbricht sie in eine brodelnde wirbelnde Masse Schaumes; zu diesem Zeitpunkt hat er das große Nachsehen. Denn schauen wir den Schaum von Nahem an: ein Überfluß von Luftblasen, Strudeln, Kieseln und Sandkörnern, Unterströmen, Kräuseln aller Größen... Es wäre närrisch, eine vollständige Beschreibung eines solchen unorganisierten und wilden Verhaltens zu versuchen; es ist zu chaotisch und unvorhersagbar.
Bis kürzlich glaubten Wissenschaftler noch an die rückversichernde, dem 19. Jahrhundert entsrpungene Sicht der Natur als vorhersagbar. War der Newtonsche und Laplacesche Uhrwerksdeterminismus in atomaren Größenordnungen längst verworfen, wurde er in der makroskopischen Welt von Vernunft und technischen Wissenschaften noch immer akzeptiert. Ein Supercomputer, gefüttert mit genügend präziser Information, könnte, so dachte man, die Zukunft von Ozeanen, Kontinenten und des Wetters beschreiben. Dennoch weisen die sich am Strand brechenden Wellen auf etwas anderes; sie teilen uns mit, anschaulich und kraftvoll, daß auch auf dieser Ebene Determinismus zweifelhaft sein kann. Und in der Tat folgt aus modernen, fortgeschrittenen mathematischen und computergestützten Studien, daß sich Fließstoffe (Fluide) wie Wasser und Luft häufig und grundlegend in unvorhersagbarer Weise verhalten. Dies ist eine der wichtigen Einsichten der Wissenschaft des 20. Jahrhunderts: Sie setzt unserer Fähigkeit zur Vorhersage Grenzen. Es gibt Grenzen unserer Macht.

Der Meteorologe ist ein gutes Beispiel. Natürlich eine fiktive Person — tatsächlich ein Team von Männern und Frauen, Computern und Instrumenten — funktioniert er wie jeder andere Wissenschaftler. In der einen Hand hält er die Natur, in der anderen ein Modell. Das Modell ist im Prinzip ein Satz mathematischer Operationen, welche die Naturgesetze repräsentieren, Operationen, die von einigen der größten und schnellsten Computern auf der Welt ausgeführt werden. Der Meteorologe füttert den Computer mit allen Beobachtungen in Bezug auf den Istzustand — einer echten, detaillierten Wetterkarte, mit Temperaturen, Luftdrucken, Feuchtigkeiten, Windgeschwindigkeiten — eine riesige Zahlenmenge. Der Computer manipuliert und verdaut diese Daten für eine Weile und spuckt dann seine Voraussagen für das morgige Wetter aus, oder das der nächsten Woche. Nun gibt es zwei grundlegende Beschränkungen in derartigen Vorhersagen.

Die erste ist schlichtweg offensichtlich: Wenn nur eine der dem Computer eingegebenen Zahlen fehlerhaft ist, oder das Datemaderial unvollständig, wird das Resultat ungenau sein; jemand der Sonnenschein erwartet, wird plötzlich Regen haben, oder umgekehrt. Ein wichtiger Punkt ist hier, daß in solchen Berechnungen, wie in jeder mathematischen Kalkulation, Fehler zum Wachsen neigen, selbst wenn sie winzig sind. Es gibt ein einfaches physikalisches Modell für diese Art von *Fehlerwachstum*. Stellen wir uns einen karambolierenden Billardspieler vor; ein kleiner Fehler beim Zielen wird von Anschlag zu Anschlag vergrößert. Nun stellen wir uns einen Tisch vor, auf dem die Kugel endlos rollt, immerzu an die Kanten stoßend. Die Fehlerspanne wird schließlich so groß, daß sie den ganzen Tisch umfaßt. Eine simple mathematische Aussage bestätigt dies: Alles, was wir über die ferne Zukunft aussagen können ist, daß sich die Kugel irgendwo auf dem Tisch befinden wird. Das Problem ist nicht determinierbar geworden: Das Phänomen des Fehlerwachstums erlaubt uns nur, eine triviale Vorhersage zu machen. Eine gleichartige Sache passiert in einem Computer: Ein kleiner Fehler im Ausgangspunkt einer komplexen Abfolge mathematischer Schritte wächst mit der Zahl der Operationen. Daher sind *alle* unsere Vorhersagen beschränkt, weil alle Messungen, wie vorsichtig auch immer sie ausgeführt sein mögen, eine Fehlerspanne haben. Diese Beschränkung unseres Wissens war der Wissenschaft des 19. Jahrhunderts bekannt. Dennoch wurde geglaubt, daß sie, wenigstens theoretisch, durch Vergrößerung von Genauigkeit und Zahl der Messungen umgangen werden könnte. Offensichtlich mußte es praktische Grenzen für derartige Verbesserungen geben, wenn auch nur ökonomische. Aber diese Grenzen sah man nicht als grundlegend an: Wäre man nur willens, mehr Zeit und Geld aufzuwenden, so könnte man, so schien es, die Genauigkeit seiner Vorhersagen unendlich verbessern. Die Beschränkung des Fehlerwachstums war eine *praktische* Frage.

Die Fehlbarkeit von Langzeitvoraussagen

Bis in die sechziger Jahre unseres Jahrhunderts wurde weitgehend vertreten, daß dies die Hauptbegrenzung der Fähigkeit der Wissenschaft sei, das Langzeitverhalten von Fließstoffen, und speziell von atmosphärischen Bewegungen und vom Wetter, vorauszusagen. In letzter Zeit wurde ein zweiter Faktor ausgemacht, ein *fundamentalerer* Faktor. Es scheint einfach, daß die Bewegung von Fließstoffen aus sich heraus unvorhersagbar ist. Wie im Falle der brechenden Welle können Fließstoffe *instabil* werden. Anders ausgedrückt, sehr kleine Faktoren können große Ergebnisse zeitigen, ein winziger Stoß kann Dinge ins Trudeln versetzen. Dieser grundlegende Aspekt des Verhaltens von Fluiden wurde mathematisch, im Bereich der Wettervorhersage, von einer Gruppe von Leuten in den sechziger und siebziger Jahren entwikkelt, besonders von E.M. Lorenze vom Massachussetts Institute of Technology. In physikalischen Begriffen ist die Botschaft einfach: Unerwartete atmosphärische Instabilitäten können überall und zu jeder Zeit auftreten und unsere Vorhersagen umstoßen. Irgendwo wächst sich eine kleine Wolke zu einer Gewitterformation aus: Staubpartikel säen einen Regensturm; und man sagt, eine Seemöwe könne durch den Schlag ihres Flügels das Wetter der nächsten Woche beeinflussen. Das letzte mag eine Übertreibung sein, oder auch nicht; die Idee dieser Feststellung ist nichtsdestoweniger korrekt: Jenseits eines gewissen Punktes herrscht der Zufall.

Unbestimmtheit im Großen, in der makroskopischen Welt, ist nicht selten; dennoch ist sie nicht immer leicht zu erkennen. Nehmen wir klimatische Veränderungen. Die Erde weist eine lange Geschichte klimatischer Änderungen auf; Gletscher drangen periodisch nach Europa, Nordamerika und Teilen Afrikas vor. Die Zeitskalen sind austauschbar — Millionen von Jahren in geologischen Vorzeiten, Zehntausende von Jahren in der kürzeren Vergangenheit. Vor nicht allzu langer Zeit zogen der Moschusochse und das Wollmammut über die Ebenen von Frankreich, Deutschland und Rußland; in milden, halbtropischen Zwischeneiszeiten wurde der Süden Frankreichs vom Nilpferd und vom Löwen bewohnt. Das neuzeitliche Bild, während der letzten Millionen Jahre, ist eines klimatischer Schwankungen — warme Perioden folgen auf kalte. Trotzdem wissen wir nicht, wann die nächste Eiszeit auftaucht. Wir besitzen keine vorhersagende Theorie für Zyklen dieser Art. Natürlich gibt es Hypothesen, aber keine ist völlig befriedigend. Wir wissen zum Beispiel, daß astronomische Faktoren eine Rolle spielen — kleine, periodische Änderungen in der Ausrichtung der Erde bei ihrem Weg um die Sonne (die Milankovitch-Theorie). Wir vermuten weiterhin, daß die großen Zeiträume der Vereisung in der älteren Erdgeschichte mit galaktischen Langzeiteffekten korrelieren: Das Sonnensystem gleitet periodisch durch die staubgeladenen Arme unserer Galaxie; dies, so wird behauptet, beinflußt die Sonnenstrahlung, den Wärmehaushalt der Erde und daher das Klima. Dies sind einige der außenliegenden Faktoren, die möglicherweise klimatische Veränderungen verursacht haben. Wir wissen nicht, ob es weitere gibt; wir haben keine zuverlässige quantitative Theorie. Denn alles was wir wissen ist, daß das

Problem keine Lösung haben kann – jedenfalls nicht in den herkömmlichen deterministischen Begriffen.

Wetterpfuscherei

Dies wirft ein Störlicht auf aktuelle Gedanken über den Einfluß der Menschheit auf das Klima. Da ist die Kohlenstoffdioxid-Debatte: Die Industrie spuckt jährlich Millionen Tonnen von Kohlenstoffdioxid in die Atmosphäre, die weltweiten Konzentrationen verzeichnen alarmierende Zuwachsraten – 13 % seit Beginn der industriellen Revolution, vielleicht 25 % bis zur Jahrtausendwende. Waldrodung vertieft den Effekt weiter, da sie die Fähigkeit unseres Planeten vermindert, mit der Extraladung Kohlenstoffdioxid zu ringen. Änderungen wie diese sind Grund zur Sorge, denn sie rufen eine Störung des Gleichgewichtes der von der Atmosphäre aufgenommenen und in den Weltraum zurückgestrahlten Wärme hervor: Übrig bliebe, wie oft behauptet wird, ein gigantisches Gewächshaus Erde. Ob eine Erwärmung stattfinden wird, ist nicht klar – der Effekt ist zur Zeit allenfalls ein kleiner; aber niemand leugnet sein mögliches Auftreten. Viele Unsicherheiten umgeben das Problem; es ist sogar schwierig, das durch die Industrie produzierte Kohlendioxid aufzurechnen, mit einem möglichen Faktor des Zwei- oder Dreifachen der Menge. Darüberhinaus wurde gezeigt, daß andere Effekte, wie z. B. vermehrter Staub in der Atmosphäre, den Gewächshauseffekt kompensieren oder umkehren könnten. Paläoklimatische Beweise aus Tiefseebohrkernen weisen darauf hin, daß wir in eine neue Eiszeit rutschen – oder wenigstens bis kürzlich gerutscht sind... Es ist eine Tatsache, daß niemand eine sichere Langzeitprognose geben kann. Zur Zeit existieren keine Antworten; vielleicht kann es keine geben. *Eine Sache jedenfalls ist sicher: wir stören ein System, dessen Stabilität wir nicht verstehen.* Nichtsdestoweniger gibt es noch immer jene, die davon reden, sich am Wetter zu schaffen zu machen, und davon, das Klima hier und da zu verändern und ihren Absichten anzupassen. Vor einigen Jahren sickerte durch, daß das Pentagon Interesse an klimatischen Problemen fand. In den frühen siebziger Jahren gab es Gerede darüber, daß die USA das Klima manipulierten, indem sie grosse schneebedeckte arktische Gebiete mit Kohlenstaub besprühten. Dies würde tiefliegende Flachländer mit Seewasser überschwemmen oder die Natur der Vegetation soweit ändern, daß die Balance der absorbierten Sonnenwärme zur in den Raum zurückgestrahlten Wärme sich änderte. Würde man dies in der nordamerikanischen Arktis tun, so disputierte man, könnte dies das Klima in Rußland oder Sibirien zu deren Nachteil beeinflussen. Man reimte sich zusammen, daß solche Dinge bereits in ihren Computern liefen. Man hat in den letzten Jahren nicht viel darüber gehört. Man hofft, die Botschaft des Computers war jene gediegener Unsicherheit – ausreichend, selbst unsere bedenkenlosesten Befürworter waghalsiger Experimente zu entmutigen. Obwohl, eigentlich weiß man nicht: die Arbeiten *jener* Herren sind ebenfalls unvorhersagbar.

Unbestimmtheit auf dieser Ebene, radikale Unsicherheiten bezüglich des Langzeitverhaltens der Ozeane unseres Planeten, seiner Atmosphäre und Gesteine, wirken auf gesellschaftliche Vorgänge in Myriaden von Wegen. Debatten über Umweltverschmutzung, Rohstoffverarmung, Bevölkerungsexplosionen, ökonomisches Wachstum, Atomenergie, sogar die Planung wissenschaftlicher Forschung sind in gewisser Weise dadurch beeinflußt. Sehen wir uns die Zukunft der Atomenergie an. Die Komplexitäten dieses Themas sind endlos: ökonomische, ökologische, umweltbezogene, soziale, politische, geologische Probleme sind verwickelt, neben vielen anderen — *alle* sind mit einem einzelnen verstrickt, wohl oder übel, in unquantifizierbare und nach Zeiten unbestimmbare Probleme. Die einer Nuklearwirtschaft eingeschriebenen Entsorgungsprobleme allein sind überwältigend; man hat sich in die vorausliegenden Jahrzehnte und Jahrhunderte hinein mit der Diffusion radioaktiver Karzinogene in die Atmosphäre, die Ozeane und die Erdkruste selbst zu beschäftigen.

Zu Beginn des nächsten Jahrhunderts würde eine vollentwickelte weltweite Nuklearwirtschaft sich jährlich der äquivalenten Menge von hunderttausenden Tonnen reinen Radiums zu entledigen haben. Die Machbarkeiten solcher Lagerstätten konfrontieren uns frontal mit unserer Unfähigkeit, Langzeitvoraussagen bezüglich der irdischen Seismizität, unterirdischen Wasserläufen, Meeresströmungen, oder bloß über das Klima selbst zu treffen. Dennoch behaupten Befürworter der Atomenergie auch weiterhin, sie würden die Ablagerung von hochradioaktivem Müll in geologische Formationen auf dem Land oder in Meeresbecken für hunderttausende oder sogar Millionen Jahre garantieren. Dies ist ein Fall wissenschaftlichen Analphabetentums: die Idee der Unbestimmbarkeit, so scheint es, muß noch in industrielle und technokratische Kreise vordringen.

Irrwege und technologische Fehler

Die Zivilisation steht heute Problemen gegenüber, für die technische Lösungen möglich sein mögen oder nicht, je nach dem Grad des Indeterminismus, den man dem Phänomen zubilligen muß. Daß Indeterminismus existiert, ist unleugbar; aber wann beginnt er unsere Fähigkeit zu Handeln spürbar zu beeinflussen? Fairerweise kann gegenüber Technologen und Technokraten, die dies herausfinden sollen, gesagt werden, daß es an Anstrengungen nicht gefehlt hat, den durch Technologie gestellten Problemen gegenüberzutreten — ein Wuchern von Risikoabschätzungsschemata, Verschmutzungsrichtlinien, industriebezogener Gesetzgebung, Kommittes zur Technologiefolgeabschätzung legen dafür Zeugnis ab. Nichtsdestoweniger kommt der Verdacht auf, Bewußtheit für die Unbestimmtheit sei nur am Rande vorhanden. Expertenäußerungen über eine Vielfalt von Themen, von der Verschmutzung der Stratosphäre bis hin zur Lagerung radioaktiven Mülls, lassen allzu häufig das Bild eines strengen neunzehntjahrhundertlichen Glaubens im technologischen Standpunkt aufkommen — d. h. ein Festhalten an der Idee daß, gegeben Geld, Zeit und Fleiß, definitive Antworten auf alle derartigen Probleme vorgebracht werden können. Vielleicht ist dies nicht völlig überraschend. In der Grundlagentheorie ist die reine Wissenschaft normalerweise der Technologie und den Ingenieursanwendungen gut voraus — insbesondere, wenn die Botschaft eine unwillkommene ist. Und die Wahrnehmung von Indeterminismus als einem großmaßstäblichen, makroskopischen Phänomen ist Technologen, Ökonomen, Politikern, Ingenieuren, Generälen und Staatsmännern sicherlich unwillkommen — all jenen Entscheidungsträgern der Gesellschaft.

Was die letzten Jahrzehnte des 20. Jahrhunderts angeht, ist die Botschaft dieser Art wissenschaftlichen Indeterminismus klar: eine wachsende Zahl scheinbar technischer Angelegenheiten kann nicht mehr durch technische Inhalte allein entschieden werden. Dies hat unvermeidbar die Politisierung der Technologie zur Folge, und in gewissem Grade auch die Politisierung der Wissenschaft. Angelegenheiten, die vor nicht allzu langer Zeit als rein technisch betrachtet worden wären, zur Lösung gebracht ausschließlich durch Wissenschaftler oder Ingenieure, mögen sich nunmehr um Werte drehen statt um Zahlen.

In den zurückliegenden Jahren bot die Technokratie eine Vielfalt von Beweisen für ihre Unfähigkeit an, in voraussagbarem Rahmen mit den Konsequenzen ihrer Entscheidungen fertig zu werden. Lassen wir die erfolglosen Tappereien der Wirtschaftstheorie außer acht, so gab es einfach zu viele technische Katastrophen, zu viele Irrwege — Thalidomid, Seweso, DDT, Industrieexplosionen, brechende Dämme, weltweite Verschmutzung... die Liste ist endlos. Die Öffentlichkeit ist in dem Bewußtsein für große Bedrohungen, die im Hintergrund schlummern, besorgt und unsicher. Weniger unwissend als in der Vergangenheit, ist sie nicht länger überzeugt durch die Bühnenauftritte gelehrter Männer, strahlende Diplome und ihre Zusicherung, daß alles gut sei, weil s i e das Problem verstehen; auch wenn wir es nicht verstehen. Denn zu jedem Experten, der Sorglosigkeit predigt, wird man einen finden, der ihm widerspricht, und der verblüffte Beobachter muß sich fragen, wie er die Wahrheit finden soll. Die nüchterne Tatsache lautet, daß er sie nicht von den Experten erlangt — das soll heißen, nicht allein aus ihrem Urteil. Positionen können nicht auf rein theoretischem Grunde aufgebaut werden; und die Logik bringt uns nur bis zu einem bestimmten Punkt: früher oder später muß man ein Werturteil abgeben oder einen Glaubensakt vollziehen.

Indeterminismus aus Prinzip, wissenschaftlich verankerte Unsicherheit — dies ist eine Einsicht des 20. Jahrhunderts. Von ihrem ersten Erscheinen auf der atomaren Ebene, im Mikrokosmos, hat sie sich in die alltägliche, makroskopische Welt von Verstand und Technik ausgebreitet. Obwohl die Wissenschaft uns mit monströser Macht versehen hat, lehrt sie uns nun ironischerweise ihre Beschränkungen, indem sie uns von der Beschränktheit unserer Fähigkeiten durch Unsicherheiten berichtet, die wir nicht kontrollieren können. Vielleicht wird dies unsere endgültige Wahrnehmung des Universums sein — eine Abfolge von Einsichten, deren jede die Beschränktheit der vorangehenden offenbart; eine Art philosophischen Chinakästchens, das schließlich eine seltsame, und ohne Zweifel unvermutete, Perle der Weisheit umschließt.

Erschienen in "The New Ecologist" Nr. 4, Juli/August 1978

II

Salstein, D., "Limitations to the Accuracy of Energy Resource Allocations Based on Weather Predictions", National Center for Atmospheric Research Reprint Nr. 2947, Boulder, Colorado.

Zusammenfassung

Auch der beste Energiezuteilungsplan für städtische Zentren enthält eine Irrtumswahrscheinlichkeit, wenn er sich auf Wettervorhersagen stützt, wie das bei Gas- oder Elektrizitätsberechnungen der Fall ist. Da die gegenwärtigen Vorhersagen gegenüber dem tatsächlichen Wetter größere Irrtümer enthalten, sollte die Irrtumswahrscheinlichkeit höher angesetzt werden.

Bemerkung der Autorin

Damit wird gesagt, daß zentralisierte Energiezuteilunspläne
Damit wird gesagt, daß zentralisierte Energiezuteilungspläne für städtische Zentren problematisch sind, weil in ihnen die Vorausberechnung des Energieverbrauchs wegen der Unvorhersagbarkeit des Wetters höher als nötig sein muß. Dezentralisierte Energieproduktion durch z. B. einzelne Solareinheiten hätten einen weit reduzierten Gesamtverbrauch zur Folge, der wiederum die Forderung nach Energiegroßprojekten mit ihren möglichen klimatischen Strömungen senken würde.

III

Krueger, A. und Reed, E., "Biological Impact of Small Air Ions", Science, Vol. 193, S. 1209 - 1213, 24. Sept. 1976

Zusammenfassung

Obwohl in der Geschichte immer wieder bestritten, gibt es Beweise, daß kleine Luftionen Lebensprozesse beeinflussen können. Zwei Beispiele zeigen die signifikanten Einwirkungen von Luftionen auf Mikroorganismen und die von Luftionen herbeigeführte Veränderung des Serotoninstoffwechsels bei Mäusen, Ratten und Menschen. Serotonin (5-hydroxytryptamin oder 5-HT) ist ein hochwirksames und vielseitiges Neurohormon, das tiefgreifende neurovasculäre, endokrine und metabolische Wirkungen im ganzen Körper hervorrufen kann. Es spielt eine bedeutende Rolle bei so grundlegenden Lebensvorgängen wie Schlaf und der Einschätzung unserer Stimmung. Daher kann der Einfluß von Luftionen letztlich sowohl unter städtischen als auch unter natürlichen atmosphärischen Bedingungen beträchtlich sein.

IV

Ames, St., "Tail of the Dragon", RAIN, Vol. IV, 10, August/September 1978

Zusammenfassung

"...das Elektrogeneratorensystem der Nation wird zu einer surrealen Groß'wirtschaft' zentralisiert. Extrahochspannungsleitungen (bis 1500 kV), die riesige Mengen von Energie transportieren können, sind ein kritischer Bestandteil dieser fehlgeleiteten Strategie — sie sind der Knoten, der sie zusammenhält. Wenn sich die Eigendynamik hinter der forcierten Errichtung von Extrahochspannungsleitungen unkontrolliert fortsetzt, wird sich am Ende des Jahrhunderts die neueste Generation dieser Leitungen hunderttausende von Meilen über das Land erstrecken...
Kritische Punkte sind
— die ernstliche Vernachlässigung von Gesundheitsproblemen durch eine stark belastende Technologie und der Wille, die Landbevölkerung als Versuchskaninchen bei der Erforschung ihrer langfristigen Auswirkungen zu benutzen.
— das Verschlingen von tausenden von Hektar Land und lokaler Landwirtschaftsbetriebe, um die Großballungsgebiete mit Energie zu überfüttern.
— der offene Mißbrauch von Enteignungen zum öffentlichen Nutzen durch Großinteressen zu fragwürdigen Zwecken und auf Kosten lokaler Kontrolle sowie ein weitverbreiteter Machtmißbrauch durch Energiegesellschaften und Regierungen beim Versuch, Extrahochspannungsleitungen zu errichten."

V

Price, J., "Comments on Draft Generic Environmental Impact Statement on Uranium Milling Regulations to the Nuclear Regulatory Commission", Albuquerque, N. M., 19. Oktober 1979

Zusammenfassung

Auf dem Colorado Plateau, mit einer durchschnittlichen Höhe von 2200 m und umgeben von Bergen mit 4500 m und darüber, befinden sich sehr große Uranvorkommen. Nach Dr. Ray Roble vom National Center for Atmospheric Research fließen im Feldmuster des globalen elektrischen Kreislaufs, welcher hauptsächlich durch Gewitter unterhalten wird, etwa 20 % der globalen Ströme auf hohe Berggipfel zu. Diese Ströme, die zum Teil durch natürliche Hintergrundstrahlung aufgebaut werden, werden durch Berge und Ionenbewegungen in Gewitterwolken in die Magnetosphäre geleitet, die ebenfalls ionisiert ist. Dieser Kreislauf wird dann vervollständigt durch die Rückführung zur Erde in Schönwettergebieten, im allgemeinen weiten Flachländern.

Uranabbau und -verarbeitung im großen Maßstab auf dem Colorado Plateau können Veränderungen der lokalen Leitfähigkeit hervorrufen, die wiederum durch Veränderungen in einem anderen Teil des globalen Kreislaufs ausbalanciert werden müssen. Diese können zu Klimaveränderungen in dieser Region oder anderswo führen, besonders wenn man sie im Zusammenhang mit anderen Energiegroßprojekten in demselben Gebiet betrachtet, die ebenfalls den globalen elektrischen Kreislauf stören.

VI

"Agribusiness Gets the Dollar", Special Report, Southern Exposure, Vol. II, 283, S. 150 - 157, 1974

Zusammenfassung

60 % der Lebensmittelkosten in den USA entstehen durch Verpackung und Verteilung, die von Petroleumprodukten abhängig sind. Daher haben neben Finanzierungsgesellschaften Energie- und Chemiekonzerne erhebliche Interessen in der Lebensmittelproduktion. Die Kapitalverknüpfung dokumentiert diese Situation und weist auf die weitgehenden finanziellen Zerrüttungen hin, die durch größere Klimaveränderungen entstehen können.

VII

Rauscher, E. A. u. a., "Arizona Three Mesa Air Ionization Study", Nuclear Science Division, Lawrence Berkeley Laboratory, Berkeley, Calif., 1979

Zusammenfassung

"Wir sind daran interessiert, das Maß und die Quelle der Luftionisation in der Region zu bestimmen und herauszufinden, ob dort magnetische Anomalien existieren. Wenn ja, interessieren wir uns für jede mögliche Korrelation mit den bekannten atmosphärischen Bedingungen. Magnetische Daten können auch mit meteorologischen Bedingungen, unterirdischen Wassersystemen und dem Gehalt des Erdbodens an radioaktiven Mineralen korreliert werden. Wir schlagen vor, auf diesem Forschungsgebiet mittels einer Studie zur Messung der Luftionisation, bei der neue Beobachtungsinstrumente verwendet werden, sowie einer Studie zur Messung des Magnetismus vorzugehen. Die Daten würden kreuzkorreliert werden, um Modelle zusammen mit meteorologischen und Mineralgehaltprofilen zu entwickeln.

Der Hauptinhalt eines informativen Luftionisationsprojektes sollte ein laufendes Überwachungsprogramm umfassen, das an bestimmten Punkten während eines "typischen" Jahres durchgeführt wird... Unser laufendes Informationsprofil wird dann benutzt werden, um vorgeschlagene Mechanismen der Ionenproduktion und ihre Folgerungen für Land und Wasser zu entwickeln."

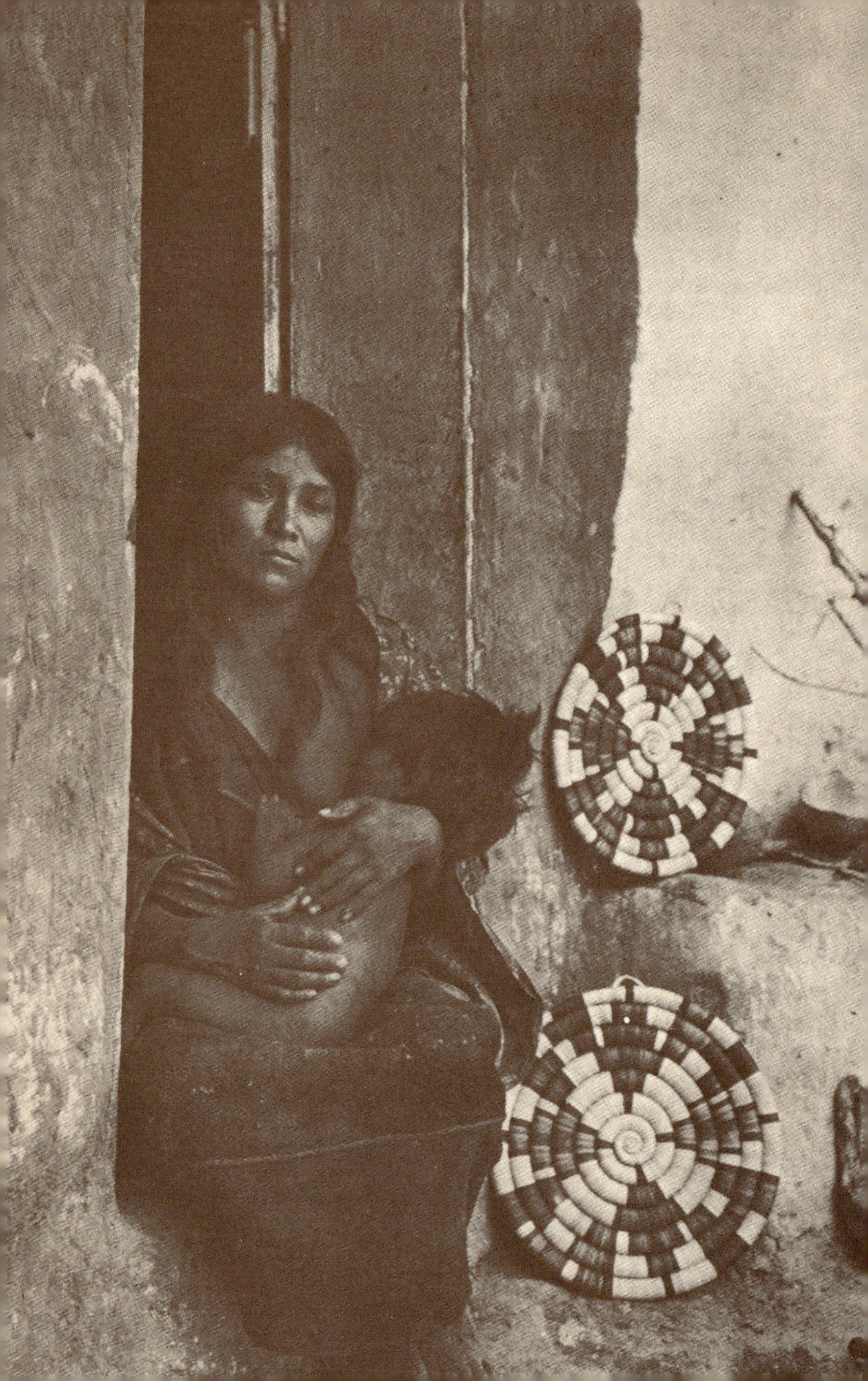

II
NATIONALES OPFERGEBIET

Richard O. Clemmer

Die Energieentwicklung auf dem Colorado Plateau und ihre wirtschaftlichen, ökologischen und kulturellen Folgen für die indianische Bevölkerung

„Unter denen, die als erste aus der Unterwelt heraufkamen, waren die Amerikaner, so sagten unsere Ahnen. Während wir uns noch auf unseren Wanderungen befanden, bevor wir siedelten, wo wir jetzt leben, verließ uns unser älterer Bruder und reiste dem Land der Sonne entgegen ... Und als unser älterer Bruder (die Amerikaner) sich von seinem jüngeren Bruder (denen von Oraibi) trennte, sprach dieser zu ihm: 'Älterer Bruder, gehe jetzt nach dem Land, wo die Sonne aufgeht ... Deine Kinder werden die Welt auffüllen, wohin immer Du gehst. Später wirst Du in Deine Heimat zurückkehren, wenn Du ein größeres Land suchst, wo Du wohnen kannst. Dann wirst Du mich wieder treffen ... Du wirst mich hungrig finden und mir Nahrung anbieten, aber ich werde Deine Bissen vor meinem Mund fallen lassen ... Dann wirst Du Dich erheben und meinen Kopf vom Hals abhauen. Wie er in den Staub rollt, wirst Du ihn aufhalten und Dich auf ihn setzen ... Doch ein betrübter Tag wird es für Dich sein, wenn Du Dich auf meinen Kopf setzt ... Denn an diesem Tag wirst Du nur den Weg Deines eigenen Lebens mit dem Messer teilen, mit dem Du meinen Kopf von meinem Körper abschneidest ..." (1)

Ein Hopi-Ältester aus Oraibi, 1883

Einführung in Hopiland: Oraibi, Hotevilla und der Ursprung des Widerstands

Die Hopi leben in 13 Dörfern, die — mit Ausnahme von vier Siedlungen — auf drei hohe, felsige Tafelberge (Mesas) gebaut sind, welche sich aus der Wüste Nordostarizonas erheben. Die eng beieinanderliegenden Pueblobauten aus Felsgestein scheinen mit den Bergen verwachsen zu sein. Manche sind mindestens 200, einige vielleicht 900 Jahre alt.

Wenn man von Osten her auf der Bundesstraße Nr. 264, die 1959 asphaltiert wurde, ins Hopiland fährt, passiert man zuerst Keams Canyon, wo das 'Bureau of Indian Affairs' (BIA) der Bundesregierung ihre Agentur hat. Als erstes Hopi-Dorf erreicht man Polacca und fährt dann auf die Erste Mesa mit den Dörfern Walpi, Sichomovi und Hano (Tewa). Dann kommt man am Cultural Center' mit Motel und Restaurant vorbei zur Zweiten Mesa, auf der Shungopovi, Shipaulovi und Mishongnovi liegen. Old Oraibi, Hotevilla und Bakavi liegen auf der Dritten Mesa, und an deren Fuß Kiakhötsmovi, das auch 'New Oraibi' genannt wird. Etwa 75 km westlich der Dritten Mesa, im Westteil der Navaho-Reservation, liegen schließlich Upper und Lower Moenkopi.

Shipaulovi und Mishongnovi, von einem Felsen östlich von Mishongnovi aus gesehen, 1902

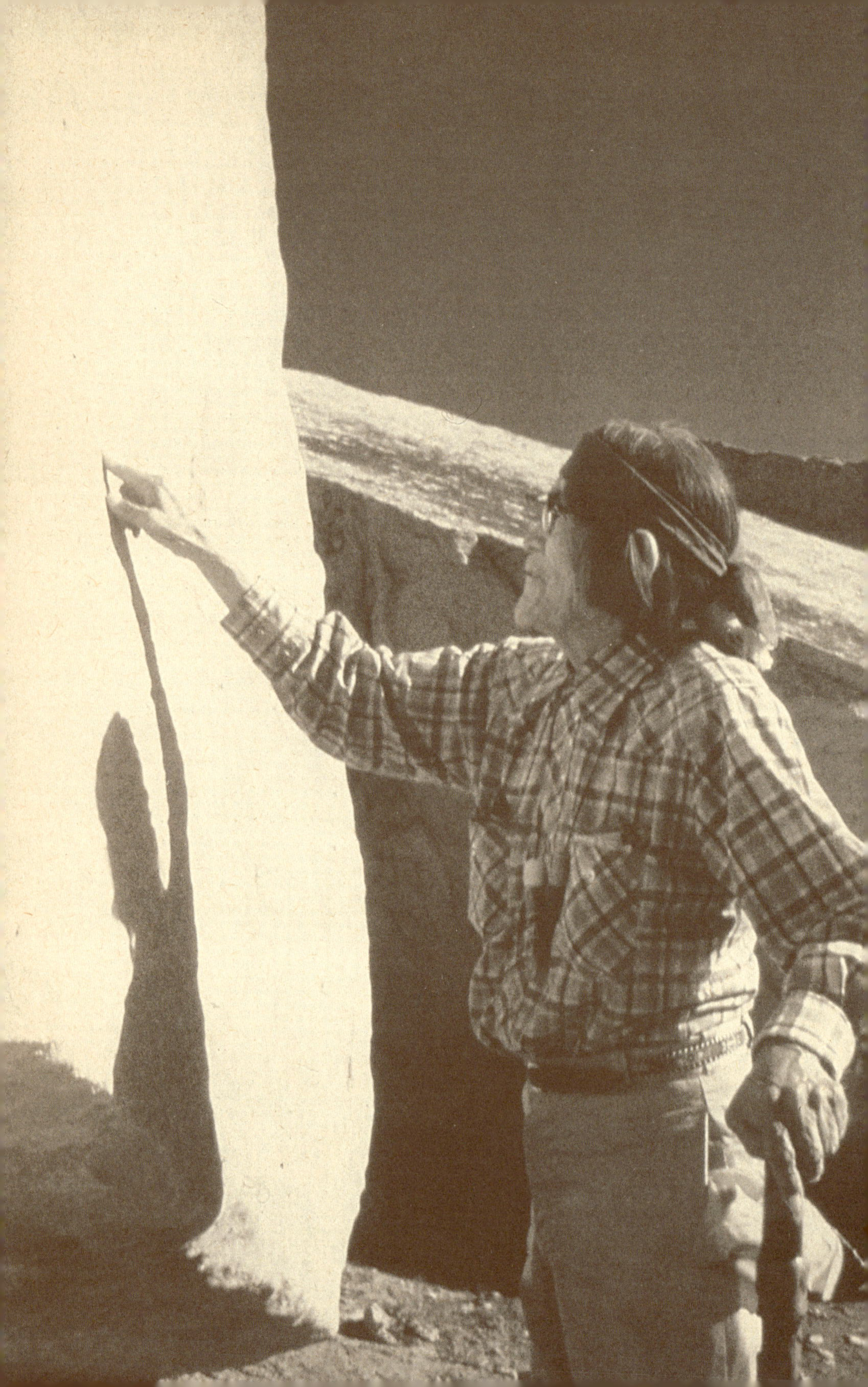

Thomas Banyacya, Sprecher der traditionellen Hopi, erläutert die Gravierung auf dem Prophezeiungsfelsen, die hier in weißer Farbe auf ein Tuch übertragen wurde, das eine Karte des Hopilandes (der alten 'spanischen Provinz Tusayan') zeigt. Das Symbol oben rechts dürfte den blauen Stern bezeichnen, dessen Erscheinen das Ende dieser Welt ankündigen wird.

Oraibi ist das älteste Hopi-Dorf und der Ort, wo die Prophezeiung über die 'Große Reinigung' bewahrt wird. Dort befindet sich der 'Prophezeiungsfelsen', auf dem eine Zeichnung eingraviert ist, die das Sterben und die Wiedergeburt der Menschheit durch die Zerstörung der Welt und die Reinigung des menschlichen Geistes voraussagt.

Vor 1900 war Oraibi mit über 1.000 Einwohnern das größte Dorf auf der Dritten Mesa. Im ersten Viertel dieses Jahrhunderts wurde es jedoch geteilt in Old Oraibi, das ursprüngliche Dorf, mit heute etwa 120 Einwohnern, und New Oraibi (Kiakhötsmovi), das am Fuße der Mesa gegründet wurde und heute etwa 700 Menschen zählt.

Bei der Ankunft in New Oraibi fällt einem zuerst ein Schild auf, das das Filmen verbietet, die große weiße Kirche der Mennoniten, das Postamt und das kleine, aber rege Geschäft, das sich noch als 'Oraibi Trading Post' bezeichnet, obwohl es mehr von Navaho als von Hopi besucht wird. Am Ende der modernen durch New Oraibi ziehenden Straße liegen die Hauptgebäude des 'Hopi Tribal Council' (Hopi-Stammesrat), in dem Millionenbudgets und Rechtsstrategien geplant werden.

David Monongye vor dem Prophezeiungsfelsen nahe Oraibi

Old Oraibi hat keine solcher Einrichtungen. Es will keine. Der Weg von der Bundesstraße nach Old Oraibi ist eine unbefestigte, staubige Fahrspur. Am Eingang des Ortes steht ein Schild: „Dieses Dorf ist für *alle* Nicht-Indianer geschlossen." Im Dunkel des Abends zünden alte Männer ihre Öllampen an. Alte Frauen kochen mit Öfen, die mit aromatischem Zedernholz beheizt werden. Von außerhalb des Dorfes sieht man kein Licht. Nur die Silhouette einer ruinierten Steinkirche, der ersten, die die Mennoniten gebaut haben, könnte einen Hinweis darauf geben, daß Old Oraibi ein bewohnter Ort ist.

In New Oraibi gehen bei Sonnenuntergang die Straßenlaternen an. Abends machen es sich die Besitzer der Häuser, die vom 'Tribal Housing'-Programm des BIA finanziert worden sind, bequem und sehen fern. Sowohl diese als auch die privat gebauten Häuser haben Strom und fließend Wasser. Die meisten Einwohner arbeiten entweder für den Hopi Tribal Council oder das BIA. Mittwochs gehen einige zur Abendmesse in die Mennonitenkirche oder die 'Hopi Independent Christian Church'.

In den verwitterten Häusern und den drei unterirdischen Kammern, den Kivas, sammeln alte Männer oben in Old Oraibi derweil die Fäden der Geschichte, der Tradition, der Wandlung und Umwälzung, und wirken sie in die Muster der Mythen, Legenden, Rituale und Prophezeiungen, die den Sand und die Steine der Wüste so beleben, daß fast alles, was Hopi ist, den Fortschritt der Zivilisation täglich anzweifelt. In der Gravierung auf dem Prophezeiungsfelsen repräsentieren zwei Linien die zwei Wege, die sich den Hopi darstellen: den der Hopi und den der Weißen. Jeder Mensch ist frei, einem von ihnen zu folgen. Doch der Weg der Weißen führt zum toten Punkt, während der der Hopi zu den Zeichen des Maispflanzen und zu Figuren, die die Ruhe des Alters darstellen, führt. Die Aussage ist klar: Wenn man im Leben dem Weg der Weißen folgt, kommt man zum Nichts, wenn man aber dem Weg der Hopi treu ist, wird sich alles gut entwickeln.

Ein Kreis in der Zeichnung repräsentiert die Reinigung. Sie wird auf beide Wege wirken, aber nur der der Hopi wird sie überleben. Zwei andere Kreise befinden sich im Diagramm, über die mehrere Hopi sagen, daß sie die beiden Weltkriege bezeichnen und als Warnungen vor der Reinigung gelten. Niemand kann genau sagen, wann sie eintritt; einige meinen, daß der Prozeß schon angefangen habe. Andere sagen, daß die Ankunft der Weißen die nahe Reinigung angekündigt habe.

Die Amerikaner setzten sich zwischen 1876 und 1893 mit Handelsniederlassungen, Missionen, Schulen und einem Bundesamt im Hopiland fest. Sie waren nicht von den Hopi eingeladen worden. Die Absicht der Bundesregierung war es sowohl damals als auch in den Jahren seither, die Hopi ins euroamerikanische Leben zu integrieren. Zu diesem Zweck ließen sie zunächst in Keams Canyon ein Internat bauen. Doch viele Hopi, besonders aus Oraibi, lehnten es ab, ihre Kinder in die Schule zu schicken. Als sich dann aber mehrere Eltern, einschließlich des Kikmongwi, des Dorfhäuptlings, doch dazu entschlossen, meinten die meisten Bewohner Oraibis, daß ihr Dorfhäuptling sie verraten habe, und führten ihren Widerstand gegen den Schulunterricht weiter. Diese Gruppe bezeichnete die Bundesregierung als 'Hostiles' (Feindliche).

Später legten die Hostiles in Oraibi ihre Wohnungen zusammen, hielten ihre eigenen Zeremonien und luden auch Hostiles von der Zweiten Mesa ein, bei sich zu wohnen. Damit hatte sich die Spaltung in Oraibi so vertieft, daß die Hostiles schließlich im Jahre 1906 aus Oraibi vertrieben wurden. Sie gründeten 6 km von Oraibi ein neues Dorf, Hotevilla.

Die Bundesregierung war während der Trennung kein neutraler Beobachter geblieben. Bereits 1891 und 1894 hatten US-Truppen Hostiles aus Oraibi und Shungopovi verhaftet und deportiert (2). Am 27. Oktober 1906, genau sieben Wochen nach der Trennung, erschienen wieder Truppen in der Nähe von Oraibi und zwangen aus Shipaulovi und Shungopovi stammende Frauen zurück zur Zweiten Mesa; ihre Jungen wurden in die Carlisle Indian School im Osten der USA, die kleineren ins Internat nach Ceams Canyon verschleppt. Der Kikmongwi von Oraibi wurde verhaftet und mit seiner Familie in die Sherman Indian School in Kalifornien geschickt, „bis er geeignet ist, das Volk zu unterrichten und zu leiten, das er führen will, indem er eine genügende Kenntnis des Englischen erstrebt, damit er gut sprechen und die Sprache der Regierung und der Gesetze unseres Landes gut verstehen kann". Doch als er 1910 zurückkehrte, war der Kikmongwi von Oraibi nicht der fügsame, hilfsbereite, fortschrittliche Leiter, den die Regierung wollte. Seine Verbannung hatte ihm die Regierung und ihre Politik verärgert (3).

Unter der Drohung der Truppen wurden 1906 25 Familien bewogen, Hotevilla zu verlassen und nach Oraibi zurückzukehren. Doch 1909 verließen sie den Ort wiederum und gründeten ganz in der Nähe das Dorf Bakavi (4). Unterdessen hatten es die Bewohner von Hotevilla sehr schwer, ihre Häuser zu errichten und die Ernten einzubringen. Siebzehn Männer wurden fast 10 Monate lang ins Gefängnis gesperrt (5), weitere 73 wurden 90 Tage in Kettenhaft gehalten. Sie haben die Straße bauen müssen, auf der man heute von Osten nach Keams Canyon kommt (6).

In den Jahren seit 1910 haben die meisten Einwohner Old Oraibi verlassen und sind nach New Oraibi und Moenkopi gegangen. Aber sowohl Oraibi als auch Hotevilla sind heute Bastionen des Widerstands gegen die Bundesregierung. Die Einwohner Hotevillas führen alle Zeremonien fort, außer fünf, die in Oraibi vor 1906 gehalten wurden. Heute ist das Vermächtnis der frühen politischen Gefangenen im Widerstand gegen die Energieentwicklung zu sehen. Ehe wir uns dieser zuwenden, müssen wir aber noch ein Kapitel in der Geschichte der Hopi darstellen: die Gründung des Stammesrates. Denn durch diesen hat die Bundesregierung manches fortgeführt, was sie vorher nicht erreichen konnte.

Der Hopi—Stammesrat

Der Hopi-Stammesrat wurde von der Bundesregierung geschaffen. Er arbeitet nach einer Verfassung, bei deren Formulierung man die soziale Organisation der Hopi besonders berücksichtigt hat. Trotzdem ist er den Hopi noch heute etwas Fremdes. Die Verfassung spaltet die Dörfer — mit Ausnahme derer auf der Ersten Mesa — in solche, die traditionell organisiert sind, und solche, die es nicht sind. Die Dörfer, die Kikmongswis haben, müssen nach der Verfassung Vertreter in den Rat entsenden, die vom Kikmongwi gebilligt wurden. Die anderen Dörfer müssen ihre Vertreter von einem gewählten Gouverneur billigen lassen. Die Vertreter der vier Dörfer der Ersten Mesa muß der Kikmongwi von Walpi akzeptieren. Dadurch werden die Kikmongwis, die nach der religiösen Organisation der Hopi-Kultur bestimmt werden, als die Autoritäten anerkannt, denen der Stammesrat verantwortlich ist. Doch die Kikmongwis haben den Stammesrat nie übereinstimmend anerkannt, und zwei traditionelle Dörfer, Shungopovi und Hotevilla, haben seit 1937 keine Vertreter mehr in den Rat entsandt, weil der Stammesrat nicht der Hopi-Kultur entspringt. Die Hopi sind kein Stamm (tribe), und deshalb ist der Rat eher ein US-„Regierungsrat" (government council) geblieben, wie ein Hopi sich ausgedrückt hat (7), statt ein Stammesrat zu werden.

Der Hopi-Stammesrat wurde nach dem 'Indian Reorganization Act' (IRA) von 1934 geschaffen. Aufgrund dieses Gesetzes legte das BIA den indianischen Gruppen, die die Reorganisation akzeptierten, eine Verfassung vor, die nach einem einheitlichen Muster Regierungen für die Reservationen schuf. Danach sollte die politische Macht anstelle der traditionellen Institutionen in Zukunft von einem 'Stammesrat' ausgeübt werden, der durch Mehrheit gewählt wird und rechtlich als Vertreter der indianischen Gruppe fungiert. Er sollte nach vom Innenminister aufgestellten Grundsätzen regieren.

Im Jahre 1936 wurde berichtet, daß die Hopi die Reorganisation durch ein Referendum mit 519 Ja- gegen 299 Nein-Stimmen akzeptiert hätten. Die Wahlbeteiligung habe mehr als die erforderlichen 30 % betragen. (8) Nach ausführlichen Konsultationen mit Hopi in allen Dörfern schrieb dann ein Berater der Bundesregierung, Oliver La Farge, die „Verfassung und Ortsstatute der Hopi-Stämme, Arizona", die am 24. Oktober 1936 von den Hopi mit 651 gegen 104 Stimmen gebilligt wurde. Kurz darauf wurde der Hopi-Stammesrat gebildet und von der Bundesregierung als einzige offizielle Vertretung des Hopi-Volkes anerkannt.

Es gibt jedoch Beweise, daran zu zweifeln, daß das Referendum über den IRA die Wünsche der Hopi wirklich ausgedrückt hat:

Erstens war die Fassung des IRA, die den Hopi zur Abstimmung vorlag, 80 Seiten lang (9). Wie viele Hopi konnten im Jahre 1935 aber 80 Seiten legalistisches Kauderwelsch übersetzen und verstehen?

Zweitens haben einige Hopi ausgesagt, daß ihnen der Zweck der Abstimmung nicht richtig mitgeteilt worden sei (10, 11).

Drittens hat es keine Definition der Wahlberechtigung gegeben (12).

Viertens lag im Jahre 1935 keine zuverlässige Zählung der Hopi vor, nach der man die Wahlberechtigung und die Wahlbeteiligung hätte ermitteln können.

Fünftens haben im größten Dorf, Hotevilla, nur genau 12 Personen gewählt (13). Wie konnte man einen Stammesrat bilden, wenn die Wahlbeteiligung im größten Dorf derartig niedrig war?

Sechstens haben die Kikmongwis nach einem Jahr Tätigkeit des Stammesrates ihre Vertreter zurückgezogen.

Zu Anfang hatten alle Dörfer außer Old Oraibi und Hotevilla Vertreter in den Rat entsandt. Dann versuchte dieser jedoch, ein 'Familiengesetz' (das von der Bundesregierung formuliert worden war) zu erlassen, welches die traditionelle soziale Familien- und Dorfstruktur der Hopi regulieren sollte. Die Kikmongwis von Shungopovi, Shipaulovi und Mishongnovi haben diesen Versuch durchschaut und von 1937 bis 1940 hat der Stammesrat nicht funktioniert. 1940 hatte die Erste Mesa keinen Kikmongwi wählen können, und als 1943 schließlich einer gewählt wurde, hat er keine Vertreter im Stammesrat gebilligt. Im selben Jahr wurde der Stammesrat von der Bundesregierung offiziell aufgelöst (14).

Im Jahre 1951 aber wurde der Stammesrat wiederbelebt. Die Gründe dafür lagen nicht nur im Bestreben mancher Hopi, größeren politischen Einfluß bei der Bundesregierung zu gewinnen, sondern auch in der allgemeinen wirtschaftlichen Entwicklung, die Industrieunternehmen dazu bewog, neue Gebiete für die Ausbeutung und Verarbeitung mineralischer Rohstoffe zu erschließen. Der Antrieb für die Erneuerung des Stammesrates ging offensichtlich von denjenigen Hopi aus, die auch an dem früheren Stammesrat beteiligt gewesen waren. Diese Gruppe war 1950 nach Washington gereist, um herauszufinden, wie sie mehr Gewinn aus dem Land ziehen könne, das gemeinsam mit den Navaho benutzt wurde. In Washington erklärte man den Hopi, daß „die einzige Lösung für das Volk der Hopi in der Erneuerung des Hopi-Stammesrats liege" (15). Die Erneuerung des Stammesrates kam nämlich auch der Bundesregierung sehr gelegen. Sie war an einer einheitlichen Körperschaft interessiert, die einen Anwalt beschäftigen konnte, um die Landrechte der Hopi vor der 1946 gebildeten 'Indian Claims Commission' gegen eine Entschädigungszahlung abzugelten, was einen langwierigen Prozeß erforderte. Zwar haben die USA im Vertrag von Guadeloupe Hidalgo 1848 gegenüber Mexico die Landrechte der Hopi anerkannt, und die Hopi selbst haben nie einen Vertrag mit den USA geschlossen. Dennoch ging die Kommission davon aus, daß die Landrechte der Hopi zur Debatte stünden.

So wurde der Stammesrat auch im Hinblick auf die Frage des Landanspruchs erneuert. 1950 blieb nur noch ein Jahr, in dessen Verlauf ein Anspruch vor der Claims Commission vorgebracht werden konnte. Die Bundesregierung bestellte einen neuen Oberaufseher (Superintendent) an die Hopi-Agentur in Keams Canyon, der die Aktivisten für den Stammesrat unterstützen sollte. Diese hielten Versammlungen in allen Dörfern ab, doch in Old Oraibi, Hotevilla und Shungopovi lehnte man den Druck ab, den der Oberaufseher ausübte, um den Stammesrat noch vor Ablauf der Frist einzusetzen. Schließlich stimmten sieben Dörfer zu, Vertreter zu entsenden. Ein Anwalt wurde bestellt und der Landrechtsanspruch eingereicht.

Doch der Stammesrat wird auch seit 1951 nicht von allen Hopi akzeptiert. Anstatt der verfassungsmäßig vorgesehenen 18 Mitglieder hat er nur 10; nur zwei Kikmongswis billigen ihre Vertreter (16).

Der Stammesrat und die Kikmongwis verfolgen unterschiedliche Lebensstrategien. Die zentrale Streitfrage ist dieselbe wie schon 1906: wie tief kann man sich in die amerikanische politische Struktur einlassen, ohne sich von der eigenen Kultur und Lebensweise auf immer zu lösen?

Der Stammesrat versucht, durch enge Wirtschaftsbeziehungen und Angleichung der politischen Strukturen die Einflußnahme der Hopi innerhalb des amerikanischen Systems zu vergrößern, um das Leben jedes einzelnen Hopi angenehmer zu gestalten.

Dagegen streben die Kikmongwis die ökonomische und politische Unabhängigkeit vom amerikanischen System an und wollen nur solche Elemente aus diesem System übernehmen, die mit den Prinzipien der Hopi-Kultur im Einklang stehen.

Seit die Bundesregierung den Stammesrat als alleinigen Vertreter der Hopi anerkannte, förderte sie die Trennung, die die beiden Strategien andeuten. Die Spaltung von 1906 hatte soziale wie ideologische Ursachen. Heute ist die Spaltung rein ideologisch: Soll man nur die Kikmongwis als echte Autoritäten der Hopi anerkennen, oder akzeptiert man die Regierung als legitimie Autorität und mit ihr den Stammesrat? Als weitere Frage ergibt sich, ob man die Amtsgewalt des Rates gelten lassen kann, ohne die Autorität der Bundesregierung anzuerkennen. Denn die Strategie des Stammesrats ist letztlich nur so stark wie die der Bundesregierung. Die Kraft der Auffassung der Kikmongwis beruht dagegen auf der Tradition und Kultur der Hopi.

Der Konflikt wird deutlicher, wenn man die jeweiligen ideologischen Prinzipien gegenüberstellt. Die Bundesregierung betrachtet die Indianer als „einheimische abhängige Nationen", denen gegenüber sie die Treuhandverantwortlichkeit hat, die ihnen das Recht gibt, sie in allen kulturellen wie wirtschaftlichen Bereichen in das amerikanische System zu integrieren.

Dem steht die Auffassung der Kikmongwis entgegen, nach der die Hopi-Dörfer vollständig souverän sind, und die Bundesregierung daher keinerlei Recht hat, in irgendwelche Belange der Hopi einzugreifen (17).

Diese ideologischen Grundsätze stießen aufeinander, als die Bundesregierung 1964 und ein zweites Mal 1968 versuchte, Hotevilla an das bestehende Elektrizitätsnetz anzuschließen.

Elektrischer Strom versus Hotevilla

Am Morgen des 28. Mai 1968, als die meisten Männer auf den Feldern arbeiteten, fuhren mehrere Gerätewagen den holprigen Weg nach Hotevilla hinauf.

Einige Dorfbewohner, die zusahen, schienen schon zu wissen weshalb. Aus einem grauen Wagen stiegen der Oberaufseher der BIA-Agentur und einige Mitglieder des Stammesrats. Arbeiter stiegen aus den gelben Lastwagen des Elektrizitätswerks. Ein Wagen trug einen riesigen Drillbohrer, ein anderer nach Kreosol riechende Stangen. Die Bundesregierung löste ihr Versprechen ein, den Fortschritt nach Hotevilla zu bringen.

Die meisten der Männer arbeiteten zu diesem Zeitpunkt auf den Feldern und mußten von ihren Frauen geholt werden. Bei ihrem Eintreffen kam es zu einem Streit zwischen jenen Hopi, die die Stromleitung befürworteten, und ihren Gegnern. Der Oberaufseher der Arbeiter warf Dan Katchongva, dem Kikmongwi, einige Papiere ins Gesicht und schrie: „Sie sind besiegt! Sie sind durch diese Bittschrift mit 90 Namen besiegt!" Trotz der Bittschrift bestand Katchongva darauf, daß er nie seine Zustimmung zum Verlegen der Stromleitung gegeben habe. Der Oberaufseher solle seine Männer und die Ausrüstung wieder nach Keams Canyon zurückbringen.

Am Nachmittag war das Spektakel zu Ende. Den Arbeitern gelang es, einige Stangen einzusetzen. Die übrigen Stangen und einen Teil der Ausrüstung ließen sie am Wegrand liegen und fuhren mit dem Oberaufseher, dem Einsatzleiter und den Männern vom Stammesrat nach Keams Canyon zurück.

Als sie nach einigen Tagen wiederkamen, hatten einige Hopi die Stangen aus ihren Löchern gezogen. Katchongva hatte seine eigene Bittschrift im Dorf herumgehen lassen. Er war in Los Angeles im Fernsehen aufgetreten, wo seine Rede gegen die Elektrizität ins Englische übersetzt und von Küste zu Küste von tausenden von Menschen gesehen und gehört worden war. Hopi hatten sich darüberhinaus auch beim Kongreßabgeordneten von Arizona und beim Präsidenten der USA beschwert.

Andere Hopi, die den Strom haben wollten, hatten ebenfalls eine neue Unterschriftenliste herumgehen lassen. Als der Oberaufseher mit den Arbeitern zurückkam, überreichten ihm beide Gruppen ihre Petitionen. Für den Strom hatten 98 unterschrieben, dagegen waren 130. Obwohl die traditionellen Hopi und der Kikmongwi versucht hatten, alles ordentlich nach Art der Weißen zu machen, ließ der Oberaufseher seine Pläne nicht fallen. Weil mehr als 30 % der Unterzeichner zugestimmt hatten, beschloß er, die Arbeiten fortführen zu lassen. Es kam zu einem erneuten Aufruhr. Einige Hopi setzten sich in die Löcher und vor die Maschinen. Die Polizei trug die Protestierenden weg, aber niemand wurde verhaftet.

Dieses Mal wurde eine Reihe von Stangen eingesetzt und eine Stromleitung daran befestigt. Der Oberaufseher warnte die Widerstand Leistenden davor, das Kabel zu zerstören, da es bereits unter Strom stehe. Einige Hopi glaubten ihm nicht. Trotzdem ließen sie die Leitung stehen (18).

Schließlich setzten sich aber doch Katchongva und seine Anhänger durch, und alle Stromleitungen und Stangen wurden wieder abgerissen. Später im Sommer wurde der Oberaufseher der Agentur in eine andere Reservation versetzt. Bis heute ist nicht wieder versucht worden, Hotevilla Stom aufzuzwingen. Aber in den folgenden Jahren weitete sich die Frage der Elektrifizierung zu dem Problem der Verwendung von Kohle aus Hopiland in Kohlekraftwerken aus. Aus der Auseinandersetzung über die Nutzung von Energie erwuchs die Frage nach der Energieerzeugung.

Black Mesa

Black Mesa ist ein riesiges Tafelland mit einem nach Süden weisenden Finger, auf dessen drei Ausläufern die Hopi ihre Dörfer gebaut haben. Auf ihrer Nordfläche wachsen Pinyonfichten sowie Wacholder, Salbei und andere Sträucher. Ungefähr 20.000 Navaho leben in diesem Gebiet, das rund 1,92 Mill. acres (1 acre = 4.046,8 qm) umfaßt. Die Gegend ist eine Halbwüste; zwischen 25 und 30 cm Regen fallen hier im Jahr. Auf dieser 2.300 m hoch gelegenen Ebene leben die meisten Navaho auf traditionelle Weise von der Schafzucht.

Es wird angenommen, daß Black Mesa um das Jahr 600 n.Chr. besiedelt wurde. Um 100 n.Chr. zogen die Bewohner nach Süden und vereinigten sich mit den Hopi. Die Hopi sehen die Ruinen der alten Siedlungen als geistliche Stätten an. Sie liegen innerhalb des Gebietes, das sie ihren ‚Reliquienschrein' nennen.

In den letzten 150 Jahren wurde Black Mesa von den Navaho besiedelt. Als die Navaho und Apache im 15. und 16. Jahrhundert von Norden her auf das Colorado Plateau zogen, fanden sie dort schon die Paiute, Yuta, Pueblo und Hopi vor. Damals grub man nur von Hand etwas Kohle und Türkise aus

Nahe Black Mesa

der Erde. Doch im 16. Jahrhundert kamen die Spanier, die dann im 17. Jahrhundert Gold und Silber entdeckten.

1910 wurden durch Zufall die Kohleflöze entdeckt, die bis zu vier Meter mächtig aus dem Berg traten. Experten schätzten das Vorkommen auf 16 Mrd. Tonnen, von denen etwa 8 Mrd. wirtschaftlich abgebaut werden können.

Der größte Teil der Black Mesa gehört heute zur Navaho-Reservation. Seit 1966 hält die Peaboda Coal Company 64.858 acres auf Black Mesa unter Pacht. Den Vertrag schlossen die Stammesräte der Hopi und Navaho, die gemeinsam die Mineralrechte für 40.858 acres wahrnehmen. Einen Vertrag über 24.000 acres hatte der Navaho-Stammesrat 1964 allein vergeben.

Die Geschichte des Erwerbs dieser Verträge ist ein gutes Beispiel dafür, wie Bundesmacht auf einer Indianerreservation ausgeübt wird. Sie hat durch wirtschaftliche Maßnahmen und Gerichtsverfahren bewirkt, daß die Hopi und die Navaho, die im Hopiland wohnen, ohne es zu merken die Kontrolle über ihr Land verloren haben. Die Geschichte macht auch deutlich, wie wichtig eine ideologische Spaltung der Indianer werden kann, wenn sie mit verschiedenen Strategien einhergeht. Eine Bundesregierung kann dies zu ihren Zwecken ausnützen, indem sie die Anhänger der einen Strategie zur Belohnung als einzige Vertreter eines Volkes anerkennt, das niemals nur einen Vertreter hatte.

Wie es im Gesetz und im Pachtvertrag gefordert wurde, billigte der Innenminister die Pläne von Peabody zum Kohletagebau auf Black Mesa. Zu dieser Zeit akzeptierte er auch Bauvorhaben für Kohlekraftwerke auf dem Colorado Plateau. Das ganze Unternehmen wurde wegen seines umfangreichen Angebotes von Arbeitsplätzen allen Hopi und Navaho als Verbesserung der Lebensbedingungen geschildert; den beteiligten Firmen wurden Steuervergünstigungen und allgemeine wirtschaftliche Vorteile zugesichert.

Der Wert der Kohle wurde erst 1956 erkannt. In jenem Jahr veröffentlichte das BIA einen Bericht über den Abbau und den Verkauf der Kohle von Black Mesa. In den folgenden Jahren versuchte Peabody, einen Vertrag mit dem Hopi-Stammesrat abzuschließen. Doch Peabody hatte keinen Erfolg, bis der Vertrag mit dem Navaho-Stammesrat zustandekam. Obwohl die Verfassung der Hopi den Stammesrat verpflichtet, „den Verkauf, die Verpachtung oder die Belastung von Stammesgebiet zu verhüten", gab der Innenminister ihm 1961 das Recht, das Land dennoch zu verpachten. Die Verfassung hat nämlich einen Zusatz, der es dem Innenminister gestattet, dem Stammesrat auch „andere Vollmachten" zu geben.

Obwohl 1966 nur zwei Kikmongwis insgesamt 9 Vertreter in den Stammesrat entsandten, versuchte dieser, die Beschlußfähigkeit dadurch zu erlangen, daß er einen Vertreter von Old Oraibi als Kikmongwi anerkannte, der fast keine Unterstützung in seinem Dorf hatte. Er benannte auch einen zweiten Vertreter von Upper Moenkopi, obwohl die Verfassung nur einen zugesteht (19).

Als die Einzelheiten des Pachtvertrages und die Pläne für den Kohletagebau und die Kraftwerke im Sommer 1970 durch Zufall öffentlich bekannt wurden, verurteilte Katchongva den Pachtvertrag in einem offenen Brief, den er an den Stammesrat und den Oberaufseher in Keams Canyon schickte:

„Ich bin auf Ihre Ausbeutung aufmerksam gemacht worden. Wie in der Vergangenheit haben Sie einen sehr bedeutsamen und gefährlichen Schritt unternommen, ohne die Mongwis der Hopi-Nation davon zu unterrichten. Ihre Vereinigung und der Navaho-Stammesrat haben der Peabody Coal Company vertraglich das Recht überlassen, unser Land, welches als Black Mesa-Gebiet bekannt ist, zu bearbeiten, Senkschächte zu bohren und es zu untersuchen.

Unser Anspruch auf das Land gründet sich darin, daß wir als erste hier gewesen sind und vom K'taimetah-katukah (Großen Geist) selbst die Erlaubnis bekommen haben. Wir haben mit Respekt um die Erlaubnis gebeten und ihm versprochen, seine Gesetze und seine Lebensweise nicht aufzugeben. Dagegen haben die Weißen sich hier ohne Erlaubnis niedergelassen. Sie sollten unser Volk achten und ihm das Land überlassen, das bißchen, das sie ihm nicht geraubt haben ...

Ihre Vereinigung ist erst gestern gegründet worden; unerlaubt, ein Werkzeug, von der Bundesregierung dazu bestimmt, unsere Kulturformen zu zerstören, unser Land und die Bodenschätze daraus für die industrielle Entwicklung zu rauben, um uns ein Leben wie die Weißen und wirtschaftliche Schwierigkeiten zu bringen ...

Ohne ausreichend die Tatsachen abgewägt zu haben, haben Sie eine höchst gefährliche Lage verursacht. Unser Land und unsere Nachkommen sind in Gefahr."

Trotz des seltsamen Englisch war die Aussage klar. In den folgenden Monaten schickten die Kikmongwis von der Ersten Mesa, von Shungopovi, Mishongnovi und Old Oraibi ähnliche Botschaften. Sie nahmen einen Anwalt, der gegen den Innenminister und die Peabody Coal Company Klage einreichte. Diese Klage der Kikmongwis und 58 anderer Hopi aus allen 13 Dörfern stellte außer den juristischen Streitfragen auch fest, daß der Kohleabbau „den heiligsten Kern der traditionellen Hopi-Religion, der Kultur und Lebensweise verletzt", und daß durch den Abbau „die Kläger in einer Weise geschädigt werden, die niemals wieder gutzumachen sei".

Doch die Anklage erreichte nichts. Den ursprünglich Beklagten, Peabody Coal und dem Innenminister, schlossen sich 23 Kohlekraftwerksunternehmen, Energieunternehmen und Elektrizitätsgesellschaften an, die den Strom aus den Kohlekraftwerken kaufen wollten. Diese Beklagten ließen den Prozeß vom Gericht in Washington, D.C. in ein kleines Gericht in Phoenix, Arizona verlegen, welches 1973 gegen die Hopi entschied. Das Berufungsgericht bestätigte 1974 dieses Urteil. Es stellte fest, daß der Hopi-Stammesrat in jeder Klage, die Black Mesa betrifft, eine der Parteien sein müsse, da er den Pachtvertrag mit Peabody Coal geschlossen hatte (20).

Strip-mining auf der Black Mesa durch die Peabody Coal Company

Strip-Mining, Kohlekraftwerke und Umweltzerstörung

Alles, was vor 12 Jahren den Widerstand der Hopi und Navaho provoziert hatte, ist auf erschreckende Weise Wirklichkeit geworden. Fast scheint es, als wären Antihelden eines Navaho-Mythos wiedergeboren worden. Die Legende besagt, daß vor langer Zeit die Töchter einiger Häuptlinge mit vier Wesen der Wildnis geschlechtlich verkehrten und ein Ungeheuer gebaren. Diese Wesen zogen durchs Land und bedrohten die Menschen. Sie wurden schließlich von zwei Kriegern getötet, die der Vereinigung eines Mädchens mit der Sonne und dem Wasser entstammten. Sollten die Ungeheuer jetzt in Form der Entwicklung von Energieresourcen zurückgekehrt sein?

Auf dem etwa 94.000 Quadratmeilen großen Colorado Plateau gibt es noch weite Wildnisgebiete, die jetzt aber zunehmend von großen Energiegewinnungsanlagen durchsetzt werden. 13 große Kohlebergwerke fördern je zwischen 200.000 und 1,3 Mill. Tonnen Kohle jährlich.

1970 begann Peabody Coal mit dem Tagebau der Kohle im 'strip-mining'-Verfahren. Eingesetzt werden 'Giant Earth Mover', das sind Riesenbagger von 7000 t Gewicht, die mit jedem Biß 200 Kubikmeter Erde versetzen. Ohne Unterbrechung arbeiten sie Tag und Nacht; ihr Energieverbrauch entspricht dem einer Stadt mit 15.000 Einwohnern. Die in der Nähe lebenden Indianer haben seit Jahren weder Dunkelheit noch Stille erlebt.

Peabody plant, insgesamt vier riesige Gräbern von ca. 122 Meter Tiefe auszuheben und nach Entnahme der Kohle drei wieder mit Erde zuzuschütten. Der vierte Graben soll mit Wasser aufgefüllt werden. Die ausgegrabene Erde wird in den Dot Klish Wash, die Hauptwasserader der Black Mesa, transportiert, der den Navaho und Hopi zur Bewässerung ihrer Felder dient. Schon jetzt ist der Fluß im Frühjahr grau von Schiefermehl und wertlos für die Bewässerung der Felder.

Von einem Beamten des Innenministeriums erhielt ich 1970 folgende Auskunft:

„Wenn der Hopi-Stammesrat gewußt hätte, daß Peabody den Grubenschutt in großen Halden liegen lassen würde, hätte man ihn für keine Summe Geld überreden können, den Pachtvertrag abzuschließen!" Er bezweifelte, daß irgendein Mitglied des Rates überhaupt wußte, was 'Strip-mining' wirklich bedeutete. Der Pachtvertrag ließ den Hopi keine Kontrolle über das Land und verlangte von Peabody nur, in Zusammenarbeit mit dem Innenministerium das Land durch Wiederbepflanzung vor Erosion zu schützen. Es war das Innenministerium, das für die Landverpachtung verantwortlich war.

Seit 1979 verkaufen einige Kohleunternehmen mehrere hunderttausende Tonnen Kohle im Jahr nach Korea und Japan. Die meiste Kohle wird jedoch in fünf Kraftwerken verbrannt, die von dem Energiekonsortium 'Western Energy Supply and Transmission Associates' (WEST) betrieben werden, dem Firmen und Verbände aus 23 Bundesstaaten angehören. Zusammen produzieren die Kraftwerke 7885 Megawatt Strom, der in 12 riesigen Hochspannungsleitungen über die Länder der Hopi, Navaho, Yuta, Apache und Pueblo-Indianer fast ausschließlich nach Los Angeles geht. Eine Rohrleitung führt mit Wasser vermischtes Kohlepulver aus dem Gebiet heraus. Außerdem wird eine Eisenbahnstrecke gebaut, auf der nur Kohle transportiert werden soll. Eine Kohlebahn ist bereits seit 1974 in Betrieb (21).

Darüber hinaus gibt es auf dem Colorado Plateau 13 größere Gas- und 8 Ölfelder. Das Öl bleibt im Südwesten, während mit dem Gas hauptsächlich die Millionenstädte Phoenix, Los Angeles und San Francisco versorgt werden.

Im Jahre 1974 warnte die Nationale Akademie der Wissenschaften davor, daß die „Wiederherstellung des vom Abbau betroffenen Landes nicht den früheren Zustand erreichen kann", besonders nicht im trockenen Südwesten. „Die Wiederurbarmachung schafft einen Zustand, in dem Organismen dort leben können, die ursprünglich dort vorhanden waren, oder solche, die den vorigen Bewohnern ähnlich sind" (22). Eine echte Verbesserung auf der Black Mesa würde Wiederaufforstung mit Pinyonfichten und Wacholder sowie Anpflanzung einheimischer Gräser verlangen, die nicht ständig gepflegt werden müssen. Der Bericht stellt fest, daß Rehabilitierung die angemessene Alternative im Westen sei. Sie bedeute, „daß das Land zu einer Form und Produktivität ähnlich der früheren Situation zurückgebracht wird, die einen dauerhaften

Zustand einschließen, der das ökologische Gleichgewicht der Umgebung nicht wesentlich beeinträchtigt und der mit ästhetischen Werten vereinbar ist". Eine Studie der Ford Foundation kam jedoch zu dem Schluß, daß die Wiederherstellung eines Gebietes wie der Black Mesa 300 Jahre dauern kann oder vielleicht nie mehr möglich ist.

Nach zehn Jahren war nach angeblicher Wiederherstellung der ursprünglichen Vegetation auf der Black Mesa 1978 folgendes zu sehen: Umzäunte Stellen von behandeltem Land trugen einheimisches Unkrautdickicht und fremde russische Disteln, die nur als junge Pflanzen von Schafen gefressen werden. Ursprüngliche Vegetation wuchs dort nicht mehr. Peabody benutzte schlechte Methoden der Landwiederherstellung. Sie hat nichtendemische Spezies von der Luft aus einem Flugzeug gesät. Die russische Distel wurde als eine Art 'Torfmull' verwendet, die Pflanze ist jedoch für Rinder und Schafe schädlich. Die Aussaat wurde auf einigen Flächen um vier oder fünf Jahre hinausgeschoben. Der Grubenschutt wurde mit der guten Erde vermischt.

Schließlich aber fing Peabody doch an, bessere Wiederherstellungsverfahren zu benutzen. Jetzt bewahren sie die gute Erde auf und trennen sie vom Schutt. Die Disteln werden nicht mehr verwendet, und es wird weniger von der Luft aus gesät. Man lagert den Schutt jetzt in einem günstigeren Neigungswinkel, damit der Regen nicht so viel hinwegwäscht. Es werden Becken gebaut, die das ablaufende Regenwasser auffangen.

Außer dem gespeicherten Regenwasser ist für die Bevölkerung kein anderes Wasser erreichbar, obwohl es welches gibt. Peabody holt es tief aus der Erde. An jedem Tag werden pro Minute 10.220 Liter Wasser hochgepumpt und mit 6 bis 10 Tonnen Kohle vermengt. Diese Mischung wird durch eine Pipeline in ein 273 Meilen entferntes Kohlekraftwerk gepumpt. In einem Zeitraum von 15 Jahren wird Peabody dem Hopi- und dem Havaho-Stammesrat für über 10 Mrd. Liter Wasser insgesamt 500 000 Dollar zahlen. Würde dasselbe Wasser an eine Stadt im Südwesten verkauft, könnte man 14 Mill. Dollar dafür bekommen.

1973 stellten Geologen fest: „Das Grundwasser fließt (unter der Black Mesa) in südwestlicher und nordöstlicher Richtung, wo der Navaho-Sandstein in einer Höhe von 5500 Fuß einen Schichtenkopf bildet." Die Dörfer der Hopi liegen südwestlich der Anhöhe. „Das Wasser fließt zu langsam nach, um die Wasserquelle so auffüllen zu können, daß die abgepumpte und die nachlaufende Menge im Gleichgewicht sind ... Das Wasser in den Brunnen (auf Black Mesa) ist nicht weniger geworden ... Aber trotz der im Vergleich zur Größe der Quelle geringen Menge abgepumpten Wassers muß man beachten, daß eine Artesische Quelle wie die unter Black Mesa ein Drucksystem ist. Abpumpen in großem Umfang wird den artesischen Druck in einem großen Gebiet verringern" (23).

Das Geologische Vermessungsamt bohrt seit 1973 Beobachtungsbrunnen in dem Gebiet. Anhand der Testergebnisse fand man, daß in einigen Brunnen im artesischen Teil der Quelle der Wasserstand durch den Druckabfall bis zu fünf Metern gesunken war (24).

Peabody hat fünf Senkschächte von 1077 bis 1139 Metern Tiefe gebohrt. Die Schächte sind bis zu 609,6 Metern Tiefe verschalt. Dies soll verhindern, daß Grundwasser in die Schächte hineinläuft. Peabody behauptete erst, das Wasser könne nicht von oben her zur Quelle durchsickern, aus der sie pumpen, weil so viele undurchlässige Schichten dazwischenlägen. 1981 entdeckten die Geologen aber, was dieser Autor bereits 1970 sagte: Diese Schichten sind in geringem Maße durchlässig (25). Das heißt, das Wasser kann von oben langsam in die Quelle sickern, die in rund 1100 Metern Tiefe liegt. Glücklicherweise ist aber während des zehnjährigen Pumpens kein Wasser durchgedrungen (26). Sind die örtlichen Quellen durch das Pumpen soweit erschöpft, daß die Menschen auf der Black Mesa kein Wasser mehr haben, ist Peabody verpflichtet, genügend Wasser von anderswo herbeizuschaffen.

Die Folgen des Kohleabbaus, die nicht wiedergutzumachen sind, betreffen auch die Menschen und die lokale Kultur. Die Hopi und Navaho bekommen zwar Kohle umsonst von Peabody, und auch das Wasser aus den Brunnen ist kostenlos, aber die Grasländer, die alten Ruinen, das ganze Land ist zerstört.

Die Navaho-Bevölkerung reichte 1972 eine Klage gegen Peabody ein, mit der sie Erfolg hatte. 1974 ordnete ein Bundesrichter an, daß Peabody die Bewohner für den Verlust ihrer Heimat, der Gebäude und Grabstätten ihrer Ah-

Navaho-Schafhirtin in der Nähe des Four Corners-Kraftwerks

Navaho-Frau vor ihrem Hogan nahe dem Four Corners-Kraftwerk

nen entschädigen mußte. Aber noch 1977 gab es Probleme mit der Auszahlung des Geldes.

Die beim Kohleabbau anfallenden Halden kann Peabody durch Landwiedergewinnung noch verbergen oder verschönern. Aber die Folgen der Verfeuerung der Kohle in den Kraftwerken verschwinden nicht so leicht. Obwohl der Schwefelgehalt und der Ascherückstand der Kohle von der Black Mesa gering sind, blasen das Mohave-Kraftwerk in Bullhead City, Nevada, und das Navaho Salt River-Kraftwerk in Page, Arizona, in denen die Kohle verfeuert wird, jeden Tag mindestens 12 Tonnen Asche und ungefähr 24 Tonnen Schwefel in die Luft. Außerdem geben die beiden Werke etwa 350 Tonnen Stickoxide ab.

125 Meilen nördlich der Hopi-Dörfer arbeitet seit 1963 das berüchtigte Four Corners-Kraftwerk. Wegen der größeren Rückstände der dort verfeuerten 'Fruitland'-Kohle produziert es täglich etwa 30 Tonnen Asche und 25 Tonnen Schwefel sowie 230 Tonnen Stickoxide, dazu eine unbekannte Menge Quecksilber und radioaktiver Spurenelemente. Kaum 20 Meilen weiter steht das San Juan-Kraftwerk mit einem täglichen Ausstoß von 6,5 Tonnen Asche,

5,2 Tonnen Schwefel und 76 Tonnen Stickoxiden. Das Cholla-Kraftwerk 80 Meilen südlich der Hopi-Dörfer weist etwa dieselben Werte auf. Diese Kraftwerke befinden sich bis auf eines direkt auf oder in nächster Nähe der Navaho-Reservation (27). Sie umgeben das Colorado Plateau. Unmittelbar am Lake Powell plant WEST das Kaiparowitz-Kraftwerk, das mit einer Leistung von 2000-6000 Megawatt als größtes Kohlekraftwerk der Welt den Ring schließen wird.

Asche, Schwefel und Stickoxide ergeben photochemischen Smog. Stickoxide wirken dabei am schlimmsten, weil sie sich im Gegensatz zu Schwefel und Asche nicht aus den Abgasen herausfiltern lassen. Zu den Stickoxiden aus den Kraftwerken kommen noch die aus den Autoabgasen.

Hohe Staubkonzentrationen können zu Krebs führen. Schwefeloxide, die Krankheiten der Atemwege fördern, wurden in Fruitland in Konzentrationen gemessen, die fünfzigmal über dem kritischen Wert von 0,04 ppm (parts per million) liegen. Staub und Schwefel erhöhen ihre Wirkung, wenn sie zusammenwirken.

Eines der gefährlichsten Abgase aus Kohlekraftwerken ist Quecksilberdampf. In Fischen im Navaho Lake sind offiziell Konzentrationen festgestellt worden, die fast doppelt so hoch sind wie der kritische Wert von 0,5 ppm. Quecksilber lagert sich über die Nahrungskette im Menschen an. Vergiftungen, gegen die es kein Gegenmittel gibt, verursachen Genschäden und können über Blindheit und Nervenschäden zum Tod führen.

Die WEST-Kraftwerke verdüstern den Himmel über 6 Nationalparks, 3 Erholungsgebieten, 28 Nationalmonumenten und zahllosen Staatsparks (28). In Winslow nahe der Hopi- und Navaho-Reservationen hat die Sichtweite zwischen 1953 und 1972 um 17 % abgenommen (29). In Flagstaff, 75 Meilen südwestlich der Hopi-Siedlungen, hat die Sonneneinstrahlung 1970 gegenüber 1965 um 15 % abgenommen. Diese Beeinträchtigung schließt auch die San Francisco Peaks ein, die den Navaho und Hopi heilig sind. Die schmutzige Rauchfahne aus dem riesigen Kraftwerk in Fruitland wird manchmal nach Flagstaff oder auch nach Albuquerque im Osten geweht. Zuweilen verschmutzt sie die Luft 140 Meilen weit, und zeitweise kann man nicht einmal den nur 20 Meilen entfernten Shiprock-Berg sehen, der den Navaho heilig ist. Der Rauch aus diesem Kohlekraftwerk war das einzige von Menschen geschaffene Objekt in den USA, das man auf einem Foto des Gemini-Satelitten aus 170 Meilen Höhe erkennen konnte (30).

Die Hopi, die Navaho, die Jicarilla-Apache, die Yuta und die 19 Pueblos, die die eingeborenen Kulturen des Colorado Plateaus weiterführen, sind von der Entwicklung der Energieresourcen eingeschlossen worden, die sie wenig kontrollieren können. Theoretisch haben diese Gemeinschaften die Wahl, ob sie Unternehmen auf ihren Ländern akzeptieren oder ablehnen wollen. Aber wie wir im Fall der Hopi gesehen haben, wird die Entscheidung nicht immer in voller Kenntnis oder in Übereinstimmung mit der ganzen Gemeinschaft getroffen. In mehreren Fällen hat die Auferlegung eines bürokratischen politischen Systems Entwicklungen gefördert, die die Wünsche der örtlichen Bevölkerung außer Acht ließen. Dieser Punkt wird später beim Uranabbau noch einmal zur Sprache kommen.

Für eine gewählte Stammesregierung bedeutet die Energieentwicklung auf ihrem Gebiet ein bescheidenes Einkommen. Das Zia Pueblo hat seinen Ertragsanteil aus der Gas- und Ölförderung investiert. Der Hopi-Stammesrat hat durch zinsgünstiges Anlegen der Zahlungen von Peabody ein jährliches Zinseinkommen von rund 200.000 Dollar. Jetzt hat das BIA dem Stammesrat empfohlen, eine höhere Ertragsbeteiligung zu fordern als die ursprünglich vereinbarten 6,67 %, das sind etwa 20 Cents für jede Tonne Kohle. In vielen anderen Fällen verbieten die Verträge jedoch neue Verhandlungen vor ihrem Ablauf, meistens 20 bis 30 Jahren. Während Peabody aus dem Verkauf der Kohle an die Kraftwerksunternehmer etwa 2,25 Dollar pro Tonne bekommt, ist es jetzt möglich, Preise zwischen 16 und 35 Dollar zu erzielen. Aufgrund eines Vertrages muß Peabody aber so billig an die Kraftwerke verkaufen. Deshalb sind es in Wirklichkeit andere, die einen Spottpreis zahlen: das Los Angeles Department of Water and Power, Tucson Gas and Electric, Las Vegas Power and Light, Southern California Edison und andere Versorgungsbetriebe (31). Und weiter ist es der Verbraucher, der letztlich den billigen Preis zahlt und seine Lebensqualität durch den billigen Strom absichert. Die billige Kohle von Black Mesa ist somit verantwortlich für eine umfassende soziale Struktur.

Das Monster Uran

Um 1940 fand man in der Nähe des Yuta-Gebietes und auf der Navaho-Reservation in New Mexico Uran. In 38 Bergwerken und 8 Hüttenwerken wird seitdem Uranerz gefördert und zu Rohuran (U_3O_8), dem sog. 'yellow cake', verarbeitet (32). Uranminen befinden sich heute in der Nähe der Acoma und Laguna Pueblos, bei den Santo Domingo und Cochiti Pueblos und direkt auf den Laguna Pueblo- und Navaho-Reservationen.

Etwa seit 1923 begann das BIA, die Navaho-Reservation in 100 Chapters (Bezirke) einzuteilen, die die Politik der Navaho bestimmen sollten. Vertreter der Chapters sollten die Wünsche der Bevölkerung im Navaho-Stammesrat zum Ausdruck bringen. Doch haben die Chapters nur geringe Kontrolle über ihr jeweiliges Gebiet. Fast alle Entscheidungen werden in Window Rock, der 'Hauptstadt' der Navaho, getroffen (33). Der Navaho-Stammesrat wurde im Unterschied zu dem der Hopi nicht aufgrund einer Verfassung nach dem IRA gebildet. Die Navaho haben den IRA bis heute immer strikt bekämpft (34). Nachdem aber Standard Oil of Ohio (Sohio) auf der Navaho-Reservation Öl entdeckt hatte, wurde der Stammesrat von der Bundesregierung eingerichtet, indem sie drei willkürlich ausgewählte Personen zu Vertretern der Navaho ernannte. Die erste Amtshandlung dieses Stammesrats war der Abschluß eines Pachtvertrags mit Sohio.

Die Pueblo-Indianer sind den Hopi ähnlicher als den Navaho. Jedes der 19 Pueblos ist unabhängig. Die meisten regieren sich nach einem System, das eine Mischform aus ihren eigenen Sozialstrukturen und der alten politischen Organisation der Spanier ist. Nur die Pueblos von Zuni, Laguna, Isleta und Santa Clara besitzen Verfassungen, die vom BIA geschrieben und genehmigt worden sind. Isleta und Laguna schließen offiziell fast alle Aspekte der traditionellen sozial-religiösen Organisation aus der Politik aus. Bei den Zuni und Santa Clara dagegen werden sowohl die traditionellen Funktionsträger der Pueblos als auch die gewählten Vertreter in den Stammesrat einbezogen.

Einfahrt zum Gelände einer Uranmine der 'United Nuclear Corporation'

In allen anderen Pueblos treffen die traditionellen Klanhäuptlinge und die Führer der Geheimbünde die politischen Entscheidungen. Wie die Hopi haben die Pueblos zeremonielle Geheimbünde, die gewisse Rituale durchführen und bestimmte Reliquiengebiete hüten.

Uranabraumhalde ('tailing') in New Mexico. Im Hintergrund Mt. Taylor

Über Jahrhunderte hinweg lebten die Hopi, Navaho und Pueblo-Indianer in Gemeinschaften, in denen sie zusammenarbeiten mußten, um das Überleben zu sichern. Sie mußten ihre Umwelt genau kennen und auf die jahreszeitlichen Veränderungen der Natur achten. Der Begriff einer organischen, ernährenden Verbindung zwischen der Umwelt und den Menschen wird in den Kulturen der Pueblo, Hopi und Navaho durch Kunst, Religion und Mythos ausgedrückt. Jede Störung der Umwelt, die die heiligen Reliquienschreine berührt, hat daher eine gefährliche Wirkung auf das Verhältnis zwischen der Umwelt und den Menschen.

Doch in jüngster Zeit verändert sich alles sehr schnell. Viele Navaho leben noch von der Schafzucht, doch es gibt nur noch wenige Hopi- und Pueblo-Familien, die sich von der Landwirtschaft ernähren. In Picuris Pueblo erhielten zum Beispiel 1967 die Familien 51 % ihres Einkommens aus Bundesprogrammen, 37 % stammten aus der Sozialhilfe und aus Renten (35).

Im San Juan Pueblo verschoben sich die Einkünfte der Bewohner seit 1944 von der Landwirtschaft weg zu Löhnen aus dem Los Alamos Scientific Laboratory und zu Sozialhilfe. Im Jahr 1976 glich das traditionelle San Juan Council einem gut geführten Geschäft, bemerkte ein Bewohner des Pueblos:

„Die von der Bundesregierung eingerichteten Programme sind so umfassend, ... daß sie die traditionelle Seele des Pueblos bis auf die rituellen Ereignisse fast verschütten" (36).

Der Stellenwert des Abbaus und der Produktion von Uran ist vielleicht nicht offensichtlich. Im Jahre 1978 waren in New Mexico nur 7148 Personen in der Uranindustrie beschäftigt. Es gibt acht Urankomplexe in dem Gebiet von 17.629.144 acres, das die Pueblo-, Hopi- und Navaho-Reservationen einschließen. Deshalb kann es scheinen, als ob das Uran nur geringe Bedeutung hätte. Aber sehen wir weiter:

Die Uranproduktion ist ein Teil des von der Bundesregierung beschlossenen 'Project Independence', das vorsieht, sich durch die verstärkte Erschließung heimischer Rohstoffe in der Energieversorgung von Einfuhren unabhängig zu machen. Nach einem Bericht des Energieministeriums soll die durch Atomkraft erzeugte Elektrizität von 42.000 Megawatt im Jahre 1976 auf 127.000 MW im Jahre 1985 und 380.000 MW im Jahre 2000 erhöht werden.

Die größten Uranreserven der USA lagern im 'Grants Mineral Belt', einer etwa 100 Meilen langen und 20 Meilen breiten Formation nahe der Stadt Grants in New Mexico. Seit 1966 betrug die Uranherstellung in New Mexico, wo etwa die Hälfte der 160.000 Navaho und die 30.000 Pueblo leben, 45 % der gesamten Produktion in den USA. 1978 belief sich die Uranproduktion auf 8.560 Tonnen (37). Der größte Teil davon geht in die Atomkraftwerke vor allem im Osten der USA, aber auch in einen Reaktor im Süden Kaliforni-

Uranhüttenwerk und 'tailing' in New Mexico

ens. Eine kleine Menge wird im Los Alamos Scientific Laboratory für die Herstellung von Atombomben gebraucht. 1979 wurden aber auch 18 % ins Ausland exportiert (38).

Weil der Staat New Mexico in der Ranglisten der Pro-Kopf-Einkommen an 49. Stelle steht, hat die Uranindustrie große Bedeutung. Die Uranaktiengesellschaften halten mit 3,7 Mill. acres 5 % des Staatsgebietes unter Pacht.

Uranabbau und -verarbeitung haben verheerende Auswirkungen auf die Umwelt. Um etwa fünf Pfund 'yellow cake' zu erhalten, muß eine Tonne Erz zermahlen werden, und für diese Tonne Erz müssen hunderte von Tonnen Erde weggebaggert werden. Der Erzschutt, der noch etwa 80 % der Radioaktivität enthält, wird zu riesigen Halden (tailings) aufgetürmt. In der Nähe der Acoma und Laguna Pueblos, bei Chicano-Dörfern und Navaho-Siedlungen im Westen New Mexicos liegen mindestens 40 solcher Halden mit insgesamt etwa 60 Mill. Tonnen Uranabraum. Im nördlichen Arizona und New Mexico gibt es auf dem Land der Hopi und Navaho weitere sechs Halden. Bei La Bajada, etwa 7 Meilen nördlich der Santo Domingo Pueblo- und Cochiti Publo-Reservationen hinterließ die Lone Star-Mine zwischen 1955 und 1965 eine Uranabraumhalde. Lone Star unternahm keine Anstrengungen zur Wiederherstellung des Landes. Die alte Mine und die Abraumhalde liegen am Santa Fé-River. Stromabwärts befinden sich die Pueblos, die das Flußwasser zur Bewässerung ihrer Mais-, Chili- und Gereidepflanzungen benötigen.

Die Bevölkerung ist über die Gefahren des Uranabbaus nie aufgeklärt worden. Im farbenreichen Monument Valley spielen Navaho-Kinder auf den Halden. In Tuba City, wo Navaho und Hopi wohnen, wurde der uranhaltige Abraum für die Fundamente der von der Bundesregierung gebauten Häuser verwendet. Im Navaho-Dorf Shiprock liegt die Uranabraumhalde in nächster Nähe der Schule. Von keinem Gesetz verpflichtet, ließen die Unternehmen die Uranabfälle einfach liegen.

Im Jahre 1977 wurden Testbohrungen von insgesamt 32 km Tiefe vorgenommen. Durch diese Bohrungen wurden Wasseradern verletzt und große Mengen Grund- und Quellwasser, die in die Bohrlöcher sickerten, radioaktiv verseucht. Die Hüttenwerke benötigen jährlich mehr als 3,5 Mrd. Liter Wasser (39). Nach Vorhersagen wird die Energieindustrie im Westen der USA 1990 mehr als 378 Mrd. Liter Wasser verbrauchen.

Bereits 1974 stellte ein Ausschuß der 'National Academy of Science' fest, daß der offene Tagebau einige Gebiete im Westen total zerstören könne. Die Schwierigkeit, diese Gebiete wiederherzustellen, könnte zu einer Politik der 'Nationalen Opfergebiete' (National Sacrifice Areas) führen, bei der das Land abgesperrt und total verlassen würde (40). Weder die Bundesregierung noch die Staaten haben eine solche Politik öffentlich angeordnet. Aber ist es nicht schon zu spät? Erst seit 1978 verlangen Bundes- und staatliche Gesetze die Aufräumung der Minen.

Erst 1981 begannen die Unternehmen, den Uranabraum zu behandeln. Die Halden müssen mit einer drei Meter dicken Erdschicht bedeckt werden.

Dabei gibt es jedoch Probleme. Zum einen sind manche Halden unter Wasser gesetzt worden, damit der radioaktive Staub nicht weggeweht wird. Zum zweiten wurden viele Abraumhalden schon vor langer Zeit zurückgelassen. Außerdem sind die gesetzlichen Regelungen schwer durchzusetzen, und es ist fraglich, ob sie ausreichend sind.

1977 brach eine Mauer, die eine unter Wasser gesetzte Abraumhalde umgab. Radioaktive Flüssigkeit lief aus. Zwei Jahre brachen 6 Meter einer Mauer an der Churchrock-Mine, die einige Meilen südlich der Navaho-Reservation und nördlich der Stadt Gallup liegt. Seit 1977 war den Behörden bekannt gewesen, daß der Damm Risse zeigte. Innerhalb von 24 Stunden flossen 355.827.600 Liter radioaktiven Wassers und rund 1.100 Tonnen verseuchter Stoffe in den Rio Puerco. Dieser trug das verseuchte Material durch Gallup und verbreitete rund 30 Meilen weit Radioaktivität in gefährlicher Höhe. Brunnen und Wasserquellen wurden verseucht. Dies war der größte Unfall mit der höchsten Freisetzung radioaktiver Substanzen in der Geschichte der USA, größer als der Unfall von Three Mile Island (41), bei dem 1,5 Mill. Liter ausgeflossen waren. Doch die Welt hat nichts davon erfahren.

Können mit den neuen Regelungen solche Unfälle vermieden werden? Neue Auflagen kann man den Unternehmen nur erteilen, wenn sie eine neue Lizenz beantragen. Eine Lizenz muß alle fünf Jahre neu beantragt werden. Dann muß der Unternehmer einen Plan gebilligt haben, der die Methoden zur Stabilisierung der Abraumhalden vorschreibt. Der Staat erteilt die Konzession nur dann, wenn eine Überprüfung zeigt, daß das Unternehmen die Vorschriften befolgt. Wegen großen Personalmangels konnte aber der Staat bis 1980 nur eine einzige neue Lizenz ausgeben. Vier der fünf Hüttenwerke arbeiten seit 1976 ohne Lizenz, obwohl das Werk, in dem der Unfall passierte, sogar einige Monate geschlossen wurde. Die Stabilisierung der Abraumhalden müßte für die gesamte Lebensdauer der radioaktiven Elemente angelegt sein. Wie aber kann man sicher sein, daß irgendeine Maßnahme 800.000 Jahre vorhält?

In den Gebieten, in denen die Firmen die Uranwüsten verlassen haben, wird die Bundesregierung die Stabilisierung vornehmen. Es gibt keine genauen Kostenvoranschläge für die Landwiedergewinnung. Mit gutem Grund kann man aber annehmen, daß diese Maßnahmen außerordentlich viel Geld verschlingen werden. Selbst der Direktor der staatlichen Umweltschutzbehörde sagte, er wisse nicht, woher man genug Erde bekommen könne, um einen Haufen von 50.000 bis 75.000 Tonnen Uranabraum mit der verlangten drei Meter dicken Schicht zu bedecken (42). Alle Unternehmen müssen pro Pfund hergestellten 'yellow cake's' zehn Cents in einen 'Ewigen Pflegefonds' einzahlen. Es gibt allerdings eine Höchstgrenze von 1 Mill. Dollar je Unternehmen. Mit diesem Geld soll der Staat Reparaturarbeiten an Stabilisierungen vornehmen, sofern Schäden auftreten, nachdem das Unternehmen das Gebiet verlassen hat.

Aber genügen 1 Mill. Dollar? Das Unternehmen Anaconda muß zum Beispiel 3.000 acres an Kohleabraumhalden stabilisieren lassen. Für effektive

Maßnahmen sind mindestens 5.000, wahrscheinlich aber 14.000 Dollar pro acre anzusetzen. Für die gesamte Fläche wären das mindestens 15 Mill. Dollar und nicht 1 Million.

In der Nähe der Acoma-, Laguna-, Navaho- und Chicano-Siedlungen hat der Uranabbau schon jetzt die Luft und das Wasser gefährlich verseucht. Seit dem Unfall bei Churchrock sind weitere Wasservergiftungen aufgetreten. Den Mount Taylor, einen den Acoma und Navaho heiligen Berg, hat die Gulf Corporation mit tausenden von Versuchsbohrungen durchlöchert. In das nahe Dorf San Mateo muß Gulf Trinkwasser einführen, da die Wasserquelle durch das beim Bohren verwendete Betonite vergiftet wurde. Die Schule im Dorf mußte schließen, weil Radongas aus einer anderen Mine von Gulf die Luft im Umkreis von einer Meile verseuchte. Radongas (Radon 222) entsteht beim Uranabbau und verursacht Krebs, besonders Lungenkrebs. Bis heute gibt es keine gesetzlichen Vorschriften gegen das Ausströmen von Radongas. Wahrscheinlich werden die Bewohner von San Mateo wegen der immer weiter vordringenden Mine evakuiert werden müssen.

Bei Churchrock, 50 Meilen nördlich, fand die Atomkontrollbehörde mehrere Monate nach dem Unfall, daß die Radioaktivität in 6 von 32 untersuchten Brunnen zu hoch war. Zwei Brunnen wurden geschlossen. Obwohl der 'Indian Health Service' angeblich Warnungen an den Brunnen angebracht hatte, konnte die Kontrollbehörde dafür keine Anzeichen entdecken. Inzwischen trinken die Navaho und ihr Vieh weiterhin Wasser aus den Brunnen (43). Große Schafbestände sind bereits an verseuchtem Wasser zugrunde gegangen.

Die gesundheitlichen Folgen des Uranabbaus

Die Bevölkerung von Laguna Pueblo zählt etwa 6.000 Menschen. Nach den Navaho und den Jicarilla- und Mescalero-Apache haben die Laguna mit 454.454 acres die größte Reservation in New Mexico.

Um 1698 siedelten Flüchtlinge in Laguna, wo es schon vorher eine Pueblosiedlung gab. Sie waren vor der Rückkehr der spanischen Militärs nach der Pueblo-Revolte aus der Umgebung von Santa Fé geflohen und gründeten zwei Dörfer, Laguna und Paguate. Später entstanden aus diesen Dörfern noch drei andere Siedlungen: Paraje, Mesita und Nueva Laguna.

Laguna war das erste Pueblo, dessen traditionelle politische und soziale Organisation sich auflöste. Missionare schrieben 1872 eine Verfassung für Laguna, die erste Pueblo-Verfassung, die nach amerikanischem Muster einen Rat mit gewählten Vertretern vorsah. Der Missionar wurde als erster Gouverneur gewählt. Während seiner Amtszeit wurden zwei große Kivas zerstört, in denen die Laguna traditionelle Zeremonien durchgeführt hatten. Einige Zeremonien wurden später wieder eingeführt.

Noch heute sind die Auswirkungen dieser frühen Veränderungen zu se-

Das beim Uranabbau in den Minen freiwerdende radioaktive Radongas wird in Rohren an die Erdoberfläche geleitet, wo es völlig unkontrolliert ausströmt. Oben ein Rohr nahe Mt. Taylor, unten inmitten einer Wohnsiedlung.

Laguna Pueblo in New Mexico

hen (44). 1952 schlossen die Laguna einen Pachtvertrag mit der Anaconda Corporation ab. In der 'Jackpile-Paguate'-Mine, der zweitgrößten Uranmine der Welt, baute Anaconda seit 1953 auf 2.800 acres 80 Mill. Tonnen Uranerz ab. Die Mine besteht hauptsächlich aus einem riesigen Erdloch, aber es gibt auch Senkschächte. Seit 1972 wurde der größte Teil des Erzes in offenen Wagenzügen in das 30 Meilen entfernte Bluewater-Hüttenwerk gebracht. Es liegt etwa 18 Meilen westlich der Grenze der Acoma Publo-Reservation. Auf dem Höhepunkt der Arbeit beschäftigte die Mine rund 700 Arbeiter. Davon waren 450 aus Laguna und 160 aus Acoma. Bei Hochbetrieb störten täglich Sprengungen die Stille um Paguate; der durch sie aufgewirbelte Staub verteilte die Radioaktivität über Felder, Flüsse und Siedlungen.

Um das Uran zu fördern, mußte Wasser aus dem Erdloch abgepumpt werden. Insgesamt pumpte Anaconda mehr als 1.892,7 Mill. Liter radioaktives Wasser aus der Mine. Dieses Wasser, das schon durch den unterirdischen Kontakt mit dem Uran radioaktiv war, wurde dann über die Abraumhalden geleitet, die 260 acres bedecken. Von den Halden sickerte das Wasser dann entweder in das Grundwasser, verdunstete oder lief in die Arroyos oder den kleinen Rio Mequino, der aus einer natürlichen Quelle nahe der Halde kommt (45). kommt (45).

Zwischen 1975 und 1978 bat der Laguna-Stammesrat den 'Indian Health Service', das Wasser und die Luft zu untersuchen. Obwohl die Menge der darin enthaltenen Radioaktivität alle Befürchtungen überstieg, entschied die Behörde, daß sie keine gefährliche Höhe erreicht habe (46). Nur eine Messung habe eine ungewöhnliche Menge ergeben: Im Gemeinschaftsgebäude von Paguate wurde eine Menge von Abkömmlingen des Radongases festgestellt, die die von

Die 'Jackpile-Paguate'-Uranmine der Anaconda Corporation auf der Laguna Pueblo-Reservation

der Atomkontrollkommission festgesetzte Grenze für 'uneingeschränkte Gebiete' um 16 % überstieg (47).

Die Folgen der Radioaktivität sind heimtückisch und langfristig. Man entdeckt sie erst Jahre später. Es gab zum Beispiel unter den Navaho vor 1940 keinen Fall von Krebs. 25 Männer, die zwischen 1947 und 1963 in den Minen der Gesellschaft Kerr-McGhee arbeiteten, sind nun an Krebs gestorben. Im Mercy Medical Center von Durango, Colorado, wurden nach Aussagen von Dr. Scott McCaffrey in den letzten Jahren viermal so viele Fälle von Lungenkrebs diagnostiziert wie früher. In die Minen in der Nähe von Shiprock wurden die Navaho als Bergleute geschickt, während die Luft nach Sprengungen noch voll Uranstaub war. Meistens gab es keine Frischluftzufuhr und kein frisches Wasser, sodaß die Arbeiter das verseuchte Wasser vom Boden der Mine trinken mußten. Außer den 25 Bergleuten, die gestorben sind, gibt es noch 45, die entweder an Lungenkrebs oder an Lungenfasergeschwülsten leiden. Sie und die Witwen erhalten bis heute keine Entschädigung, Kerr-McGhee streitet jede Verantwortung ab (48).

Bei einer Untersuchung, die man bei Navaho-Kindern unter 16 Jahren über einen Zeitraum von 3 Jahren machte, wiesen 3 von 26.500 Mädchen Eierstockkrebs auf. In derselben Zeit hatten in den USA von 2.575.850 weißen Mädchen nur 17 Eierstockkrebs, das ist siebzehn Mal weniger. Diese Zahlen stammen aus dem Krebsregister von New Mexico, das sehr konservativ geführt und von der Uranindustrie unterstützt wird. Statistische Auswertungen und Proben zeigen, daß diese Unterschiede nur mit sehr geringer Wahrscheinlichkeit durch Zufall zustandegekommen sind.

Die Folgen des Uranabbaus sind auch unter den Gesichtspunkten der Arbeitsplätze und der Verantwortlichkeit für die Wiederherstellung betroffener Abbaugebiete bedeutsam. Im April 1981 schloß Anaconda die Mine bei Laguna. Jetzt werden statt 450 nur noch 30 Arbeiter gebraucht, um die Landwiedergewinnung durchzuführen. Die Laguna müssen jetzt entweder Arbeit in Albuquerque suchen oder Anstrengungen unternehmen, andere Industrie auf der Reservation anzusiedeln.

Wie werden die Laguna von Anaconda die Wiederherstellung des Landes erzwingen? Theoretisch fordern alle Pachtverträge über indianisches Land vom Innenminister oder der dem BIA verpflichteten Geologischen Behörde, die Wiedergewinnung sicherzustellen. Nur der Staat New Mexico, nicht aber die Geologische Behörde hat aber vermutlich die Autorität und Verantwortlichkeit, den Vorschriften Geltung zu verschaffen. Aber wie schon gesagt hat der Staat dafür nicht genügend Beamte. Und technisch gesehen kann der Staat seine Gesetze nicht auf den Reservationen durchsetzen. Wegen einer vor kurzem ergangenen Verfügung des Bundesgerichts hat aber der Laguna-Stammesrat keine Strafgerichtsbarkeit über Nicht-Indianer. Wenn weder die Bundesregierung noch der Staat New Mexico die Gesetze durchsetzt, wie können da die Laguna die nichtindianische Anaconda in die Pflicht nehmen?

Die ganze Situation wird noch komplizierter durch überlappende Zuständigkeiten anderer Behörden. Indianische Gruppen können zum Beispiel laut Gesetz vom Bundesumweltschutzamt Gelder für die Wasserreinigung beantragen. Andererseits sind die Indianer in dem Gesetz über Giftstoffe nicht erwähnt. Obwohl das staatliche Umweltamt Gesetze über die Luftqualität erlassen will, ist das Bundesamt der Meinung, daß der Staat New Mexico für die Luft über den Reservationen nicht zuständig ist (49).

Letztlich sind es die Indianer, die das größte Interesse am Schutz ihres Landes haben. Und es sind nur die Indianer, die bei allen Schutzgesetzen keine schriftlich festgelegte Gerichtsbarkeit haben. Man fragt sich, ob nicht die viele tausend acres umfassende Uranabraumhalden bei Laguna, Shiprock, Monument Valley, Scboyeta, Churchrock und anderswo, und auch die Bergleute aus Shiprock und eine unbestimmbare Zahl ihrer Nachkommen inoffiziell ein 'nationales Opfer' darstellen, damit Atombomben gebaut werden können.

Das Wissenschaftliche Laboratorium Los Alamos (50)

Oben auf dem vulkanischen Schichtenkopf, von dem aus man die Gebiete der Pueblos von Santa Clara, San Ildefonso und San Juan sehen kann, wurde 1942 das Wissenschaftliche Laboratorium Los Alamos gegründet. Dort wurde als Teil des 'Manhattan-Projekts' die erste Atombombe hergestellt, die 1944 heimlich im Süden des Staates gezündet wurde. Seitdem werden in Los Alamos weiterhin Bomben und Atommeiler gebaut. Schon seit längerer Zeit wird das Laboratorium im Auftrag der Atomenergiekommission und des Energieministeriums von der Universität von Kalifornien geleitet. Es bietet 8.650 Arbeitsplätze mit einem jährlichen Lohnaufkommen von 150 Mill. Dollar für die Menschen aus der Gegend. Während das Pro-Kopf-Einkommen in Los Alamos etwa 4.000 Dollar beträgt, liegt das der Indianer New Mexicos zwischen 900 und 2.189 Dollar. Los Alamos hat einen Arbeitslosenanteil von 4,8 %. In der Umgebung, wo die drei Reservationen liegen, beträgt die Arbeitslosigkeit 18 %.

Zwischen 1944 und 1952 kippte das Laboratorium große Mengen radioaktiver flüssiger und fester Abfälle ungeschützt in drei nahegelegene Täler. Jetzt wird der Abfall behandelt und in Behältern unter der Erde vergraben. Aber noch heute werden täglich 94.000 Liter schwach radioaktiver Flüssigkeiten in die nahen Täler gepumpt. Innerhalb des Laborgeländes von 56 acres sind rund 300.000 Tonnen radioaktiver Müll und etwa 74 Kilo Plutonium vergraben. Aber niemand weiß, wo diese Abfälle genau liegen, weil bis zum Jahre 1956 keine schriftlichen Unterlagen darüber angefertigt wurden.

Jetzt hat das Laboratorium durch Proben folgendes entdeckt:
1. Ablagerungen auf den heiligen Gebieten des San Ildefonso Pueblos enthalten große Mengen von Plutonium. Die Konzentration ist zehnmal höher, als nach der Natur und dem weltweiten atomaren Fallout zu erwarten wä-

re. Im Labor wird trotzdem behauptet, daß die Mengen nicht gesundheitsschädigend seien.

2. In Hirschen und zwei Vogelarten aus den Tälern wurde zwei- bis fünfmal mehr Tritium gefunden als normal. Tritium ist ein radioaktives Gas, das schlecht zu kontrollieren ist, weil es sich leicht mit Sauerstoff verbindet und sich deshalb in allen organischen Molekülen im menschlichen Körper oder in der Natur festsetzen kann.
3. Ebenfalls in Hirschen wurde das radioaktive Element Cäsium-137 in großen Mengen gefunden. Ein Tier hatte eine 35-fache Konzentration, bezogen auf normale Werte.
4. Bienen innerhalb des Gebietes des Laboratoriums können das Tritium durch Honig dem Menschen zuführen.
5. Bodenproben nahe der Otowi-Brücke in der San Ildefonso Pueblo-Reservation ergaben das Dreifache des Normalwertes an Plutonium-239 und das Sechsfache an Cäsium-137. Im Laboratorium behauptete man, es habe sich um Stichprobenfehler gehandelt.

Vorgehensweisen der transnationalen Großkonzerne

Es gibt viele kleine Unternehmen, die nach Gas und Öl bohren, doch nur ein kleines, das Uran abbaut. Alle anderen Uranunternehmen sind große Konzerne oder öffentliche Betriebe, wie die Universität von Kalifornien oder die Bundesregierung selbst. Nach einer Studie der Öl-, Chemie- und Atomarbeitergewerkschaft kontrollieren 1977 nur 7 Konzerne 81,5 % aller Uranreserven der USA. Auch die meisten Kohleförderunternehmen sind riesige Konzerne.

Im Frühjahr 1981 sank der Welthandelspreis für 1 Pfund 'Yellow Cake' von 45 auf 31 Dollar und sogar bis auf 20 Dollar ab. Mehrere Unternehmen hörten auf, in New Mexico Uran zu suchen und zu fördern. Aber sie gerieten deshalb nicht in Schwierigkeiten, denn fast alle Uranunternehmen fördern auch Öl, Kohle oder Gas. Bis auf drei haben alle Niederlassungen in anderen Ländern; sie werden von anderen großen Konzernen beherrscht.

Bechtel Corporation, das die Mohave- und Navaho-Kraftwerke und die Black Mesa-Pipeline gebaut hat, baut auch Werke in Südafrika und Pipelines in Südamerika. Getty, Texaco, Gulf, Exxon und viele andere Ölunternehmen in New Mexico produzieren auch Öl in Peru, Ecuador und Brasilien. Die Atlantic Richfield Corporation, die Anaconda besitzt, hat Kupferminen in Nevada, Arizona und Peru. Fast alle Energieunternehmen auf dem Colorado Plateau sind so weit im Besitz anderer Konzerne, daß schon die finanzielle Diversifikation ihrer Muttergesellschaften sie davor schützt, jemals lokale Bedingungen in Erwägung ziehen zu müssen.

Die folgenden 19 Firmen sind diejenigen, die am meisten auf dem Colorado Plateau engagiert sind. Nur an einer ist lokales Kapital in größerem Umfang beteiligt (51-55).

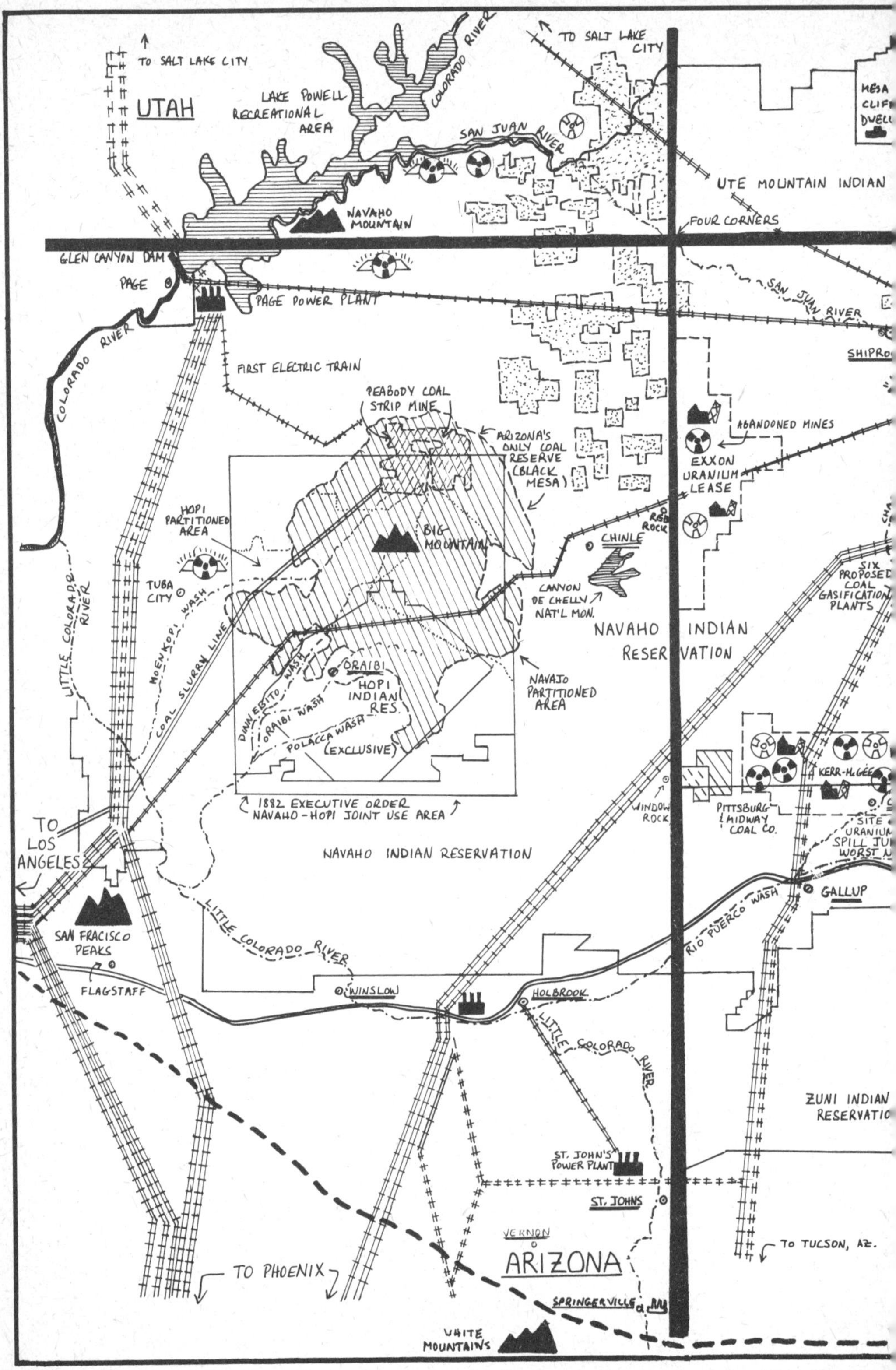

TO SALT LAKE CITY
UTAH
LAKE POWELL RECREATIONAL AREA
COLORADO RIVER
TO SALT LAKE CITY
MESA
SAN JUAN RIVER
UTE MOUNTAIN INDIAN
NAVAHO MOUNTAIN
FOUR CORNERS
GLEN CANYON DAM
PAGE
PAGE POWER PLANT
SAN JUAN RIVER
COLORADO RIVER
FIRST ELECTRIC TRAIN
PEABODY COAL STRIP MINE
ARIZONA'S ONLY COAL RESERVE (BLACK MESA)
ABANDONED MINES
EXXON URANIUM LEASE
HOPI PARTITIONED AREA
BIG MOUNTAIN
CHINLE
TUBA CITY
MOENKOPI WASH
CANYON DE CHELLY NAT'L MON.
SIX PROPOSED COAL GASIFICATION PLANTS
LITTLE COLORADO RIVER
COAL SLURRY LINE
NAVAHO INDIAN RESERVATION
ORAIBI
HOPI INDIAN RES.
DINNEBITO WASH
ORAIBI WASH
POLACCA WASH
(EXCLUSIVE)
NAVAJO PARTITIONED AREA
KERR-McGEE
WINDOW ROCK
PITTSBURG MIDWAY COAL CO.
1882 EXECUTIVE ORDER NAVAHO-HOPI JOINT USE AREA
TO LOS ANGELES
NAVAHO INDIAN RESERVATION
GALLUP
SAN FRACISCO PEAKS
LITTLE COLORADO RIVER
RIO PUERCO WASH
FLAGSTAFF
WINSLOW
HOLBROOK
LITTLE COLORADO RIVER
ZUNI INDIAN
ST. JOHN'S POWER PLANT
ST. JOHNS
VERNON
ARIZONA
TO TUCSON, AZ.
TO PHOENIX
SPRINGERVILLE
WHITE MOUNTAINS

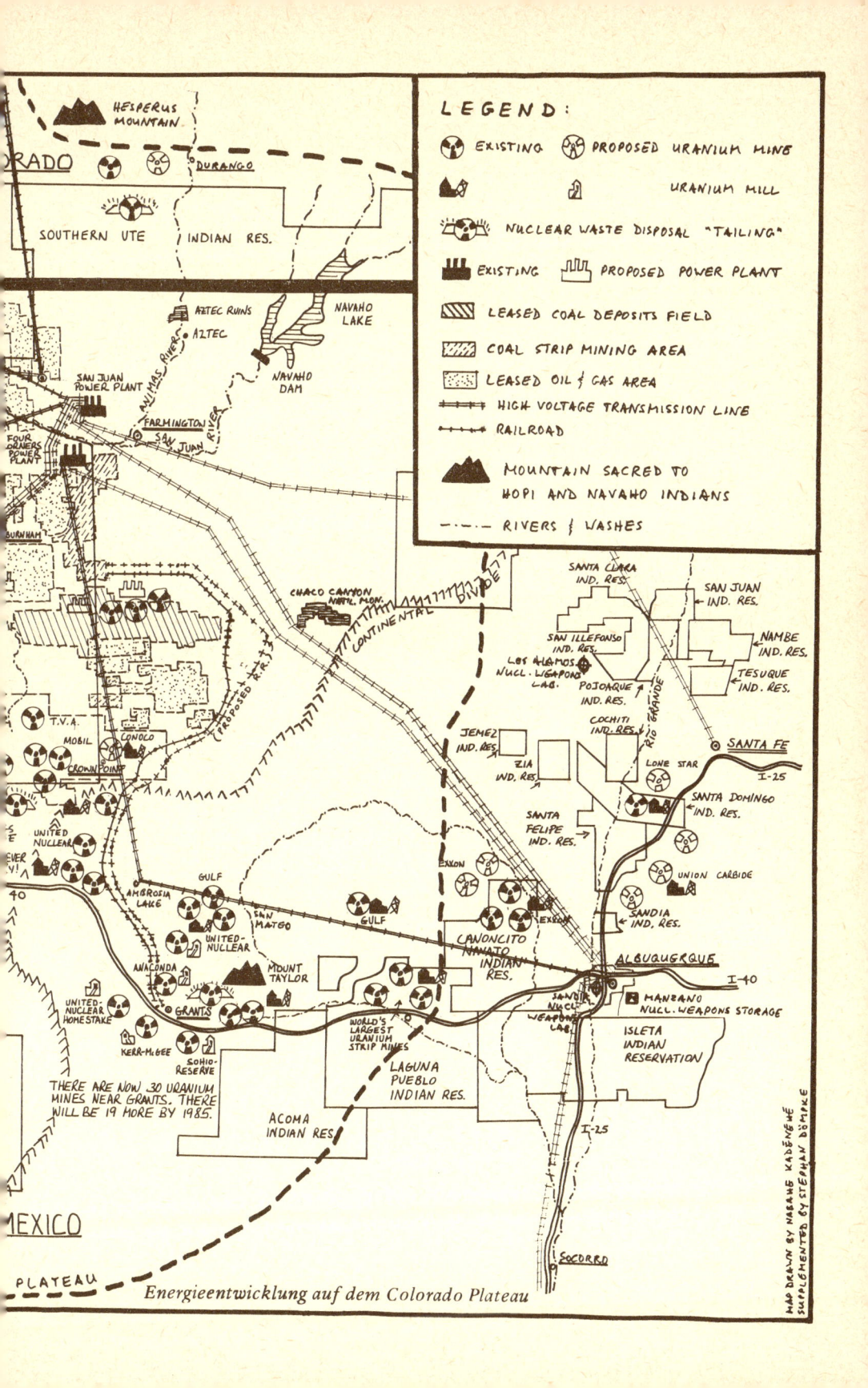

Energieentwicklung auf dem Colorado Plateau

Gesellschaft	Aktionäre, die mehr als 5 % Anteile besitzen
Pacific Gas and Electric (kauft das meiste Gas, das in San Francisco verbraucht wird)	Rothschild Familie (franz. und engl.) 6,3 %
Salt River Project (Kohlekraftwerk)	Staat Arizona 100 %
Public Service Company of New Mexico (Kohlekraftwerk; verkauft Strom)	Citybank, N.A. (New York)
Arizona Public Service (Kohlekraftwerk; verkauft Strom)	Church of the Latter Day Saints (Mormonen) (International)
Standard Oil Company of Ohio (Uran)	British Petroleum, Ltd. 52,16 %
Gulf Corporation (Öl, Uran)	Mellon Familie (Philadelphia) Hunt Familie (Texas)
Utah International (Kohleabbau)	General Electric (International)
Peabody Coal Company (Kohleabbau)	Equitable Lebensversicherung (New York)
El Paso (Gas, Kohleabbau; verkauft Strom)	Church of the Latter Day Saints
Pittsburgh and Midway (Kohle)	Gulf Corporation 100 %
Shell (Öl, Gas)	Royal Dutch Shell 69,4 % (gehört zu 60 % Royal Dutch, NL und zu 40 % Shell Transport, London)
Southern Union (Öl, Gas)	First International Bankshares (Texas) 6,42 %
Mobil Oil (Öl, Gas, Uran)	Bankers Trust (New York) 6,39 %
Continental Oil Corporation (Conoco)	Bankers Trust (New York)
Amerada	Hess Familie 20,94 %; Prudential Lebensversicherung (New York)
United Nuclear	Hunt Familie (Texas)
Getty	John Paul Getty (Kalifornien)
Texaco	Manufacturers Hanover Bank (New York) 5,21 % (Citibank, N.A. und J.P. Morgan besitzen zus. 5 % von Manufacturers, Citibank besitzt 5 % von J.P. Morgan)

Der Widerstand

Wer kann gegen die Vorrechte dieser Aktiengesellschaften und ihrer Geldgeber Widerstand leisten? Das Schicksal der Indianer des Colorado Plateaus wurde hinter die ökonomischen Interessen der staatlichen Regierungen, der Bundesregierung, der großen Energieunternehmen, einiger Familien und Konzerne gestellt. Von den alltäglichen Erledigungen, für die man das Auto benutzen muß, bis zu den Folgen des Kohleabbaus, der Kraftwerkbetriebe, des Uranabbaus, der Hüttenwerke und der riesigen Uranabraumhalden wirkt die Energieentwicklung auf die Umwelt, auf die Arbeitsplätze, die Arbeit, die lokale Wirtschaft und die Gesundheit der Menschen.

Jetzt kommen die großen Konzerne auf die Reservationen und bieten Industrialisierung, Arbeit, Pachtverträge und Geld an.

Im Jahre 1974 verdienten 1.308 Navaho 15,506 Mill. Dollar in 14 Energieunternehmen. Diese Summe war genauso groß wie das Einkommen des Navaho-Stammesrats aus Pacht, Tantiemen und Stromleitungen von der Energieindustrie. 30 Mill. Dollar von 14 Firmen scheinen viel zu sein. Doch die 1.308 Navaho-Arbeiter stellten nur ein Drittel der Beschäftigten. Die meisten Arbeiter waren keine Indianer, obwohl die Industrien auf der Navaho-Reservation liegen. Und der Staat Arizona erhält jedes Jahr 10,5 Mill. Dollar Steuern von einem Zweig der Energieerzeugung allein (56).

Die Situation der Navaho ist alarmierend. Die Säuglingssterblichkeit war 1974 doppelt und die Fälle von Tuberkulose und rheumatischem Fieber zehnmal so hoch wie der Durchschnitt in den USA (57). Die Indianer müssen ihre Souveränität, ihre Vertragsrechte, die Landnutzung, die wirtschaftlichen Möglichkeiten und ihre eigene Kultur gegeneinander und gegen die Einflüsse und Zwänge verteidigen, die von außen auf ihre Gesellschaften zukommen. Mit Schafzucht und Ackerbau können sie ihren Lebensunterhalt nur mühsam bestreiten. Die Industrialisierung aber führt zur Bildung eines ländlichen Proletariats.

Die meisten Energieunternehmen auf der Navaho-Reservation sind nicht gewerkschaftlich organisiert. (In den USA organisieren sich die Arbeiter betriebeweise). Nur die Peabody-Mine, die Kohleeisenbahn und das Kohlekraftwerk bei Black Mesa haben Gewerkschaften. Die Navaho, die das Kraftwerk bauten, zwangen 1971 das Salt River Project und die Bechtel Corporation, gesetzliche Bestimmungen zu erfüllen und mehr Navaho einzustellen. Die Navaho bildeten die 'Navaho Workers Union', die nach und nach 2.300 Mitglieder hatte. Doch dieser Erfolg wird von Nicht-Arbeitern und lokalen Gemeinschaften aufgewogen, die meinen, für einige Arbeitsplätze solle man seine Souveränität, örtliche Gemeinschaft und Lebensweise nicht ändern.

Wie die Hopi sich erst 1964 und 1968 gegen die Elektrifizierung und dann gegen den Kohleabbau auf Black Mesa gewehrt haben, so wandten sich die Navaho mit Sitzstreiks, Bittschriften und Prozessen gegen die Entwicklung von Energieresourcen. Im April legten Navaho aus der Bevölkerung die Ölbetriebe im Aneth-Chapter durch einen Sitzstreik still. Männer, Frauen, Alte und Kinder beteiligten sich daran. Einer sagte: „Als die Ölunternehmer zuerst (1950) kamen, sagten sie den Leuten, daß sie keine Wahl hätten und die Boh-

„Stoppt die Vergewaltigung des Mt. Taylor"-Plakat des 'American Indian Environmental Council' für eine Veranstaltung gegen den Uranabbau

rungen zulassen müßten ... Jetzt haben sie Erfahrungen und fangen an, zurückzuschlagen. Wir setzen uns jetzt zum ersten Mal zur Wehr ..."

In Star Lake, das in der Nähe des Chaco Canyon in einer abgelegenen Wildnis liegt, beschlossen die Mitglieder des Chapters einstimmig, den Transport von Kohle über ihr Gebiet zu verbieten. Im Dorf Dalton Pass wurde ein Beschluß bekanntgemacht, der die Einstellung des Uranabbaus forderte. In Shiprock. wo viele Bergleute durch die radioaktive Verseuchung starben, bekämpft man jegliche Uranverarbeitung (58). Im Navaho-Dorf Crownpoint versuchten die Familien Peshlakai und andere, die Entwicklung durch eine Klage aufzuhalten. Darin stellten sie fest, daß das BIA und Exxon weder die sozialen und kulturellen Folgen der Unternehmung untersucht noch die örtlichen Bewohner überhaupt in Kenntnis gesetzt hätten (59). In Burnham, wo El Paso eine riesige Kohlegrube anlegen wollte, kämpfen die Angehörigen des Burnham-Chapters seit 1975 gegen das Projekt. Etwa 75 von ihnen drangen 1976 in die Räume des Navaho-Stammesrats ein, um den Vertretern die Gründe für ihren Widerstand mitzuteilen. Der Vorsitzende, Peter McDonald, ließ sie verhaften. Navaho aus Burnham und der 'National Indian Youth Council' reichten dann eine Klage gegen den Innenminister ein, um den Kohleabbau aufzuhalten. Im April 1980 fing El Paso an, Gerätschaften in Burnham zu installieren. Im weiteren Verlauf wurden dabei fünf Gräber von den Arbeitern beschädigt. Der Anwalt der Einwohner von Burnham erreichte vor Gericht eine einstweilige Verfügung gegen die Arbeiten. Dieser wurde jedoch nicht Folge geleistet, El Paso machte weiter. Daraufhin begannen die Bewohner von Burnham mit einem Sitzstreik. Im Juli 1980 drangen einige Navaho in die Zentralstelle der El Paso ein, um die drohende Sprengung mehrerer Gräber zu verhindern. Etwa 100 Navaho-, Bundes- und BIA-Polizisten sowie die Sturmabteilung der Bundespolizei verhafteten 14 Navaho. Diese stehen jetzt vor Gericht, doch sie haben schon gewonnen: El Paso mußte seine Pläne anhalten, da es dem Käufer, dem Salt River Project, keine Kohle liefern konnte. Aber die Pläne für den Kohleabbau gingen weiter. Und je weiter die Kohleunternehmer gingen, desto stärker wurde der Widerstand der örtlichen indianischen Bevölkerung (60). Außer Dalton Pass, Shiprock und Star Lake kämpften noch zehn andere Chapter gegen den Abbau. Nageezi, Torreon, Huerfano, Little Water, Lake Valley, Pueblo Pintada und Nerrahnezad entschieden sich gegen den Bergbau. Star Lake, Nageezi und Pueblo Pintada liegen im Gebiet von Chaco Bisti, wo die Peabody Coal Company und vier andere Unternehmen rund 57.000 acres gepachtet haben. Etwa die Hälfte davon ist Eigentum der Navaho. Das ganze Gebiet ist mit tausenden von Pueblo-Ruinen der uralten Chaco-Kultur übersät. Das Chaco National Monument liegt in nächster Umgebung. Die New Mexico Public Service beabsichtigt, dort ein gigantisches Kohlekraftwerk zu errichten, das jährlich 7,5 Mill. Tonnen Kohle verfeuern soll. Der Kohleabbau würde allein 201.572.500 Liter Wasser im Jahr benötigen; das Projekt erfordert insgesamt jährlich 3.023.588.200 Liter. Das Wasser käme aus tiefen Grundwasservorkommen in der Wüste. Die New Mexico Public Service will zudem eine Stadt für etwa 20.000 Einwohner bauen. Wenn alle Unternehmen zur selben Zeit in dem Gebiet Kohle abbauten, wären das 62 Billionen Tonnen im Jahr. Es würden wahrscheinlich 47.503.930.000 Liter Wasser dafür gebraucht, wenn das Kohlekraftwerk auch noch mitbetrieben wird.

In öffentlichen Anhörungen, die das 'Bureau of Land Mangement' im Juli 1981 in drei Chapters veranstaltete, äußerten Navaho die Befürchtung, daß die Unternehmer nur wenige Eingeborene beschäftigen und eher fremde Arbeitskräfte ins Land bringen würden. Sie vermuteten auch, daß die geförderte Kohle nicht für die USA, sondern für Japan bestimmt sei. Außerdem erkannten sie, daß die Zerstörung des Landes durch den Tagebau die Weiden vernichten und dadurch die Familien zwingen werde, ihre traditionelle Lebensweise und ihre Schafherden aufzugeben. Sie würden von ihrem Land vertrieben, das über Generationen hinweg von den gleichen Sippen bewohnt war. Viele Navaho hatten im Zweiten Weltkrieg in dem guten Glauben gekämpft, daß sie damit ihre Gebiete erhalten könnten, um sie ihren Nachkommen zu übergeben.

Die Navaho wehren sich gegen die Zerstörung ihrer Gräber. Sie sehen, wie der Bergbau die Tiere, die Pflanzen und die heiligen Plätze vernichtet. Selbst die anschließende Wiederherstellung des Landes kann dies nicht ungeschehen machen. Sogar das BIA gibt zu, daß das 'Bureau of Land Management' die Grabstätten, die religiösen Rechte der Navaho und die alten Ruinen nicht genügend berücksichtigt habe (61).

Wieviel können Menschen ertragen, die einerseits erzählt bekommen, ihre eigene indianische Regierung fördere die Selbstbestimmung der Indianer, während man ihnen in der Praxis täglich vor Augen führt, daß sie keine Kontrolle über ihre Zukunft und ihre Lebensweise in den örtlichen Gemeinschaften haben? Bezugnehmend auf Los Alamos und das Laboratorium sagte ein Pueblo-Indianer aus San Ildefonso: „Was können wir tun? Wir haben keine Macht da oben" (62). Man könnte fragen: Wo eigentlich hat man Macht?

Big Mountain

Big Mountain ist eine Siedlung von rund 300 Navaho, die bis 1974 verhältnismäßig isoliert blieben. Die meisten gingen nie zur Schule, und einige sprechen nur Navaho. In den letzten zehn Jahren aber griff der lange Arm der Bundesregierung auch nach ihnen. John Boyden, der Anwalt des Hopi-Stammesrats, brachte 1974 mit Hilfe von Barry Goldwater, einem US-Senator aus Arizona, den 'Navaho-Hopi Partition Act' durch den Kongreß. Nach diesem Gesetz legte ein Bundesgericht die Vorgehensweise fest, mit der man einen hundert Jahre dauernden Streit zwischen Navaho und Hopi beilegen wollte. Als die USA den nördlichen Teil Mexicos eroberten, berichtete der erste Militärgouverneur, daß die Hopi in Dörfern lebten und sich von Getreide, Früchten, Obst und Viehzucht ernährten. Durch Plünderungen von Seiten der Navaho erlitten sie aber Einbußen an Menschen und Eigentum. In den Jahren 1850 und 1851 gingen mehrere Hopi nach Santa Fè zum Bezirksgouverneur, um ihn um Hilfe gegen die Navaho zu bitten (63). Aus demselben Grund gingen die Hopi 1880 und 1939 nach Washington. Aber inzwischen hatte sich viel geändert.

Obwohl die Navaho nach 1868 die Hopi immer noch bedrängten, nachdem sie aus fünfjähriger Gefangenschaft im Konzentrationslager Bosque Redondo freigelassen worden waren, war das Verhältnis zwischen ihnen nur teilweise feindlich. Viele Hopi knüpften Handesbeziehungen mit den Navaho an, und es wurde auch zwischen den Stämmen geheiratet. Bis in die siebziger Jahre dieses Jahrhunderts hinein sah man die Lastwagen und Pickups der Navaho, die zum Handeln in die traditionellen Hopi-Dörfer kamen. Heute sieht man das weniger. Die Konflikte zwischen den beiden Stammesräten mit ihren Bürokraten haben Spannungen auf persönlicher Ebene geschaffen, die vorher nicht vorhanden waren.

1961 beschloß ein Gericht, ein Drittel der Hopi-Reservation ausschließlich den Hopi vorzubehalten und den restlichen Teil zum gemeinsamen Nutzungsgebiet (Joint Use Area) zu bestimmen, weil seit ungefähr 1900 auch Navaho das Gebiet nutzten. Nach diesem Entscheid nutzten die Navaho das Gebiet weiterhin zu 90 %. 1977 ordnete jedoch das Bundesgericht in Phoenix an, daß nach dem Teilungsgesetz das Gebiet zu gleichen Teilen an die Hopi und die Navaho gegeben werden mußte, 911.000 acres für jeden Stamm. Ein Stacheldrahtzaun sollte die neue Grenze markieren, um die Navaho und ihr Vieh aus der neuen Hopi-Reservation herauszuhalten. Etwa 9.200 Navaho würden umziehen und zwischen 75 und 90 % ihrer Schafe abgeben müssen.

Jeder Familie, die sich vor 1986 der Entscheidung beugt, wird die Bundesregierung zum wirtschaftlichen Ausgleich zwischen 31.000 und 57.000 Dollar zahlen. Etwa die Hälfte der Betroffenen akzeptierte die Entschädigung und fügte sich. Aber vielen können die Dollars nicht den Verlust ihrer Schafe und die Aufgabe ihrer traditionellen Lebensweise ersetzen. Deshalb nahmen mehrere die Bezahlung für die Schafe an, um nach der Abreise der Bürokraten mehr Schafe zu kaufen.

Doch die Navaho von Big Mountain wollten das nicht. Als Navaho-Arbeiter vom BIA aus Keams Canyon anfingen, den Zaun durch ihr traditionell benutztes Gebiet zu führen, schlug eine Navaho-Frau einen von ihnen nieder und hielt die Einzäunungsarbeiten auf. Einige Tage später kamen die Männer zurück und richteten den Zaun wieder auf. Nachdem sie gegangen waren, zerstörten die Big Mountain-Navaho ihn wieder. Zwei Jahre später, im September 1979, versuchten Arbeiter noch einmal, den Zaun zu ziehen. Wiederum bekämpfte eine Navaho-Frau ihre Anstrengungen. Diesmal schoß sie mit einem Gewehr in die Luft, um die Männer zu vertreiben. Die Bundespolizei verhaftete sie und warf sie ins Gefängnis. Danach gelang es der Bundesregierung dann, den Zaun zu errichten. An dem Stacheldraht hängt jetzt ein Schild, das allen verkündet: „Warnung! Eigentum der Bundesregierung! Zerstörung oder Verunstaltung wird mit Verhaftung und Geldstrafen geahndet!" Die Bundespolizei patrouilliert durch mehrere Gebiete, um das Vieh der Widerstand Leistenden einzusperren.

Viele Hopi glauben nun, daß die Bundesregierung die ganze Angelegenheit zu weit treibt. Traditionelle Hopi in Oraibi und Hotevilla waren schon immer der Meinung, daß der Konflikt im Einklang mit den örtlichen Gegebenheiten gelöst werden könne. Man brauche nicht die Bundesregierung in die Sache hineinzuziehen, alles bürokratisch zu erledigen und die Leute zu terrorisieren. Hopi aus Moenkopi stellten fest, daß diese sogenannte 'Lösung' des Hopi-Navaho-Konfliktes die größten Probleme kaum bereinigen wird. Denn die härtesten Auseinandersetzungen waren immer in der Nähe von Moenkopi im Westen und bei Jeddito im Osten. Die Teilung des Gebietes läßt aber diese beiden Bevölkerungsinseln unberührt, wo in Moenkopi 800 Hopi von tausenden von Navaho und in Jeddito etwa 200 Navaho von Hopi umgeben sind.

Warum kann man für die 300 Bewohner von Big Mountain nicht auch eine 'Insel' einrichten? Viele Navaho fragen sich jetzt, warum Washington so besorgt ist, sie umzusiedeln, daß Millionen Dollars dafür ausgegeben werden. Ein Beschluß des Big Mountain-Komitees warnt davor, daß nach dem Weggang der Navaho auch die Naturschätze sowohl oberhalb als auch unter der Erde weggenommen werden (64). In der Tat liegt Big Mountain in der Nähe der Peabody-Mine. Es ist bekannt, daß es dort Kohle, Uran, Kupfer, etwas Gold und vielleicht auch Öl und Gas gibt. Es gehen Gerüchte um, daß mehrere Unternehmen schon im Gebiet um Big Mountain Testbohrungen und andere Proben vorgenommen haben.

Gemeinsames Treffen traditioneller Hopi und Navaho am Big Mountain

Nach außen hin sollte es den Energieunternehmen gleich sein, ob es Hopi oder Navaho sind, die diesen oder jenen Teil des Gebietes kontrollieren. Die Gerichte und das Teilungsgesetz aber sprechen den Hopi und den Navaho gleichermaßen und untrennbar die Mineralrechte zu. Das heißt, weder die Hopi noch die Navaho können einen Pachtvertrag über Bodenschatzabbau eingehen, ohne daß sich der andere Stamm ebenfalls daran bindet. Aber wenn die Navaho weg sind, warum sollte der Navaho-Stammesrat das Gebiet nicht verpachten? Und bevor irgendwelche Hopi in dem fernen Tal des Landes siedeln, wo die Minerale sind, könnte auch der Hopi-Stamm einem solchen Pachtvertrag zustimmen. Das Gebiet wäre verlassen. Es gäbe niemand, der gegen die Verpachtung klagen könnte. Besiedlungen könnten später um die Minen herum errichtet werden. Sogar eine Minenstadt könnte aufgebaut werden, wie der New Mexico Public Service es bei Chaco tun will. Dies alles ist nur theoretiche Betrachtung, aber realistisch.

Die Benutzung der Technologie und die Prophezeiung

Vielleicht die bedeutendsten Kennzeichen der europäischen Zivilisation sind ihre technologischen Erfindungen und die Errichtung ökonomischer und politischer Machtverhältnisse, die den Einsatz dieser Technologien zur weltweiten Veränderung von Lebensweisen, Lebenshaltungen, Siedlungsweisen und der Beziehungen der Völker ermöglichen. Seit die Europäer anfingen, andere Kontinente zu besetzen, bauten die europäischen und ihnen ähnliche Gesellschaften eine starke, umfassende und auf gegenseitiger Abhängigkeit beruhende Wirtschaft auf. Wer in einem Land die politische oder wirtschaftliche Macht hat, kann auch kulturelle Veränderungen fördern, sogar ohne sich wirklich um diese Veränderungen zu kümmern. Nur diejenigen, die diese Kultur tragen, sind sich der Veränderungen bewußt.

In einer kleineren Gesellschaft, die direkt neben einer mächtigen Nation lebt, gibt es keinen sogenannten ruhigen ‹Kulturwandel› im Laufe der Zeit. Politik und örtliche Entwicklung lösen Ereignisse und Tendenzen aus, die zu einem schrittweisen Zurückweichen der kleinen Gesellschaft und zu Veränderungen in ihrer Kultur führen.

> „Aber die Hopi halten noch nach ihrem älteren Bruder Ausschau, der erst am Sonnenaufgang angekommen ist, und er blickt in diese Richtung zu den Hopi. Er beobachtet, wie es den Hopi geht. Unsere alten Männer und Wuwuyom (Ahnen) haben gesagt, daß Weiße kommen würden. Aber sie würden nicht Weiße wie unser älterer Bruder sein, und sie würden uns beunruhigen. Sie würden darum bitten, unsere Köpfe zu waschen (taufen). Sie würden nach unseren Kindern fragen. Und wenn wir nicht tun würden, was sie wollen, dann würden sie uns schlagen, uns belästigen und uns wohl auch töten. Aber wir

sollten nicht auf sie achten. Wir sollten fortfahren, wie Hopi zu leben ...

Aber die Popwaktu (die mit zwei Herzen) unter den Hopi würden den Weißen helfen und für sie sprechen, weil sie genau das tun wollten, was die Weißen von ihnen fordern. Und jetzt ist es dazu gekommen, was unsere Ahnen prophezeit haben. Wir sind jetzt in Nöten. Man nimmt unsere Kinder weg, und wir werden belästigt und beunruhigt." (65)

Yukioma,
ein Hopi-Ältester aus Oraibi,
um 1903

Literaturhinweise

1. Cushing, F., „Origin Myth From Oraibi", in: Elsie Clews Parsons (Hg.), Journal of American Folk-Lore, Vol. 36, S.163-170, 1924.
2. James, H., „Pages From Hopi History", University of Arizona Press, 1974, S.114-116.
3. Leupp, F.E., „Annual Report of the Commissioner", Office of Indian Affairs, Washington 1907.
   Nequatewa, E., „Truth of a Hopi", Museum of Northern Arizona, Flagstaff 1936, S. 70-74, 131.
   Titiev, M., „Old Oraibi. A Study of the Hopi Indians of Third Mesa", Papers of the Peabody Museum of American Archeology and Ethnology Vol. 22, Nr. 1, Cambridge 1944, S.73-75.
4. Siehe Techque Ikachi Nr. 5, Hotevilla, Februar-März 1976. Die Daten 1906 und 1907, die man anderswo für die Gründung von Bakavi lesen kann, sind nicht richtig.
5. Leupp, H., op. cit. (3)
6. Clemmer, R.O., Feldnotizen 1981. Interview mit einem der letzten lebenden Beteiligten.
7. Clemmer, R.O., Feldnotizen 1970. Interview mit einem Einwohner Oraibis.
8. Collier, J., Letter to the Secretary of the Interior, 11. Sept. 1936. Manuskript in den Nationalarchiven, Washington, D.C.
9. Diese Fassung ist als der „Wheeler-Howard-Act" bekannt. Von Commissioner Collier geschrieben, wurde sie von den Abgeordneten Wheeler und Howard in den Kongreß eingebracht. Später hat man sie gekürzt. H. James, op. cit. (2), S.202, gibt die Länge der späteren Fassung mit 52 Seiten an.
10. Clemmer, R.O., Feldnotizen 1968 und 1969.
11. Siehe auch H. James, op. cit. (2), S.204-205, und G. Yamada, „The Great Resistance", Yamada (Hg). New York und Mexico, D.F. 1957.
12. Clemmer, R.O. und Jorgensen, J.G., „America in the Indians' Past", in: Journal of Ethnic Studies Vol. 6, S.2, 1979
    Clemmer, R.O. und Jorgensen, J.G., „On Washburn's 'On the Trail of the Activist Anthropologist': A Rejoinder to a Reply", in: Journal of Ethnic Studies Vol. 8, S. 2, 1981.
13. Haas, Th., „Ten Years of Tribal Government Under IRA", U.S. Indian Service, Chicago 1947.
14. Clemmer, R.O., „Continuities of Hopi Culture Change", Acoma Books, Ramona, Calif. 1978, S.59-61.
15. Hopi Hearings, U.S. Department of the Interior, Washington, D.C. 1955, S.132.
16. Clemmer, R.O., op. cit. (14), S.37-38, und
    Clemmer, R.O., „The Rise of the Traditionalists and the New Politics", in: Clemmer, R.O., und Eggan, F. (Hg.), „The Hopi In the Twentieth Century", University of New Mexico Press, Albuquerque, N.M., im Druck.
17. Siehe hierzu ausführlich Clemmer, R.O., „The Fed-up Hopi: Resistance of the American Indian and the Silence of the Good Anthropologists", in: Journal of the Steward Anthropological Society Vol. 1, Nr. 1, 1969; „Truth, Duty, and the Revitalization of Anthropologists: A New Perspective on Culture Change", in: Hymes, D. (Hg.), „Reinventing Anthropology", Random House, New York 1972; und „Directed Resistance to Acculturation: A Comparative Study of the Effects of Non-Indian Jurisdiction on Hopi and Western Shoshone Communities", University Microfilms, Ann Arbor, Mich. 1972, vorher erschienen.
18. Nach einem Aufsatz von Terez Jolan, „BIA Attacks Hotevilla", in: La Raza, Los Angeles vom 7. Juni 1968, gekürzt.

19. Levy, J.E., „Who Benefits from Energy Resource Development: The Special Case of the Navaho Indians", in: The Social Science Journal Vol. 17, Nr. 1, Januar 1980.
20. Clemmer, R.O., „Black Mesa and the Hopi", in: Native Americans and Energy Development, Anthropology Resource Center, Cambridge 1978.
21. Siehe „National Energy Transportation System, 1977", Karten Nr. 1, 5, 7, 12, 14, 15, 16, 17, U.S. Geological Survey, Reston, Vir.
22. Environmental Studies Board of the National Research Council, „Rehabilitation Potential of Western Coal Lands", National Academy of Sciences 1974.
23. McGavock, E.H. und Levins, G.W., „Ground Water in the Navaho Sandstone in the Black Mesa Area, Arizona", in: H.L. James (Hg.), „Guidebook of Monument Valley and Vicinity: Arizona and Utah", New Mexico Geological Society, Albuquerque, N.M. 1973.
24. Unitec States Geological Survey, Phoenix, Arizona.
25. Clemmer, R.O., „Economic Development vs. Aboriginal Land Use: An Attempt to Predict Dulture Change on an Indian Reservation in Arizona", University of Illinois Department of Anthropology, Urbana, Ill. 1970.
26. Report, United States Geological Survey, Tucson, Az. 1981.
27. Clemmer, R.O., op. cit. (25). Seit 1970 sind Reinhaltungsanlagen in Four Corners und Cholla installiert worden.
28. Gordon, S., „Black Mesa — Angel of Death", Day, New York 1973.
29. Trijonis, J., „Historical Analysis of Visibility in the Southwest", in: The Southwestern Review of Management and Economics Vol. 1, Nr. 2, University of New Mexico, Albuquerque, N.M. 1981, S. 59-90.
30. James, H.C., op. cit. (2), S.216-217.
31. Clemmer, R.O., op. cit. (20).
32. Fünf sind privat. Ein sechstes ist geschlossen, kann aber wieder in Betrieb gesetzt werden. Das Wissenschaftliche Laboratorium Los Alamos hat zwei Hüttenwerke, doch eins ist über 40 Jahre alt und wird sehr selten benutzt. Siehe Arnold, E.C. und Hill, J.M., „New Mexico Energy Resources 1979", in: Annual Report of the Bureau of Geology, 1980, und „An Overview of the New Mexico Uranium Industry", New Mexico Energy and Minerals Dep., Santa Fé, Januar 1979.
33. König, R., „Indianer wohin?", Westdeutscher Verlag, Opladen 1973; und Dowie, M. und Gillenkirk, J., „The Great Indian Power Grab", in: Mother Jones Vol. 7, Nr. 1, San Francisco, Jan. 1982.
34. Parman, D.L., „The Navahos and the New Deal", Yale University Press, New London, Conn. 1976.
35. Brown, D., „Picuris", in: Handbook of North American Indians Vol. 9, Smithsonian Institution, Washington, D.C. 1979, S.275.
36. Ortiz, A., „San Juan", ibid. S.292.
37. Arnold, E.C. und Hill, J.M., op. cit. (32); und New Mexico Energy and Minerals Dept., op. cit. (32).
38. Getschow, G., „Nuclear Reaction: New Mexico's Boom in Uranium Collapses, and Many Mines Close", Wall Street Journal vom 26. August 1980.
39. Arnold, E.C. und Hill, J.M., op. cit. (32).
40. Environmental Studies Board of the National Research Council, op. cit. (22).
41. Robbins, L., „Energy Development and the Navaho Nation", in: Nativ Americans and Energy Development, zweite Ausgabe, Anthropology Resource Center, Boston, Mass., im Druck.
42. Interview mit Tom Baca, dem Direktor der New Mexico Environmental Imrpovement Division, im August 1980.
43. Controller General of the United States, „EPA Needs to Improve the Navaho Indian Safe Drinking Water Program", Bericht des Generals Accounting Office vom

10. Sept. 1980, Washington, D.C.
44. Ellis, F.H., „Laguna Pueblo", in: Handbook of North American Indians Vol. 9, S. 438-449.
45. Americans for Indian Opportunity, „A Plan to Assess the Environmental Health Impacts of Development on Indian Communities", Albuquerque, N.M. 1979.
46. Berichte von Johnny Sanders, Chief, Environmental Health Services Branch; T.J. Harwood, Directos, Albuquerque Area Indian Health Service; und Mala L. Beard, Acoma-Laguna Hospital District Sanitarian, an den Gouverneur des Laguna Pueblo vom 11. Aug. 1978.
47. Bericht von Mala L. Beard, Sanitarian, an den Gouverneur des Laguna Pueblo; und Erinnerungsaufzeichnung von Paul Robinson, Southwest Research and Information Center, an 'Americans for Indian Opportunity' vom 4. Januar 1979, Albuquerque, N.M.
48. Matthiessen, P. und Budnik, D., „Battle for Big Mountain", in: GEO Vol. 2, New York, März 1980, S8-30. Siehe auch
Barry, T., „Navahos and National Nuclear Policy", in: Southwest Economy and Society Vol. 4, Nr. 3, 1979, S.21-32; und
Callaway, D., „Neoplasms Among Navaho Children", Navaho Health Authority, Window Rock, Az., Febr. 1981.
49. Mangeng, C.A. und Tobin, R.J., „Policy Predicaments in the Control of Air Pollution: Tribal Concerns in the American Southwest", in: The Southwestern Review of Management and Economics Vol. 1, Nr. 2, University of New Mexico, Albuquerque, N.M. 1981, S. 119-138.
50. Nach Niklaus, Ph.K. und Feldman, D., „How Safe is New Mexico's Atomic City? Radiation Control at Los Alamos Scientific Laboratory", Southwest Research and Information Center, Albuquerque, N.M. 1979.
51. The People's Grand Jury, „The AMAX War Agiainst Humanity", Washington, D.C. 1977.
52. Davis, Sh.H. und Mathews, R.C., „The Geological Imperative", Anthropology Resource Center, Boston, Mass. 1976.
53. Barry, T., Preusch, D., und Wood, B., „Who Runs New Mexico?" zweite Ausgabe, New Mexico People and Energy, Bos 4726, Albuquerque, N.M. 1981.
54. Reinemer, V., „The Dominant Dozen: Who Owns Energy Corporations?" in: Public Power, Nov.-Dez. 1980, S. 12-19.
55. Moskowitz, M., Kane, M. und Levering, R. (Hg.), „Everybody's Business — An Almanac", Harper and Row, New York 1980.
56. Robbins, L., „Energy Developments and the Navaho Nation", in: Native Americans and Energy Development, erste Ausgabe, Anthropology Resource Center, Cambridge 1978, S. 35-48.
57. United States Commission on Civil Rights, „The Navaho Nation: An American Colony", Washington, C.D.
58. Robbins, L., op. cit. (41).
59. Jorgensen, J.G., „Environmental Policies of Government and Industry and the Responsibility of Social Scientists", in: Public Policy Research, University of Kansas, Lawrence, Ks. 1980.
60. Burnham Support Group, Presseerklärung, Oakland, Cal. 1981.
61. Bureau of Land Management, „San Juan Basin Action Plan: Final Environmental Assessment for Coal Preference Right Leasing, New Mexico", Albuquerque, N.M., Sept. 1981.
62. Niklaus, Ph.K. und Feldman, D., op. cit. (50).
63. Briefe von Charles Bent und James Calhoun an William Medill, Commissioner of Indian Affairs, in: Abel, A.H. (Hg.), „Correspondence of James Calhoun", U.S. Government Printing Office, Washington, D.C. 1915, S.7 u. 15.

64. Matthiessen, P. und Budnik, D., op. cit. (48).
65. Voth, H.R., ,,Traditions of the Hopi", Field Columbian Museum Publication 96, Anthropological Series Vol. 8, Chicago, Ill. März 1905.

III
TUWANASAWI

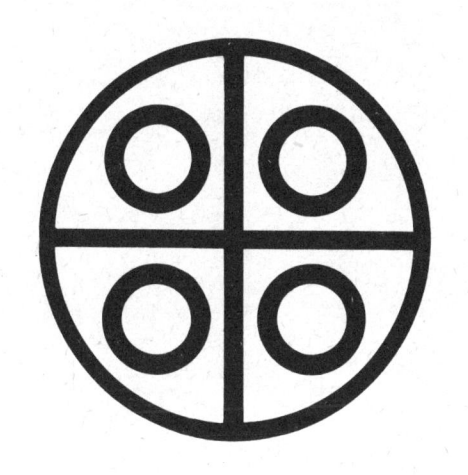

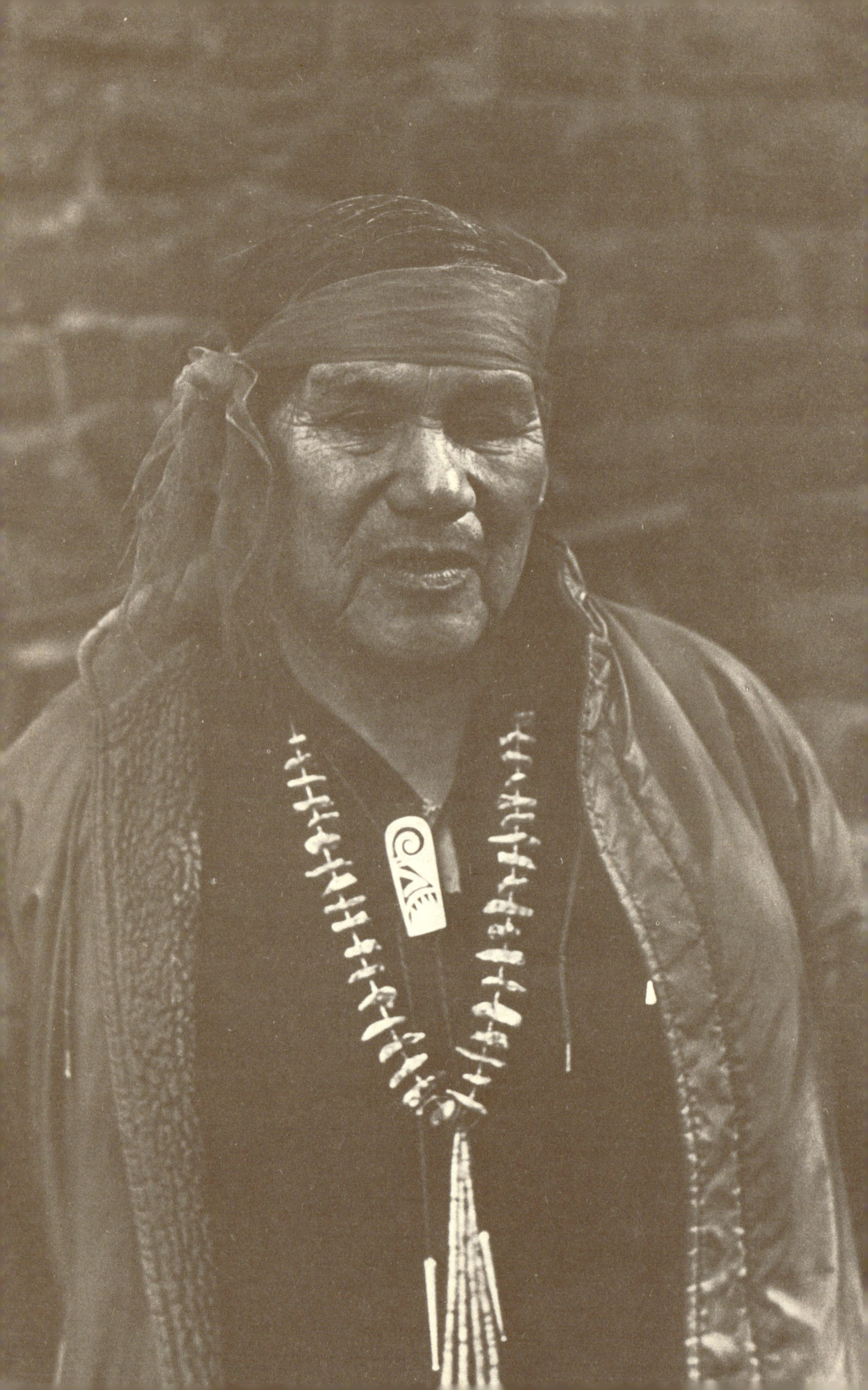

„Wenn Ihr am Herzen der Mutter Erde grabt; dies werden Eure letzten Tage sein"
(Selbstzeugnisse und Überlieferungen traditioneller Hopi)

Diese Erde, unsere Mutter

„Mein Name ist Banyacya von den Wolf-, Fuchs- und Coyote-Klanen, und ich bin Mitglied der Unabhängigen Hopi Nation. Die erblichen Kikmongwis und die religiösen Führer der Hopi haben mich zu ihrem Sprecher ernannt.

Ich bin hier, um die Pflicht meines Klans zu erfüllen, indem ich den Vereinten Nationen und der Welt die Botschaft der erblichen Kikmongwis, der religiösenFührer der Hopi und anderer traditioneller eingeborener Ältester überbringe.

Ich habe heute zwei eingeweihte religiöse Führer der Hopi mit mir gebracht, die von unseren Kikmongwis der Pueblos Shungopovi und Oraibi, zwei der ältesten ununterbrochen bewohnten Dörfer im Hopiland, beauftragt worden sind, ihre heiligen Gebetsfedern, die Friedensbotschaft und die warnende Prophezeiung für die heutige Zeit hierher zu tragen, so wie unsere Vorfahren uns angewiesen haben. Wir haben die Zerstörung schon einmal gesehen, die kam, als materielle Dinge der Menschheit wichtiger wurden als spirituelle, als die Naturgesetze durchkreuzt und ignoriert und die Welt zerstört wurde. Wir wollen nicht, daß dies noch einmal geschieht.

Einige Geistliche, die sich an die Macht des Großen Geistes hielten, durften überleben und sind die Vorfahren, die das Wissen trugen, das den spirituellen Weg der Hopi darstellt. Das Wort oder der Name „Hopi" bedeutet „friedliches Volk". Das bedeutet, alle Menschen, die lernen, in Frieden miteinander und in Harmonie mit der Natur zu leben, sind Hopi.

Die Zeit ist gekommen, um gemeinsam sinnvoll zu handeln. Alles Land und Leben wird mit schnell zunehmender Geschwindigkeit zerstört. Das Land unserer Geburt wird ständig von den Konzernen aufgerissen und seiner Heiligkeit beraubt. Wir haben aber eine Alternative. Die Menschheit hat die Möglichkeit, die Richtung ihrer Bewegung zu ändern, umzukehren und sich in die Richtung von Frieden, Harmonie und Achtung für alles Land und Leben zu bewegen.

Die Zeit dazu ist jetzt. Später wird es zu spät sein.

Um dies zu schaffen, müssen die eingeborenen Völker zum spirituellen Weg zurückkehren, welcher unsere Mutter Erde pflegt und heilt. Nur durch das Herz, durch Gebete und Zeremonien können wir dem Ungestüm des Bösen Einhalt gebieten. Nach vielen Prophezeiungen steht eine „Reinigung" dicht bevor — das heißt, daß das menschliche Leben wegen der Bestechlichkeit, Gier und der Abwendung von den Lehren des Großen Geistes von ihm durch bestimmte Handlungen gereinigt oder bestraft werden muß.

Die Heilung dieses Kontinents bedarf der eingeborenen Völker, der ersten Bewohner dieses Landes, jener, denen die Pflicht gegeben wurde, das Land und Leben des Großen Geistes zu beschützen, und jener, die den Lehren und Anweisungen des Großen Geistes folgen wollen.

Im Jahre 1948 kamen die Kikmongwis und religiösen Ältesten der Hopi vier Tage lang zusammen, um sich untereinander an unser uraltes Wissen zu erinnern, das größtenteils in den heiligen Kivas aufbewahrt worden ist. Diese Männer waren 80, 90 oder 100 Jahre alt. Sie trafen sich im Kreis, rauchten ihre Pfeifen und meditierten. Dann gaben sie dieses Wissen das erste Mal an die Öffentlichkeit. Ich war überzeugt, daß ihre Botschaft nicht nur dem Volk der Hopi und anderen eingeborenen Brüdern galt, sondern der ganzen Menschheit. Sie berichteten von der Zerstörung der ersten Welt, von der Zerstörung der zweiten, und sie sprachen von der gegenwärtigen Welt von ihrer Erschaffung an — wie wir in dieses Land kamen, wie wir uns über das Land verteilten, wie wir für das Land zu sorgen hatten und wie die Zukunft sein würde, wenn die Menschen wiederum das spirituelle Gleichgewicht in Harmonie mit der Natur vernachlässigen. Alles in den Prophezeiungen hat sich erfüllt, und ich weiß, daß sie die Wahrheit sprechen.

Ich halte es für meine heilige Pflicht, diese Botschaft jetzt weiterzutragen. Geistliche Führer der Hopi und anderer Eingeborener sind sehr besorgt um den Zustand unserer Mutter Erde und ihrer Kinder, der eingeborenen Völker. Sie haben beobachtet, wie die weißen Brüder die Eingeborenen ebenso systematisch zerstören wie die natürlichen Reichtümer. Nach unserem Glauben und unseren Prophezeiungen wird die Existenz des Menschen bald beendet werden, wenn diese Zerstörung fortschreitet.

Die Hopi sind eine unabhängige und souveräne Nation, die nie irgendeinen Vertrag mit der Regierung der Vereinigten Staaten unterzeichnet hat. Das Volk der Hopi lebt seit hunderten von Jahren nach der ihm eigenen Form von Selbstbestimmung. Wir führen ein geistliches Leben nach der traditionellen Form der Hopi, die uns von Massau'u, dem Großen Geist, gegeben wurde. Von Massau'u erhielten die Hopi und die anderen Ersten Völker Amerikas besonderes Wissen über die Behütung der heiligen Länder, damit sie nicht die zerbrechliche Harmonie zerstörten, die Menschen, Natur und Erde zusammenhält.

Durch ihre Prophezeiung und ihren spirituellen Glauben wissen die Hopi, daß Gier, Umweltverschmutzung und mangelndes Verständnis der Natur dabei sind, Mutter Erde zu zerstören. Die Hopi und alle eingeborenen Brüder haben sich fortwährend bemüht, in ihrem Dasein die Harmonie mit der Erde und dem Universum aufrechtzuerhalten. Den Hopi ist ihr Land heilig. Wenn das Land mißbraucht wird, erlischt das Heilige im Leben der Hopi und alles andere Leben mit ihm.

Land ist die Grundlage der Hopi und allen Lebens, und die Grundlage ihres Standpunktes. Das Land war hier, lange bevor irgendein Mensch seinen Fuß auf diese Erde setzte. Irgendwo entstand die menschliche Rasse, und wir kamen in dieses Land, nachdem wir Massau'u um Erlaubnis gebeten hatten. Nachdem wir seine Erlaubnis erhalten hatten, kamen wir und siedelten mit ihm auf diesem Land. Er zeigte uns den Kontinent. Er gab uns heilige Steintafeln, religiöse Anweisungen, Warnungen und Prophezeiungen, und alles Land und Leben wurde den Kikmongwis und den religiösen Führern übertragen.

Er bezeichnete die Grenzen für jede Gruppe auf dem Kontinent, wonach jede Gruppe einen nur für sie bstimmten Lebensplan mit ihrem jeweiligen spirituellen und religiösen Glauben erhielt — wie sie leben und verehren sollten, was sie essen und welche Sprache sie sprechen sollten, und so weiter. Jeder Gruppe gab er ihren eigenen Weg. Dann gab er seine letzten Anleitungen: Verliert im Leben nie Euren Glauben und wendet Euch nie von Eurem Lebensweg ab.

Dies ist einer der Hauptgründe für unsere Zeremonie hier diese Woche — die Völker der Welt wenden sich von ihrem Lebensweg ab. Daher ist es die Verpflichtung der Hopi, diese Tatsachen ans Licht zu bringen, damit die Völker überall sich daran erinnern, darüber nachdenken und danach leben.

In uralten Zeiten wurde von unseren Vorvätern prophezeit, daß dieses Land von den ursprünglichen Völkern bewohnt werden würde, die vom Großen Geist, Massau'u, die Erlaubnis dazu bekommen haben. Dann würde aus einem anderen Land ein weißer Bruder kommen, der eigentlich seinen Brüdern helfen sollte, die auf geistliche Weise mit Gebeten, Zeremonien und Demut für das Land und Leben sorgten. Entweder würde er mit einem starken

Glauben und rechter Religion kommen, die Massau'u ihm gegeben hatte, oder er würde kommen, nachdem er den Großen Lebensplan verlassen hatte und in einen Glauben nach seinen persönlichen Ideen verfallen war, die er vor seiner Ankunft hier erfunden hatte.

Es war bekannt, daß der weiße Mann eine intelligente Person ist, die viele Wörter und materielle Dinge erfindet, ein Mann, der durch seine schönen Worte die Menschen zu beeinflussen weiß. Viel davon würde er uns gegenüber anwenden. Der weiße Mann würde viel Gutes für seinen eigeborenen Bruder tun. Doch wenn die Kontrolle des Landes sein einziges Ziel wird, und er nur zu seiner Selbstverherrlichung lebt, dann dürfen wir nicht auf seine schönen Worte hören, sondern müssen auf seine Taten achtgeben. Wenn er uns mißhandelt, belügt und anfängt, unsere Völker von ihrem Land zu drängen, müssen wir auf unseren wahren Bruder warten, der den anderen Satz der heiligen Steintafeln hat.

Die Hopi haben nicht auf diesen ersten weißen Bruder gehört. Wir Hopi haben uns bis heute an die Anweisungen des Großen Geistes, Massau'u, gehalten. Wir haben unseren Lebensweg befolgt. Wir führen immer noch unsere heiligen Riten und Zeremonien weiter — wir leben immer noch nach dem Lebensplan, den Massau'u uns gegeben hat. Wir haben den Glauben an Massau'u nicht verloren. Er hat uns viele Prophezeiungen gegeben.

Inzwischen haben sich fast alle Prophezeiungen erfüllt. Straßen so breit wie Flüsse durchziehen die Landschaft. Menschen sprechen miteinander durch die Spinnweben der Telefonleitungen. Der Mensch fährt durch Himmelsstraßen in seinen Flugzeugen. Zwei große Kriege sind von denen mit den Symbolen des Hakenkreuzes und der Sonne geführt worden, wie von unseren religiösen Ältesten vorausgesagt. Der Mensch macht sich mit dem Mond und den Sternen zu schaffen. Die Hopi und andere eingeborene Brüder wurden gewarnt, daß niemand irgendetwas vom Mond auf die Erde zurückbringen sollte, da dies natürliche und universelle Gesetze aus dem Gleichgewicht bringen und mehr Erdbeben, Überflutungen, Hagelstürme, veränderte Jahreszeiten und Hungersnöte hervorrufen würde. Genau dies geschieht jetzt. Die meisten Menschen sind von dem Lebensplan, den Massau'u ihnen zeigte, abgekommen. Diese Zeichen zeigen uns, daß wir uns dem Ende unserer Lebensformen nähern.

Wir erreichen die Zeit der Läuterer, die vom Großen Geist beauftragt wurden, die menschliche Zerstörung seiner selbst und der Natur zu beenden.

Diejenigen von uns aus der Hopi Nation, die ohne Zugeständnis dem Weg des Großen Geistes gefolgt sind, haben eine Botschaft, die wir aufgrund unserer Prophezeiung verpflichtet sind, Euch mitzuteilen.

Der weiße Bruder hat durch seine Gefühllosigkeit gegenüber der Natur das Gesicht der Mutter Erde geschändet. Seine fortgeschrittene Technologie ist entstanden als Ergebnis seiner mangelnden Achtung für den spirituellen Weg und die Lebensweise aller Lebewesen. Sein Verlangen nach materiellem Besitz und Macht hat blind gemacht für die Schmerzen, die er der Mutter Erde durch seine Suche nach dem, was er „natürliche Ressourcen" nennt, zugefügt hat.

Für fast alle Menschen ist es schwer geworden, den Weg Massau'us zu erkennen, selbst für die eingeborenen Ersten Völker, da sie in die Erziehungssysteme des weißen Bruders hineingezwängt worden sind und jetzt gewählt haben, dem Weg des weißen Bruders zu folgen.

Heute werden die heiligen Länder der Hopi geschändet durch Menschen, die Kohle und Wasser in unserem Boden suchen, um mehr Energie für die Städte des weißes Bruders zu erzeugen. Dies wird unser Volk der Hopi und andere durch Smog, vergiftete Luft, Wassermangel und Verschmutzung von Wasser und Land zerstören. Ein Beispiel ist das verwüstete heilige Hopiland im ganzen Gebiet der Four Corners, wo Arizona, New Mexico, Colorado und Utah zusammentreffen. Dieses Gebiet nennen die Hopi „Tuknunavi". Es ist ein Teil des Herzens unserer Mutter Erde und ein Schrein und heiliger Platz für die Hopi und andere Pueblos seit vielen tausend Jahren. Diese Schändung unseres spirituellen Zentrums darf nicht länger hingenommen werden, da sonst Mutter Natur so reagieren wird, daß fast alle Menschen das Ende des Lebens in seiner jetzt bekannten Form erleiden werden. Alles, was wir verlangen, ist, daß dieser Platz von allen Nationen geachtet und geschützt wird, die eine heilige Pflicht und Verantwortung haben, und alle Mittel müssen ergriffen werden, um dieses geistliche Zentrum zu erhalten.

Massau'u sagte, daß wir nichts aus der Erde zu zerstörerischen Zwecken entnehmen und keine Lebewesen wahllos oder ohne Gebet zerstören sollten. Weiter erklärte er, daß die Menschen in Harmonie leben, ein gutes, reines Land für alle kommenden Kinder erhalten und Land und Leben für den Großen Geist bewahren sollten. Das System der Vereinigten Staaten handelt gegen diese Anweisungen und hat jetzt all unser Land und unsere Lebensweise fast zerstört, dieses Leben, das unsere Religion ist. Alle Hopi und andere Erste Völker stehen auf dem Boden dieses religiösen Grundsatzes.

Die Vereinigten Staaten und die Vereinten Nationen sollten verstehen, daß sie nicht Frieden und Harmonie oder ein gutes Leben in der Welt zustandebringen können, wenn sie nicht die Fehlhandlungen auf dem amerikanischen Kontinent berichtigen. Die Vereinten Nationen werden ihre Ziele von Frieden und Harmonie unter allen Menschen niemals erreichen oder in der Zukunft bestehen können, wenn sie nicht wenigstens die Hopi und andere Erste Völker in ihrem Kampf um weltweite Anerkennung und Achtung unterstützen.

Die Hopi wollen die Vereinigung aller Weltreligionen erreichen. Die geistlichen Führer der Hopi laden die geistlichen Führer der Welt ein, sich so bald wie möglich mit ihnen im Hopiland zusammenzufinden. Sie erwarten Euch.

Bis zu diesem Zeitpunkt sind unsere Worte von den Nationen der Welt nicht beachtet worden. Dies könnte die letzte Chance sein. Wenn unsere Worte nicht ernstgenommen oder beachtet werden, kann nur Zerstörung die Folge sein. Wir Hopi haben alles getan, was wir können, um die Völker der Welt zu benachrichtigen. Wenn die Völker sich weigern zu handeln, kann die Prophezeiung der totalen Zerstörung der Menschheit erfüllt werden, wie sie den spirituellen Kikmongwis und religiösen Führern der Hopi bekannt ist, die geduldig in ihren heiligen Kivas in Shungopovi und Oraibi im Hopiland mit ihren heiligen Steintafeln und spirituellen Anweisungen warten, um alle verständigen Wesen auf der Suche nach Überleben zu empfangen."

(Aus einer Rede Thomas Banyacyas auf dem Habitat Forum bei der UN-Konferenz über menschliche Siedlungen in Vancouver, B.C., Kanada 1976. Quelle: Akwesasne Notes, Early Winter 1976).

Das Gesetz des Schöpfers

„Wir Hopi wußten, daß all dies kommen würde, denn dies ist der Universale Plan. Es war die Absicht des Großen Geistes und des Schöpfers, daß der weiße Mann uns viele Dinge bieten würde, wenn er in unser Land käme. Würden wir diese Angebote seiner Regierung annehmen, dann wäre das der Untergang der Nation der Hopi. Hopi ist die Abstammung der Menschen dieses Kontinents, so wie andere die Abstammung der Menschen anderer Kontinente sind. Wenn also die Hopi untergehen, wird die ganze Welt zerstört werden. Wir wissen das, denn das gleiche ereignete sich schon in der Welt vor dieser. Wenn wir also überleben wollen, dann sollten wir wieder so leben wie am Anfang, auf friedvolle Weise, und sollten alles annehmen, was der Schöpfer uns zu befolgen gegeben hat.

Der weiße Mann hat viele Gesetze, doch ich habe nur eins. Des weißen Mannes Gesetze überhäufen sich. So viele Menschen haben sie gemacht, und täglich kommen neue hinzu. Aber mein Gesetz ist allein das des Schöpfers, nur dieses eine. Und ich werde mich keinem Gesetz unterwerfen, das Menschen gemacht haben, denn ihre Gesetze ändern sich und bringen meinem Volk den Tod."

Dan Katchongva +
Sonnenklan
Kikmongwi von Hotevilla

Das Heilige Zentrum

„Nach Art der Hopi trafen sich die religiösen Führer — alte Leute, die die Prophezeiungen und die Geschichte unseres Volkes kennen — im Jahre 1948 an einem Ort, der Shungopovi heißt. In ihrer Sprache diskutierten sie über viele hilfreiche Dinge in der Kiva, wo alle unsere religiösen Tätigkeiten (von den weltlichen nicht zu trennen) ausgeübt werden. Und es war zum ersten Mal, daß sie in der Öffentlichkeit etwas vom tiefen Wissen unseres Volkes enthüllten: Überlieferungen, Prophezeiungen und Warnungen. Während dieses viertägigen Treffens erklärten sie sehr viele Dinge. Ich bemerkte, daß sie immer wieder von einem 'spirituellen Zentrum' sprachen. Mir wurde klar, daß wir einen Kachina (Tänzer) haben, der als Wächter gilt und der auf seinem Schild ein Symbol trägt mit einem Kreis, der ein Kreuz umgibt und in jeder seiner vier Sektionen einen Punkt hat. Die religiösen Führer sprachen davon als einem spirituellen Zentrum, ihrem heiligen Bereich. Wer mit diesem verbunden ist, schützt es mit allem, was er ist und hat, mit aller Kraft, um dieses spirituelle Zentrum auf natürlichem und friedlichem Wege zu bewahren und zu erhalten.

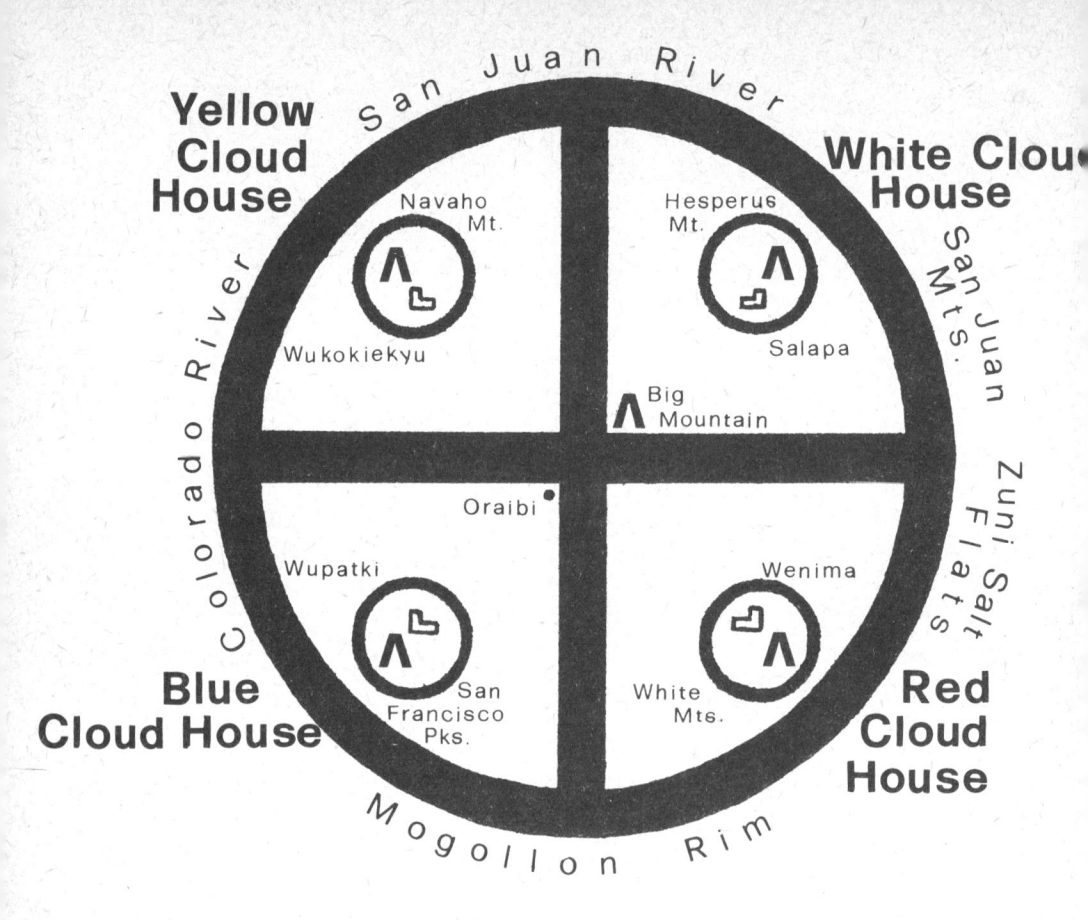

Tuwanasawi, das 'Zentrum des Universums'

Das Diagramm zeigt die natürlichen Begrenzungen des Heiligen Landes der Hopi mit den vier religiösen Zentren oder 'Wolkenhäusern' der vier Richtungen. Die Wolkenhäuser werden durch heilige Berge markiert, die die Heimat der Kachinas sind. Kachinas werden bei den Hopi die geistigen Aspekte der Naturkräfte genannt. Big Mountain, die höchste Erhebung auf der Black Mesa, zählt im allgemeinen nicht zu den heiligen Bergen der Hopi; liegt aber geographisch genau im Schnittpunkt der vier Wolkenhäuser. Oraibi liegt knapp südwestlich. Am Fuß der Wolkenhäuser liegen vier Dörfer, in denen Hopi-Klane längere Zeit gesiedelt und zu denen sie regelmäßig Pilgerzüge unternommen haben. Wupatki und Wenima sind gut identifiziert, bei Salapa handelt es sich sehr wahrscheinlich um Mesa Verde. Wukokiehkub ist noch nicht gefunden. In neuerer Zeit haben näher gelegene Stätten in den gleichen Richtungen diese vier Orte als Pilgerziele abgelöst, da die lange Reise zu Fuß zu beschwerlich ist. Zu diesen Orten gehören Kawestima (Betatakin) im Nordwesten und Kisiwu im Nordosten.

Die vier Punkte in diesem heiligen Bereich verweisen auf die spirituellen Führer oder religiösen Zentren, die durch Gebete, Zeremonien, Gesänge und Opfer für den Großen Geist diesen Bereich und damit die ganze Natur im Gleichgewicht halten, sodaß alles in guter Ordnung ist.

Und sie sagten, wenn wir einen dieser Bereiche störten, wenn diese Führer völlig vernichtet würden, dann gäbe es kaum jemanden, der wüßte, wie man das Gleichgewicht der Natur erhält. Es würde schwere Erdbeben, Überschwemmungen und heftige Stürme aller Art geben, die Jahreszeiten würden sich verändern, und Blitze würden große Zerstörungen anrichten.

Im Zentrum des Kreuzes im Kreis ist eine Lebenskraft, eine Energie – das Feuer, von dem sie sprechen. Und so wird bei jeder unserer Zeremonien ein Feuer entfacht, um die Energie und Kraft in der Kiva und auch den Lebensfunken in uns selbst zu erneuern und zu stärken. Wir sind dann im Einklang mit dieser Kraft, die in die vier Richtungen fließt. Und was wir sagen, worum wir beten, singen und tanzen, das alles hält die Natur im Gleichgewicht, sodaß sanfter Regen kommen und den Boden so gut tränken wird, daß auf natürliche Weise Leben wächst – Blumen und Pflanzen, Mais, Bohnen und alles, was geeignet ist, die Lebewesen in Harmonie zu erhalten."

Thomas Banyacya

Der Kern der Hopi-Prophezeiung

(Normalerweise dauert es viele Tage, um die ganze Hopi-Prohpezeiung zu erzählen, und viele Leben, um sie ganz zu verstehen. Dies ist eine kurze Zusammenfassung der wichtigsten Punkte.)

Das Gleichgewicht des Lebens

Als Hüter des Lebens beeinflussen wir das Gleichgewicht der Natur in einem solchen Ausmaß, daß unser eigenes Handeln bestimmt, ob die großen Zyklen der Natur Gedeihen oder Unheil bringen. Unsere gegenwärtige Welt ist die Entfaltung eines Plans, den wir in Bewegung gesetzt haben.

Unser Abweichen vom natürlichen Gleichgewicht läßt sich bis zu einem Punkt zurückverfolgen, der der Existenz unserer gegenwärtigen körperlichen Gestalt vorausgeht. Einst waren wir in der Lage, nach unserem Willen zu erscheinen oder zu verschwinden. Aber durch unsere eigene Überheblichkeit nahmen wir unsere schöpferischen Energien als selbstverständlich und vernachlässigen den Plan des Schöpfers. Als Folge davon blieben wir unserer physischen Gestalt verhaftet, beherrscht von einem ständigen Kampf zwischen unserer linken und rechten Seite. Die linke Seite ist weise, aber schwerfällig; die rechte ist klug und kraftvoll, aber unvernünftig, vergeßlich gegenüber unserer ursprünglichen Bestimmung.

Der Zyklus der Welten

Diese selbstzerstörerische Spaltung hat den ganzen Verlauf unserer Geschichte alle Welten hindurch beherrscht. Als sich die natürlichen Reichtümer gemäß den Zyklen der Natur verringerten, wollten wir versuchen, unsere Situation durch eigene Erfindungen zu verbessern, in dem Glauben, daß jegliche Fehler durch weitere Erfindungen korrigiert werden könnten. In ihrer Schlauheit verloren die meisten von uns die Sicht für unsere ursprüngliche Bestimmung, waren eingeschlossen in eine Welt nach unserem eigenen Entwurf und widersetzten sich zu guter Letzt dem Gesetz des Universums selbst, wodurch sie der achtlose Feind der wenigen wurden, die noch den Schlüssel zum Überleben in der Hand halten.

In einigen vorherigen Welten hat die Mehrheit ihre Technologie in dieser Weise vorangetrieben, sogar über das hinaus, was wir heute wissen. Die ständigen Zuwiderhandlungen gegen die Natur und die Mitmenschen verursachten schwerwiegende Ungleichgewichte, welche sich in Form von Kriegen, sozialen Zersetzungen und Naturkatastrophen ausdrückten.

Als jede Welt den Rand der Vernichtung erreichte, blieb eine kleine Minderheit zurück, der es gelungen war, in nahezu vollständiger Übereinstimmung mit dem unendlichen Plan zu leben, wie es der Name besagt: „Hopi". In den letzten Phasen fanden sie sich gezeichnet von Zerfall im Inneren ebenso wie von verlockenden Angeboten und schwerwiegenden Drohungen von außen, die darauf abzielten, sie zu zwingen, sich dem Rest der Welt zu fügen.

Unsere gegenwärtige Welt

Unsere gemeinsamen Vorfahren gehörten zu der kleinen Gruppe, die wunderbarerweise aus der letzten Welt hervorging, als diese ihre Zerstörung erreichte; doch auch sie waren mit Verderbnis behaftet. Die Keime der Krise wurden mit uns gebracht, als wir das erste Mal den Fuß in diese Welt setzten.

Auf dem Weg in die gegenwärtige Welt begaben sich unsere Vorfahren auf eine lange Wanderung, um den großen Geist in Gestalt von Massau'u zu treffen, der der Hüter dieses Landes und allen Lebens darin ist. Sie folgten einem besonderen Plan, obwohl ein sehr ernstes Omen eine gesonderte Reise nötig machte, um die extreme Unordnung auszugleichen, die sie für die späteren Tage vorausgesehen hatten.

Der wahre weiße Bruder

Ein Hopi von hellem Aussehen, jetzt als der „wahre weiße Bruder" bekannt, verließ die Gruppe und zog in Richtung der aufgehenden Sonne, eine Steintafel mit sich tragend, welche einer gleichartigen entsprach, die von einem derjenigen verwahrt wurde, die weiterzogen, um Massau'u an einem „Oraibi" genannten Ort zu treffen, wo die derzeitigen Hopi-Siedlungen nach seinen Angaben errichtet wurden.

Die Hopi sahen die Ankunft einer Rasse von hellhäutigen Menschen aus dem Osten und viele ihrer Erfindungen voraus, welche als Zeichen dienen würden, gewisse Phasen in der Entfaltung des Plans, den die Hopi aus der Zeit der Vorfahren gelernt hatten, anzuzeigen. Es wurde klar vorausgesehen, daß die Besucher in ihrer Gerissenheit ihre ursprüngliche Bestimmung aus den Augen verlieren und daß sie dann sehr gefährlich sein würden. Immer noch waren die Hopi dabei, nach jemandem auszuschauen, der den geistigen Pfad nicht verlassen hat und die wahre Steintafel trägt.

Die Swastika und die Sonne

Unzählige Jahrhunderte hindurch haben sich die Hopi in ihren Zeremonien die vorhergegangenen Welten, unser Auftauchen in die gegenwärtige Welt und den Sinn unseres Hierherkommens vergegenwärtigt. Regelmäßig haben sie ihren Schwur mit Massau'u erneuert, die einfache, bescheidene Lebensweise zu leben, die er für sie auswählte, und das Gleichgewicht der Natur um aller lebenden Dinge Willen zu erhalten. Die Kenntnisse der Weltgeschehnisse wurde in geheimen religiösen Gemeinschaften überliefert, die achtgaben, wie sich jede Phase entfaltete.

Die Führer achteten besonders auf eine Reihe von welterschütternden Ereignissen, begleitet von der Erscheinung bestimmter Symbole, die die uranfänglichen Kräfte beschreiben, die alles Leben leiten, vom Keimen eines Samens bis hin zu umfassenden Bewegungen wie Wetter, Erdbeben, Völkerwanderungen und Kriegen.

Die Kürbis-Rassel ist ein Schlüsselsymbol. Ein Kürbis bedeutet Keimkraft. Das Schütteln der Kürbis-Rassel in Zeremonien symbolisiert die Regung von Lebenskräften. Auf die Rassel sind die alten Symbole der Swastika gemalt. Sie zeigen die Spiralen der Kraft, die aus einem Samenkorn in vier Richtungen sprießen, umgeben von einem Ring aus rotem Feuer, der das Eindringen der Sonnenwärme ringsum zeigt, die das Samenkorn keimen und wachsen läßt.

Die beiden ersten weltbewegenden Ereignisse würden die Kräfte beinhalten, die durch die Swastika und die Sonne dargestellt werden. Aus der Gewalt und Zerstörung des ersten würden die stärksten Elemente mit noch größerer Gewalt auftauchen, um das zweite Ereignis hervorzubringen. Wenn die tatsächlichen Symbole auftauchten, würde klar sein, daß dieses Stadium der Prophezeiung erfüllt worden sei.

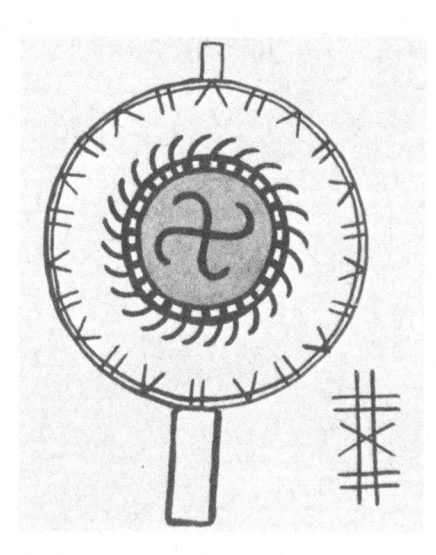

Die Kürbisrassel mit dem Hakenkreuz und der Sonne, die von der dritten, 'roten' Kraft umgeben sind.

Der Kürbis voll Asche

Schließlich würde ein „Kürbis voll Asche" erfunden werden, der, würde er vom Himmel fallengelassen, die Ozeane zum Kochen bringen und das Land verbrennen würde. Dadurch würde dort für viele Jahre nichts mehr wachsen. Dies würde das Signal für einen bestimmten Hopi sein, seine Lehren hinauszutragen, um die Welt zu warnen, daß das dritte und letzte Ereignis bevorstände, und daß es alle Leben beenden würde, wenn sich die Menschen und ihre Führer nicht rechtzeitig eines Besseren besinnen. Hopi-Führer glauben nun, daß die beiden ersten Ereignisse der erste und zweite Weltkrieg waren, und der „Kürbis voll Asche" die Atombombe ist. Nach der Bombardierung von Hiroshima und Nagasaki wurden ehemals geheimgehaltene Lehren verglichen und der Welt mitgeteilt. Die hier genannten Details sind ein Teil dieser Lehren.

Der Tag der Reinigung

Das letzte Stadium, genannt der „Große Tag der Reinigung" ist auch als „mystisches Ei" beschriebenworden, in dem die Kräfte der Swastika und der Sonne sowie eine dritte Kraft, symbolisiert durch die Farbe Rot, entweder in vollkommener Wiedergeburt oder in totaler Vernichtung gipfeln würden. Wir wissen noch nicht wie, doch die Entscheidung liegt bei uns. Kriege und Naturkatastrophen können auftreten. Das Ausmaß der Gewalttätigkeiten wird bestimmt sein vom Maß der Ungleichheit, das unter den Völkern in der Welt verursacht wurde, und vom Gleichgewicht der Natur. In dieser Krise werden Reich und Arm gezwungen sein, als Gleiche zu kämpfen, um zu überleben.

Daß es sehr gewalttätig werden wird, wird jetzt von den traditionellen Hopi fast für selbstverständlich gehalten, aber die Menschheit kann die Gewalt möglicherweise noch mindern, indem sie ihre Behandlung der Natur und der Mitmenschen korrigiert. Alte, geistlich orientierte Gemeinschaften wie die Hopi müßten besonders geschützt und dürfen nicht gezwungen werden, ihre weise Lebensart und die natürlichen Reichtümer, die sie gelobt haben zu beschützen, aufzugeben.

Das Schicksal der Menschheit

Die Hopi spielen eine Schlüsselrolle im Überleben der menschlichen Rasse durch ihre lebendige Gemeinschaft mit den unsichtbaren Kräften, die die Natur im Gleichgewicht halten, als Beispiel einer praktischen Alternative zu dem selbstmörderischen, von Menschen geschaffenen System und als ein Drehpunkt von Weltgeschehen.

Das Bild ist einfach: „Die ganze Welt wird beben und rot werden und und sich gegen die wenden, die die Hopi behindern."

Das von Menschen geschaffene System, das jetzt die Hopi zerstört, zeigt sich in ähnlichen Gewalttätigkeiten in der ganzen Welt. Der verheerende Umschwung, der in der Prophezeiung vorausgesagt wird, ist ein Teil der natürlichen Ordnung. Wenn diejenigen, die von diesem System, seinem Geld und seinen Gesetzen profitieren, aufhören können, die Hopi zu zerstören, dann könnten viele den Tag der Reinigung überleben und in ein neues Zeitalter des Friedens eintreten. Aber wenn keiner übrigbleibt, um den Weg der Hopi fortzusetzen, dann ist die Hoffnung auf ein solches Zeitalter vergebens.

Die Kräfte, denen wir gegenübertreten müssen, sind gewaltig, aber die einzige Alternative ist die totale Vernichtung. Das von den Menschen geschaffene

System kann nicht auf eine Weise in Ordnung gebracht werden, in der der Wille eines Menschen dem anderen aufgezwungen wird, da dies die Wurzel des Übels ist.

Wenn die Menschheit sich selbst und ihre Führer ändern will, muß die Kluft zwischen diesen beiden verschwinden. Um dies zu vollbringen. kann man nur auf die Energie der Wahrheit selbst vertrauen.

Dieser Weg, der die Grundlage der Lebensweise der Hopi ist, ist die größte Herausforderung, der ein Sterblicher begegnen kann. Wenige können sie akzeptieren. Aber wenn einmal Frieden auf dieser Grundlage geschaffen ist und unser ursprünglicher Lebensweg blühen darf, werden wir in der Lage sein, unsere erfinderische Kraft weise zu gebrauchen, um das Leben zu stärken anstatt es zu bedrohen, und eher jeden zu fördern, als einigen auf Kosten der anderen den Vorteil zu lassen.

Die Sorge für alle lebenden Dinge wird persönliche Belange weit übersteigen und größeres Glück bringen als früher verwirklicht werden konnte. Dann werden alle lebenden Dinge bleibende Harmonie genießen.

Geschrieben von Tom F. Tarbet und überprüft von einem traditionellen Dolmetscher.

Die San Francisco Peaks

„Ich bin sicher, daß Ihr Führer in Washington, D.C. alle wißt und versteht, daß all die Beamten, alle, die Ihr für die Regierung arbeitet, wenn Ihr in bestimmte Positionen kommt, einen Eid leisten müßt. Ihr legt Eure Hand auf die Bibel und schwört, daß Ihr alles achten und ehren werdet, was in der Bibel steht. In der Bibel steht auch das, was der weiße Mann Gebote nennt, und diese sagen: 'Du sollst nicht töten', 'Du sollst nicht stehlen', und vieles andere, was ernste Warnungen sind. Ihr legt die Hand darauf zum Zeichen, daß Ihr zu achten versprecht, was darin ist, diese Gebote und Vorschriften. Genauso sehen wir auf unsere San Francisco Peaks — wie auf eine Bibel. Auch wir legen unsere Hände darauf, um die spirituellen Grundsätze zu achten und einzuhalten, die unser Großer Geist niedergelegt hat, damit dieses Land und das Leben in ihm gut bleiben.

Wenn unsere großen Führer, die Kikmongwis, die religiösen Führer in diesem Land, sterben, und wenn ihr Werk gut war und sie die Weisungen treu befolgt und ihre Pflicht erfüllt haben, dann steigt ihr Geist in das höchste spirituelle Zentrum oder Haus auf. Dort werden sie aufgenommen und bekommen ihren Platz zugewiesen, und von dort aus sehen sie auf uns, beobachten uns und kümmern sich um uns. Wir wissen das, wenn wir beten. Und wenn sie Mitleid mit uns haben, und unser Werk gut ist, schicken sie uns sofort Regen. So erhalten wir uns und alle Dinge am Leben und auf ihrem natürlichen Weg."

Hopi-Ältester
auf einer Anhörung der Forstverwaltung
in Flagstaff, Arizona 1978

Die spirituellen Energieströme

„Als erste Bewohner dieses Landes errichteten wir hier bestimmte heilige Stätten und andere Heiligtümer als Hauptkirche und spirituelles Zentrum, mit dem alle Dinge auf spirituelle Weise verbunden sind. Die Wurzeln führen in alle Richtungen und auch nach unten. Unter der Erde ist etwas, das wir kennen. Und wir versuchen Euch klarzumachen, daß es für viele ein Unglück sein könnte, wenn Ihr fortfahrt, es zu stören. Es ist schwer, Euch das zu erklären, was wir in unseren religiösen Gesellschaften wissen. Wir können das nicht in der Öffentlichkeit enthüllen, und darum ist es schwer, Euch völlig verständlich zu machen, wie ernst die Lage ist, wenn Ihr die Heiligen Berge antastet. Und wie wir schon sagten, sind im ganzen Gebiet und seiner Umgebung, nach oben und nach allen Seiten bestimmte Orte, von denen wir wissen, daß sie sehr heilig sind, sich aber auch auf andere Gebiete in ihrer Auswirkung erstrecken.

Die San Francisco Peaks. Im Vordergrund einige Ruinen von Wupatki

An diesen Orten sind Heiligtümer errichtet worden, und dort bringen wir jedes Jahr Gebete dar. Jene liegen hier im Südwesten, aber die vier Richtungen und die heiligen Stätten bezeichnen auch die Küsten des ganzen Kontinents, und darum versuchen wir weiter, das Gleichgewicht dieses Landes zu erhalten. In alle Richtungen fließt Energie. Von dort kommt sie – fließt ins Zentrum wieder nach außen. Genauso ist es im Körper, soviel wissen wir von der Energie, die um uns fließt. Manche von uns haben ein größeres Kraftfeld, einen stärkeren Fluß der Energie, und sie können damit jemanden wahrnehmen, ohne ihn zu sehen, auch ein Tier kann einen Menschen auf diese Weise wahrnehmen – all das hat etwas mit dem spirituellen Zentrum zu tun. Wenn wir dieses nur im Gleichgewicht halten, respektieren und nicht immer wieder stören ... denn wenn wir das tun, wird es viel Unheil geben."

Hopi-Ältester
auf einer Anhörung der Forstverwaltung
in Flagstaff, Arizona 1978

Das Gleichgewicht des Landes

„Wir können also nicht nur von einem bestimmten Ort sprechen – das ganze Gebiet ist heilig, und wir wissen bestimmte Dinge darüber. Aber das Schlimme ist, daß wir den weißen Mann zwar auf alles hinweisen und ihm erklären, aber als erstes will er da hingehen und es ausgraben und es stören. Er kann sich nicht zurückhalten. Und darum wollen wir nichts preisgeben. Wir kennen diese Dinge. Uns ist der Berg heilig. Das ist alles, was wir sagen können. Also laßt ihn in Ruhe.

Wenn wir sein Gleichgewicht erhalten, achten und nicht zerstören, dann erhalten wir auch unser eigenes Gleichgewicht. Wenn nicht, wird uns das großes Unglück bringen. Es gibt in diesem Gebiet verschiedene Elemente, verschiedene Kräfte, die das Gleichgewicht des Landes erhalten. Es gibt Blitz, Wind, Wolken, und auf dem Boden fließen andere Kräfte. Wir haben erkannt, daß all diese Dinge Mittel sind, um die Ordnung des Lebens zu erhalten. Aber wir sagen auch, wenn das Leben einmal in seiner Ordnung gestört ist, dann werden sie uns warnen und mahnen müssen. Stärkere und immer häufigere Blitze werden uns treffen, es wird Sturm geben, der viel zerstören wird, Überflutungen und Regen werden die Flüsse anschwellen lassen, die Felder verwüsten und den Mais vernichten, den Hauptträger unseres Lebens."

Thomas Banyacya
Washington, D.C. 1972

Navaho-Decke mit dem traditionellen Sturmmuster

Die Schlangenzeremonie

„Seht, die Schlangenmänner kommen jetzt aus ihrer Kiva", rufen sich die Kinder auf den Dächern zu. Ja, die Kinder warteten immer auf Aufbruch und Ankunft der Schlangenmänner, weil sie wußten, daß jetzt der Haupttanz kam, denn die Schlangenpriester und ihre Helfer waren ein paar Tage draußen gewesen, um ihre kleinen Brüder, die Schlangen, überall einzusammeln.

Diese wichtige Zeremonie, die nur etwa eine Stunde dauert, zieht Besucher aus aller Welt an, Mitglieder aller religiösen Sekten, dazu Schriftsteller, Anthropologen und Neugierige. Eine Gruppe, die nicht dabei ist, sind die zu anderen Religionen übergetretenen Hopi, und man wundert sich, warum das so ist.

Schlangenzeremonie in Walpi am 17. August 1889

Der zeremonielle Tanz wird von zwei Gesellschaften ausgeführt, der Antilopen- und der Schlangengesellschaft. Die Mitglieder der Antilopengesellschaft sind die Führer. Am Tage vor dem Haupttanz finden bei Sonnenaufgang Wettrennen statt, vor allem zu Ehren der Antilopengesellschaft, aber auch für die Gesellschaft der Schlangen. Hier wird nicht um einen Geldpreis gekämpft, sondern für Gesundheit und Nahrung im kommenden Jahr sowie für das Land und alles Leben. Die Besucher zahlen keinen Eintritt, denn man will nicht, daß diese religiöse Zeremonie kommerzialisiert wird. Wegen seiner religiösen Bedeutung war zu diesem Tanz die nicht-indianische Öffentlichkeit früher nicht zugelassen, doch die hohen Priester setzten es durch, daß die Öffentlichkeit dabeisein konnte. Loloma, ein älterer Priester, sagte: „Wenn nur einer, zwei oder drei Zuschauer mit gutem Herzen und guten Gedanken sich mit uns im Gebet vereinen und zum Erfolg beitragen, dann ist es gut."

Die Schlangenzeremonie ist auch eine Gelegenheit zum Wiedersehen für alle Freunde und Verwandte, die von weither kommen. Es ist die Zeit eines viertägigen Festes mit frischem Mais, Melonen und Früchten direkt von den Bäumen und Sträuchern. Nach dem Tanz vergnügten sich die Frauen jeden Alters, indem sie die Männer und Jungen zu einer Verfolgungsjagd in den Straßen aufforderten, bei der es um besondere Preise ging. Aber das war nur früher einmal so.

Heute beginnt dieses einzigartige Fest zu verblassen und zu verschwinden. Anstatt diese wenigen Tage in der alten Weise zu feiern, werden sie von ein paar jungen Leuten als Gelegenheit dazu benutzt, sich ungehörig und außer Rand und Band aufzuführen. Das hat auf die Menschen eine nachteilige Wirkung, manche sind böse und enttäuscht, und die Traditionalisten haben dadurch großen Kummer, weil die Zeremonie, so wie sie jetzt ist, ihre Wirksamkeit in der Natur verliert. In diesem Jahr ist der Kreislauf der Natur sehr schlecht, es gibt kaum Regen, und die Ernte ist von Insekten befallen – denn unsere Nahrung enthält die einzige Feuchtigkeit für ihren Durst und Hunger. Wir sind traurig, weil auch sie leiden müssen.

Ganz sicher stimmt etwas nicht. Wir müssen einmal in uns hineinschauen und auf unser Tun achten. Wir scheinen an den Großen Gesetzen, die die Erde regieren, zu zweifeln. Wir zweifeln an dem, was uns die Vergangenheit gesagt hat. Es wurde uns gesagt, daß sich um die Erde vom Nord- zum Südpol zwei Wasserschlangen winden. An jedem der Pole sitzt ein Kriegergott auf Kopf und Schwanz der Schlangen, und von Zeit zu Zeit geben sie sich Nachricht über unser Verhalten. Manchmal wird ein leichter Druck ausgelöst, unter dem die Schlangen sich rühren, und es entstehen Erdbewegungen – eine Botschaft, die auch der Natur befiehlt, uns zu warnen, daß es an der Zeit ist, unser Verhalten zu ändern. Wenn wir die Warnung nicht beachten, werden die Kriegergötter die Schlangen loslassen, und wir werden alle untergehen. Sie werden sagen, daß wir das uns gegebene Land nicht verdienen, weil wir es mißachten.

Das mag sehr phantastisch klingen. Aber wenn wir einmal diesen Geschichten der Alten Glauben schenken, mag es schon zu spät sein. Es gibt noch ein anderes „Hirngespinst", über das man sich oft lustig macht, daß nämlich die Zeremonien der Hopi mit all ihrem Füßestampfen und Singen von Lobeshymnen für die Erde keinen Regen herbeiführen könnten, während es im Lande der Weißen so viel Regen ohne jedes Ritual gibt. Unsere Alten sagen, die Erde ist wie ein geflecktes Hirschkalb, bei dem jeder Fleck eine Funktion für den Körper hat. Wir halten das Hopiland für das Zentrum des Erdkörpers. Es ist der Knotenpunkt der Kraft mit der Aufgabe, die Zukunft vorauszusagen, indem die Taten der Menschen mit unseren Prophezeiungen verglichen werden. Hopi lehrt Vorsicht und Wachsamkeit. Soviel wissen wir.

Techqua Ikachi
Zeitschrift der traditionellen Hopi,
Ausgabe Aug./Sept. 1976

Der Schlüssel zum Überleben

Religiöse Überzeugungen und Prophezeiungen sind etwas, über das die meisten den Kopf schütteln. Dennoch sind sie äußerst bedeutungsvoll. In der ganzen Welt wurde darüber debattiert, und es gab Krieg und Vernichtung im Namen der Heiligkeit. Das muß nicht sein, wenn wir unsere religiöse Überzeugung als den bestimmenden Faktor sehen, der zu Frieden und Harmonie führt. Andernfalls müssen der Einfluß und die Gabe des Großen Geistes von gewissen Menschen ausgedrückt werden, die überleben wollen, um das Gleichgewicht des Lebens zu wahren.

Sehr oft hören wir fragen: „Ist der Schlüssel zum Überleben wirklich in der Mystik der Hopi zu finden?" Wir wollen keine anderen religiösen Gruppen unterminieren. Hopi will keinen Alleinanspruch auf den Schlüssel zum Überleben, denn dafür sind alle Menschen auf der Erde verantwortlich. Hopi zeigt nur die Möglichkeiten, indem es sein Wissen auf die Überlieferung der Menschen vergangener Welten stützt. Die Hopi wurden angewiesen, von der Großen Reinigung kurz vor einer Zeit zu berichten, als die Menschheit wieder einmal so hochzivilisiert sein würde, daß sie gleichgültig werden und uns in die Selbstzerstörung zu führen drohen würde. Jeder von uns muß sich um das Überleben Gedanken machen. Wir glauben auch, daß vor langer Zeit alle Menschen Weisungen erhielten – jeweils entsprechend ihrem Lebensraum – und daß alle den Auftrag bekamen, ihre Pflicht zu erfüllen. Hopi bringt diese Botschaft der Welt und hofft, daß es – wenn auch schwache – Säulen gibt, die die Kraft Seines Wissens stützen. Nur Sein Weg wird bestehen.

Es heißt auch, daß es nur einen Großen Geist gibt, unseren Schöpfer, und daß wir als Seine Kinder eine große glückliche Familie sein sollen. Aber anstelle von Gleichheit haben wir Kastensysteme und Klassenkampf, und jeder sieht auf den anderen mit Neid. Die meisten religiösen Gruppen rühmen ihre Methode, Unfehlbarkeit zu erlangen, während sie andere herabsetzen, um Länder und Menschen zu beherrschen, die nach ihrem eigenen Glauben in Frieden leben wollen. Wir verehren einen einzigen Großen Geist in vielen Namen und Symbolen, die so vielfältig sind wie die Länder der Erde. Auf diese Weise erreichen wir ihn, um durch seinen Segen Kraft zu erlangen. Wir haben auch gesagt, die Erde gleiche einem Hirschkalb, dessen Flecke Gebiete mit einer bestimmten Kraft und einem bestimmten Zweck sind. Wir alle haben verschiedene Schwingungen und Frequenzen, die dazu bestimmt sind, die Verbindung zum Großen Geist herzustellen, um nach unseren jeweils eigenen überlieferten Wegen gewisse lebenserhaltende Funktionen der Naturgesetze zu erfüllen.

Im Bewußtsein dieser Erkenntnis haben wir nicht die Absicht, uns von den Worten des Großen Geistes abzuwenden. Als die ersten Missionare kamen, haben die Hopi sie geachtet und nicht versucht, sich in ihre Religion einzumischen. Wir glaubten, sie kämen voller Wissen und würden die gleiche Achtung durch Nichteinmischung in die Religion der Hopi zeigen. Aber wie unsere Alten es voraussahen, war das nicht der Fall. Es hieß, nur die, die in der Vergangenheit Fehler gemacht haben, würden ihren ursprünglichen Glauben aufgeben und anderen Religionen beitreten, um den Geist zu reinigen und in den Himmel zu kommen und so der Unterwelt der Hopi nach dem Tode zu entgehen. Das wäre aber vergeblich, denn wir haben vom Großen Geist am Anfang unseren eigenen Weg erhalten. Und darum zwingen die Hopi niemanden, zu ihnen überzulaufen.

Es war für uns sehr entmutigend, daß die Missionare sich nicht die Zeit nahmen, unsere Kultur und Spiritualität verstehen zu lernen. Hätten sie das getan, dann hätten sie gesehen, daß die Hopi an einen einzigen Großen Geist glauben. Stattdessen benutzten sie die Zeit, um unser Volk von seinen eingeborenen Wegen abzubringen.

Abkehr und Bekehrung können am Ende zur Vernichtung der ganzen Menschheit führen. Die meisten von uns Hopi haben von den Alten die Prophezeiungen des Endes gehört — von einem Meer, das uns verschlingt, wenn wir zu fremden Religionen übertreten. Wenn ein Hopi das anzweifelt, kann er es nachprüfen, aber die Folgen sind unwiderruflich, wenn es einmal begonnen wurde.

Abwerbungen durch fremde Religionen haben bei uns sehr nachgelassen, ausgenommen eine Gruppe von Mormonen, die hartnäckig fortfährt, ihre Kirche zwischen unseren heiligen Stätten und Landmalen zu errichten.

Wir lehnen dies ab, denn es wird die funktionale Harmonie zwischen uns und den Naturkräften des Großen Geistes noch mehr aus dem Gleichgewicht bringen.

Techqua Ikachi, Ausgabe Juli/Aug. 1978

Erklärung an den Präsidenten der USA

Die moderne Zivilisation hat durch Ausbeutung der Energiepotentiale unbewußt ein planetares Netz brodelnder und pulsierender Großzentren geschaffen, die durch Hochspannungsleitungen und unsichtbare Kanäle am Himmel verbunden sind. Dieses künstliche Netz ist nicht im Einklang mit dem natürlichen Netz, dem „Netz der Spinnenfrau", dessen Kraftströme gestört und blockiert werden. Ohne von der Bedeutung des Colorado Plateaus als eines Zentrums etwas zu wissen, hat 1974 die National Academy of Science erklärt, daß der Südwesten möglicherweise ein „Nationales Opfergebiet" werden müsse, um den steigenden Energiebedarf des globalen Wirtschaftssystems zu decken. Schon 1971 gaben die traditionellen Hopi folgende Erklärung ab:

"Das Land der Hopi wird in spiritueller Weise für den Großen Geist, Massau'u, von uns treuhänderisch bewahrt. Ruinen von Heiligtümern der Hopi gibt es überall im Gebiet der Four Corners einschließlich der Black Mesa. Dieses Land ist wie der heilige Innenraum einer Kirche — es ist unser Jerusalem.

Da Gebiet, das wir „Tukunavi" nennen (zu dem auch Black Mesa gehört), ist ein Teil des Herzens unserer Mutter Erde. Diesem Herzen hat der Hopi seinen Stempel aufgedrückt durch religiöse Gegenstände und Zeichen der Klane, durch Pflanzungen und alte Grabstätten als Landmale und Heiligtümer, damit andere wissen, daß dies sein Land ist. Die Ruinen sind die Grenzsteine der Hopi. Nur der Hopi weiß, was dieses Land ihm sagt — andere wissen es nicht.

Dieses Land wurde den Hopi von einer Macht zugesprochen, die über die Vorstellungskraft des Menschen hinausgeht. Vom Recht auf dieses Land hängt die ganze Lebensweise der Hopi ab. Alles ist von ihm abhängig. Das Land ist heilig, und wenn es mißbraucht wird, ist die Heiligkeit der Hopi dahin und alles Leben mit ihr.

Der Große Geist sagte den Hopi, daß die großen Reichtümer und die Naturschätze unter dem Land an der Black Mesa nicht gestört oder ausgegraben werden dürfen, bis nach der Reinigung, wenn die Menschen wissen, wie man in Frieden miteinander und mit der Natur lebt. Die Hopi erhielten eine besondere Führung zum Schutz unseres heiligen Landes, damit die leicht verletzliche Harmonie nicht angetastet wird, die alles zusammenhält.

Die Klane der Hopi zogen überall im Gebiet der Black Mesa umher und ließen die Ruinen ihrer Heiligtümer, Grabstätten und Gebetsfedern zurück. Unsere heutigen heiligen Zeremonien, bei denen wir um Regen, gute Ernte und ein langes gutes Leben beten, hängen vom spirituellen Kontakt mit diesen an der Black Mesa zurückgelassenen Kraftquellen ab. Unsere Gebete, Gesänge, Zeremonien und Riten erhalten ihre Kraft und ihr Leben von den spirituellen Kräften, die unsere Vorfahren hinterlassen haben. Jedes Jahr nach den Zeremonien in der Kiva eines jeden Dorfes bringen Botschafter der Hopi die heiligen Gebetsfedern und Maismehr und setzen sie an diesen spirituellen Plätzen und Heiligtümern ein. So halten wir Kontakt mit den Geistern der Menschen, die unsere Vorfahren sind und in diesem Land lebten und umherzogen. Wir tun dies, damit Regen fällt und unsere Pflanzen gedeihen. Wenn diese Stätten gestört oder vernichtet werden, verlieren unsere Gebete und Zeremonien ihre Kraft, und großes Elend wird nicht nur über die Hopi, sondern über die ganze Menschheit kommen.

Die Hopi sind die Hüter der ganzen Welt und der ganzen Menschheit. Hopiland erstreckt sich über den ganzen Kontinent, von Meer zu Meer, aber das Land im heiligen Zentrum ist der Schlüssel zum Leben. Mit dem Behüten dieses Landes nach der Weise der Hopi und in Übereinstimmung mit den Weisungen des Großen Geistes halten wir die übrige Welt im Gleichgewicht.

Für uns ist es undenkbar, daß wir die Obhut über unser Heiliges Land an Nicht-Hopi abgeben. Wir haben keine Worte für den Austausch von heiligem Land für Geld. Das ist unserer Art fremd. Die Hopi haben nie erlaubt und werden nie erlauben, daß andere über unser Land, unser Erbe und unsere Religion verfügen, um keinen Preis. Wir erhielten dieses Land vom Großen Geist, und wir müssen es für ihn bewahren als Verwalter und Beschützer, bis er wiederkehrt.

Überall an der Black Mesa gibt es heilige Stätten des Adlers. Die Gebetsfedern, die für unser religiöses Leben und alle unsere Zeremonien so wichtig sind, müssen Federn des Adlers sein. Ohne sie können wir nicht unsere heiligen Botschaften in die spirituelle Welt tragen und können nicht das Land für den Großen Geist bewahren. Wenn die Adler durch die Taten des Menschen gezwungen werden, aus dem Herzen unserer Mutter Erde zu fliehen, dann ist es uns nicht mehr möglich, weiterhin auf unsere spirituelle und religiöse Weise zu leben. Das Leben aller Menschen sowie das aller Tiere und Pflanzen hängt von den spirituellen Gebeten und Gesängen der Hopi ab. Die Welt wird im Verderben enden.

Das Wasser unter der Erde hat viel mit Regenwolken zu tun. Alles hängt davon ab, daß das richtige Gleichgewicht erhalten bleibt. Das Wasser unter der Erde wirkt wie ein Magnet und zieht den Regen in den Wolken an. Und der Regen in den Wolken wirkt ebenfalls wie ein Magnet und hebt den Wasserspiegel bis an die Wurzeln unserer Pflanzen. Der Entzug riesiger Wassermengen unter der Black Mesa für den Tagebau wird das Gleichgewicht zerstören und alles zunichte machen, was wir uns bemüht haben intakt zu halten. Wenn das geschieht, wird unser Land geschüttelt werden wie eine Hopi-Rassel. Der Boden wird absinken, und er wird austrocknen. Unsichtbare Kräfte werden den Regen aufhalten, weil wir Hopi versäumt haben, das uns gegebene Land so zu schützen, wie wir geheißen wurden. Die Pflanzen werden nicht wachsen, und wir werden sterben, nicht nur die Hopi, sondern alles wird sich in Nichts auflösen.

Wir, die religiösen Führer der Hopi, haben gesehen, wie der weiße Mann sein Land, sein Wasser und seine Luft vernichtet hat. Der weiße Mann hat es uns immer schwerer gemacht, unsere Tradition und unser religiöses Leben zu erhalten. Jetzt — zum ersten Mal — haben wir uns entschlossen, aktiv vor den Gerichten des weißen Mannes einzugreifen, um die endgültige Verwüstung zu verhindern. Es hätte für uns nicht nötig sein müssen, so weit zu gehen. Unsere Worte wurden nicht beachtet. Dies könnte die letzte Chance sein. Wir können nicht länger zusehen, wie unser Heiliges Land uns aus den Händen gewunden wird, wie unser spirituelles Zentrum sich auflöst. Wir können nicht erlauben, daß uns die Kontrolle über unser spirituelles Heimatland entzogen wird. Die Stunde ist schon sehr spät."

Gezeichnet:
Starlie Lomayaktewa
Kikmongwi von Mishongnovi

Mina Lansa
Kikmongwi von Oraibi, Kyakotsmovi und Lower Moenkopi

Ned Nayatewa
Kikmongwi der Ersten Mesa

Claude Kewanyama
Kikmongwi von Shungopovi und Shipaulovi

Jack Pongayesvia
David Monongye
Religiöse Führer von Hotevilla

Thomas Banyacya, Sr.
Offizieller Übersetzer
Kiakhötsmovi

Carlotta Shattuck
Protokollantin, Walpi

Wir haben es euch gesagt

Noch vor gar nicht langer Zeit gab es viele natürliche Quellen im Land der Hopi.

Die Hopi wußten, wo sie lagen, und hatten so auf ihren langen Wanderungen immer Trinkwasser. Die Hopi hatten immer genug Wasser für sich, und einige Quellen versorgten die Schafherden und andere Tiere. Aber wie gewöhnlich kam ein Bahanna von der Regierungsagentur zu den Hopi, um ihnen einen Vorschlag zu machen. Diesmal sollten unsere unscheinbaren Quellen entwickelt werden. Er erzählte uns begeistert, daß wir durch seine Methode mehr Wasser erzeugen könnten. Die religiösen Führer schüttelten die Köpfe und sagten, das sei nicht gut, denn es würde die großen Wasserschlangen beunruhigen,

Traditionelle politische und religiöse Führer der Hopi bei einem Treffen im Haus Mina Lansas im Jahre 1977. In der hinteren Reihe ganz links John Lansa (Oraibi), 3. v.l. Thomas Banyacya (Kiakhötsmovi), 4. v.l. Cyrus Josytewa (Shungopovi). Vor ihm sitzen Mina Lansa (Oraibi), links neben ihr David Monongye (Hotevilla).

die dann den Strom des Wassers zum Stillstand brächten. „Wie primitiv", dachte der Agent und suchte beharrlich andere Hopi, die eher bereit waren, mitzumachen. Er erklärte ihnen seine Vorstellungen und hatte bald genug Leute beschwatzt, die die Entwicklung der Quellen erlaubten. Jahre später merkten wir, daß unsere Quellen austrockneten oder weniger Wasser führten.

Die Zeit verging, und wieder kam ein Agent, diesmal mit einem Vorschlag, Windmühlen zu errichten. Er versicherte den Leuten, daß durch das Hochpumpen des Wassers aus tiefen Bohrlöchern in der Erde bei ihnen niemals Wassermangel herrschen würde. Wieder schüttelten die religiösen Führer die Köpfe. „Das ist nicht gut", sagten sie, „davon werden die großen Wasserschlangen durchbohrt, sie werden böse werden und noch mehr Brunnen austrocknen." Wieder dachte der Agent: „Was sind sie doch dumm", und nach angestrengten Überlegungen hatte er den Einfall, die Viehzüchter der Hopi zu fragen, denn er sah, daß diese Geld in ihre Herden gesteckt hatten und sich darum nicht weigern würden.

Wolkenformationen und Hopi-Töpferei mit traditionellen Mustern

So kamen die Windmühlen, und mehr Quellen versiegten.

Etwa zur gleichen Zeit wurde eine neue Regierung gebildet, der sog. „Hopi-Stammesrat". Der war bereit, es mit der Welt aufzunehmen. Die Peabody Coal Company kam und stellte sich mit dem Plan vor, im Tagebau die Kohle der Black Mesa auszubeuten.

In seinem jugendlichen Leichtsinn stimmte der Marionettenrat dem Vorschlag und dem angebotenen Geld bereitwillig zu. Keiner hielt es für nötig, den Segen der Stammesältesten einzuholen.

Tiefe Brunnen wurden gebohrt, und hunderttausende Gallonen Wasser wurden täglich dazu verwendet, die Kohle an weit entfernte Stellen zu transportieren. Es gab viele Proteste von seiten der Häuptlinge, doch völlig vergebens. Der Stammesrat und die Peabody Coal Company versicherten, daß das Bohren keinerlei Schaden für die Umwelt bedeute. Die Häuptlinge schüttelten traurig die Köpfe und sagten: „Die Mutter Erde wird vergewaltigt. Ihr vernichtet die heiligen Plätze und die großen Wasserschlangen. Was werden sie jetzt tun?"

„Was für ein Aufhebens! Eure Behauptungen sind doch Unsinn"' erwiderte der Marionettenrat. „Die alte Lebensweise ist längst vorbei. Wir leben im Neuen Zeitalter."

Bis heute werden täglich 3.456.000 Gallonen Wasser hochgepumpt. Ein paar Jahre später begannen einige Windmühlen und Quellen auszutrocknen. Die Wasserknappheit wurde zum Problem besonders in den modernen Häusern des Stammesrates in Kiakhötsmovi. In ihrer Empörung machten sie den Versuch, den fortgesetzten Wasserverbrauch der Peabody Coal Company zu stoppen und unter die Kontrolle des Stammesrates zu bringen. Betroffen davon wurden auch die Waschautomaten, und auf den neuen Toiletten mußte jedes Familienmitglied warten, bis es wieder Wasser zum Nachspülen gab. Hinter Büschen und Erdwällen konnte man sein Geschäft leichter und billiger verrichten, aber das Gesundheitsministerium erlaubte das nicht. Also zerbricht sich der Stammesrat weiter den Kopf, was er tun soll. Und darum schreiben wir: „Wir haben es euch gesagt."

Techqua Ikachi, Ausgabe Nov./Dez. 1978

Die Rache der Kachinas

"Haliksai! Der Ort Kaotukvi liegt irgendwo östlich der Pueblos, und vor langer Zeit lebten dort viele Menschen. Westlich von ihnen gab es einen großen Berg wie die San Francisco Peaks (nahe Flagstaff). In diesen Bergen lebten viele Kachinas. Jene Leute hielten manchmal Zeremonien, doch sie kannten noch nicht die Kachinas.

Einmal versammelten sich einige Kachinas in ihrer Kiva in den Bergen, zogen sich an und machten sich zum Tanzen fertig. Nachts stiegen sei den Berg herab und kamen ins Dorf, wo sie auf der Plaza zu tanzen begannen. Die Leute schliefen noch, aber bald wachten sie vom Lärm des Tanzes auf und kamen zur Plaza. Dort sahen sie die Kachinas tanzen. Diese begleiteten ihren Tanz jedoch nicht mit Gesang.

Seitlich von der Reihe der Tänzer tanzte ein Kachina-Onkel. Die Leute, die nicht wußten, was oder wer die Tänzer waren, wurden ärgerlich und beschlossen unter sich, sie zu töten. Die Kachinas hörten, daß die Leute darüber sprachen, sie zu töten, und rannten davon. Westlich des Dorfes sprangen sie von einer Klippe in eine tiefe Erdspalte. Es waren Schnee-Kachinas, und ihr Onkel war ein Hototo Kachina. Der Kachina-Onkel war voran, als sie in die Erdspalte sprangen. Dort legten die Leute, die sie verfolgten, Feuer und verbrannten sie. Der Kachina-Onkel, der ganz unten lag, wurde nicht verbrannt. Früh am nächsten Morgen kroch er hervor und kehrte, ein Klagelied singend, in die Berge zurück.

Die Kachinas, die in den Bergen lebten, hatten am Fuß der Berge Felder, wo sie Mais und Wassermelonen anbauten. Dort pflügte der Hehea mit einer hölzernen Hacke, wie sie die Hehea Kachinas noch heute in ihren Tänzen benutzen. Es war früh am Morgen. Plötzlich hörte er jemanden singen, hob seine Hacke und lauschte, doch gerade dann hörte der Gesang auf. Der Kachina begann wieder zu hacken, und wieder hörte er den Gesang. Als er wieder hinhörte, hörte er den Gesang und das Schluchzen, und siehe da, jemand kam des Weges und weinte.

Als der Hototo beim Hehea Kachina ankam, fragte ihn der letztere: 'Warum singst und weinst Du, während Du wanderst?' 'Nun', erwiderte der Hototo, 'wir waren im Hopi-Dorf und tanzten, als sie aus ihren Häusern kamen und drohten, uns zu töten. So rannten wir fort und sprangen in die Schlucht westlich des Dorfes, und dort lagen wir übereinander, und alle wurden von den Hopi verbrannt außer mir. Ich war zuerst gesprungen und wurde nicht verbrannt und konnte unverletzt entkommen. Dies ist der Grund, warum ich auf meinem Weg Klagelieder sang'. Da begann auch der Hehea Kachina zu klagen und zu singen.

Daruafhin gingen beide heim in den Berg, wo es sehr viele Kachinas gab, Männer, Frauen, Jünglinge und Mädchen. 'Warum kommst Du allein?' fragten sie den Hototo. Darauf wiederholte dieser, was er dem Hehea erzählt hatte. 'Eines Tages werden wir Rache nehmen', sagte der Häuptling der Ka-

144

chinas, und wies sie an, sich anzukleiden und zu versammeln. Darauf ließen sie es drei Tage lang hageln. Am frühen Morgen des vierten Tages ließen sie eine Wolke sich erheben, die über dem Berg hing. Dies war ihr Emblem oder Zeichen; es war eine sehr schöne Wolke. Dann nahmen die Kachinas ihr morgendliches Essen zu sich.

Die Leute im Dorf sahen die Wolke. Sie waren früh am Morgen auf ihre Felder gegangen, denn sie hatten viele Felder in der Umgebung des Dorfes. Nach dem Frühstück begannen noch mehr Wolken über den Bergen zu entstehen und sich übereinander zu türmen. Bald breiteten sie sich aus, und am Nachmittag bedeckten sie den Himmel. Sie kamen von allen vier Seiten. Der Mais der Leute hatte zu dieser Zeit gerade zu reifen begonnen, und sie waren froh über die Wolken, denn sie erwarteten nun einen guten Regen. Gegen Mittag begann es in den Bergen zu donnern und zu regnen, und die Wolken zogen nun auf das Hopi-Dorf zu. Als sie ankamen, gab es ein Gewitter, und es regnete große Hagelklumpen. Alle Pflanzen und sogar die Menschen wurden vernichtet, obwohl sie ihre Häuser verlassen hatten und in die Kivas geflüchtet waren. Nur ein Mann und eine Frau blieben am Leben. Als alles zerstört war, sagten die Wolken: 'Wir werden jetzt aufhören und zurückkehren', und begannen, sich nach allen Richtungen zu verteilen. Einige gingen zu den Bergen zurück. Die Kachinas waren glücklich und sagten: 'Nun haben wir uns gerächt; damit wollen wir es gut sein lassen.' Die Frau, die verschont worden war, gebar wieder Kinder, und das Dorf wurde nach und nach wieder bewohnt."

Puhunomtewa, Old Oraibi
(Aus: H. Voth, "Traditions
of the Hopi", Chicago 1905)

Hototo Kachina. Nach der Überlieferung haben die Kachinas früher unter den Menschen gelebt. Heute besuchen sie nur während der Kachina-Tänze von Ende November bis Mitte Juli die Menschen.

Wenima und der Kurze Regenbogen

Der Flachbrunnen- und der Tiefbrunnenklan, Gruppen des Wasserklans, siedelten, als sie langsam aus dem Süden heraufwanderten, für kurze Zeit in einem Dorf in der Nähe von Globe, Arizona. Es entstanden dort Zwistigkeiten zwischen zwei Brüdern, die die jeweiligen Führer dieser Klane waren. Um zu bestimmen, welcher von ihnen der Häuptling des Dorfes werden sollte, veranstaltete man eine öffentliche Demonstration der Kräfte der beiden Brüder. Beide säten Mais aus, und als er aufging, betete jeder zu seiner Klangottheit um Regen. Der Regen kam und fiel auf den Mais des jüngeren Bruders, der zu Panaiyoikyasi betete, aber nicht auf den Mais des älteren Bruders. Dies brachte den älteren Bruder so auf, daß er den Abzug des jüngeren Bruders forderte. Also zog der jüngere Bruder mit seiner Gefolgschaft nach Nordosten in das Dorf Wenima; den *wu'ya* oder *tiponi* ihrer Gottheit Panaiyoikyasi nahm er mit.*

Panaiyoikyasi bedeutet „Kurzer Regenbogen". Deshalb ist er die Gottheit des Wasserklans, und sein Bild wird mit vertikalen Regenbogenstreifen in orange, grün, blau und schwarz gemalt. Hopi von heute sagen, daß, wenn es regnet, der Kurze Regenbogen über Tutukwi steht, einem Vulkankegel südöstlich von Oraibi in der Richtung auf Wenima. Kurzer Regenbogen verbindet den Himmel mit der Erde und hat Macht über die Atmosphäre, wenn die Sonne scheint, und Macht über die Erde, wenn der Regen auf sie fällt. Mit dieser wohltätigen Macht gibt er den Pflanzen und ihren Blüten Schönheit und Pollen, und von diesen hängt wieder das Leben der Insekten ab. (...)

Schließlich wurde es für die Klane Zeit, Wenima zu verlassen und ihre Wanderungen fortzusetzen. (...)

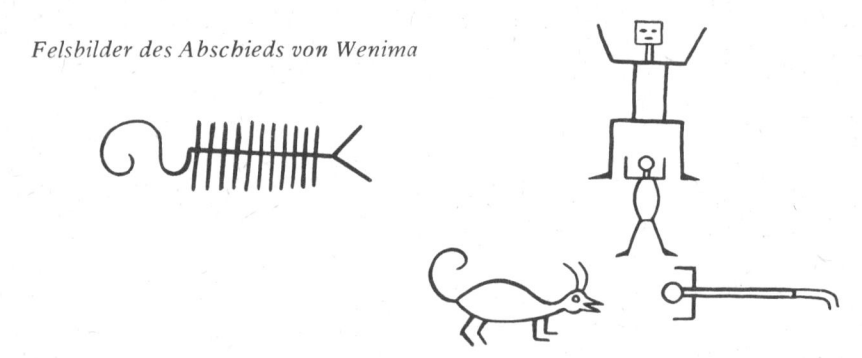

Felsbilder des Abschieds von Wenima

Die elf Querstriche auf der Linie in der Abbildung geben die Anzahl der Jahre wieder, die das Volk in Wenima verbrachte, und die beiden Zweige auf der rechten Seite zeigen die Trennung der Klane, als sie weiterzogen. Mit dem Volk des Tiefen Brunnens ging auch die Gottheit Panaiyoikyasi, die mit erhobenen Armen, über den Köpfen schwebend, dargestellt wird. Aber man ließ ein Bildnis von ihr zurück, mit dem Gesicht nach unten liegend, um dem verlassenen Dorf Schutz zu bieten. Solche Figuren wurden jeweils als ,,Ecksteine'' zurückgelassen, um zu bezeugen, daß Hopiklane das Drof bewohnt hatten, und sie willkommen zu heißen, wenn sie jemals wieder zurückkehrten.

Nach der Überlieferung wurden *wu'yas* auch in den verlassenen Dörfern zurückgelassen, die auf den vier höchsten Erhebungen gelegen hatten, die Oraibi umgeben. Zieht man eine Linie von Wenima nach Oraibi und verlängert diese in nordwestlicher Richtung, so weist sie auf Toko'navi, Hartfelsenberg, auch Navaho Mountain genannt. Irgendwo dort soll eine andere Ruine liegen, die früher vom Feuer- oder Totengeistkklan bewohnt war und in der sein *wu'ya* niedergelegt ist. Ähnlich führt eine weitere Linie, die die erste in Oraibi im rechten Winkel schneidet, nach Mesa Verde im Nordosten, wo in einer Ruine der *wu'ya* des Adlerklans eingegraben ist. Und im Südwesten liegen die San Francisco Peaks, die frühere Heimat des Kachinaklans. Diese vier höchsten Erhebungen werden als die Wolkenhäuser der Richtungen bezeichnet. Wie denn Wenima, was wir bereits feststellten, auch als Palaomawki oder Rotes Wolkenhaus bekannt ist. Die *wu'yas*, die in diesen Ruinen zurückgelassen wurden, beschützen das Land um das Zentrum Oraibi.

* Ein *wu'ya* ist eine Klangottheit, und ein *tiponi* ist ein Fetisch aus Holz oder Stein, der die Gottheit darstellt und Eigentum des Klans ist.

Panaiyoikyasi

Das 'Bildnis von Vernon', das 1960 in einer verschlossenen Gruft unter einer großen Kiva in der Nähe von Springerville, Arizona, gefunden wurde. Es ist etwa 22 cm groß, aus Sandstein und auf der Vorderseite mit vertikalen Streifen in orange, grün und schwarz bemalt. Es steht heute im Field Museum of Natural History in Chicago.

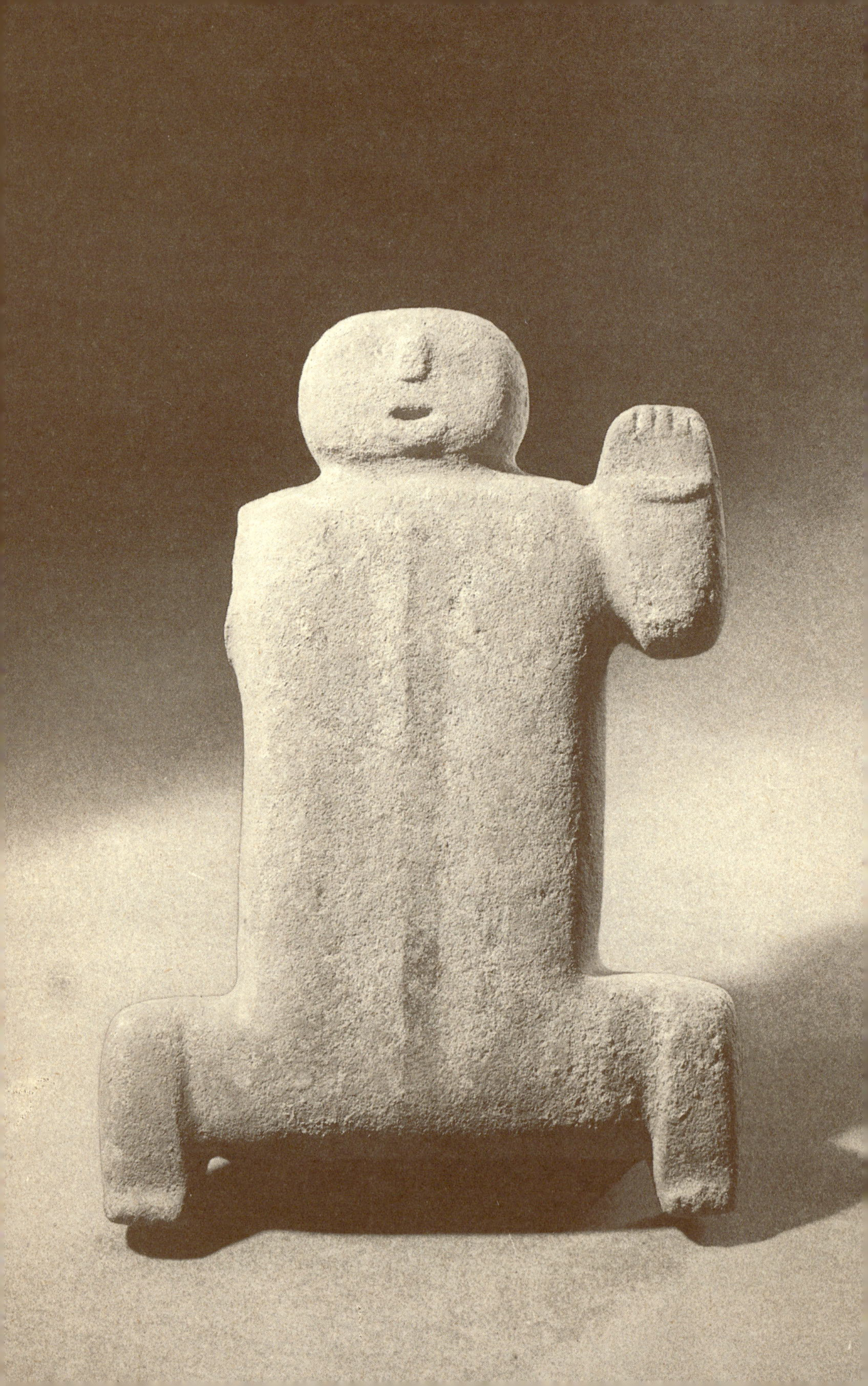

Panaiyoikyasi besaß neben seiner wohltätigen Macht auch eine große zerstörerische Kraft. Einige Leute sagen, daß sie von seiner Macht, die Erde mit dem Himmel zu verbinden, herrührt, welche sich bei Stürmen magnetisch anziehen. Andere Leute meinen, die Kraft bestehe in einem unsichtbaren, giftigen Gas. Daher wurde sein Bildnis mit dem Gesicht nach unten in die Gruft gelegt, denn wenn es mit dem Gesicht nach oben zurückgelassen worden wäre, dann würde eine Zeit kommen, in der die zwei mächtigsten Völker der Erde sich mit dieser schrecklichen zerstörerischen Kraft gegenüberständen. Zusätzlich zu dieser Sicherung war noch Panaiyoikyasis rechter Arm abgebrochen worden, damit das Volk der Hopi niemals diese zerstörerische Kraft benutzen könnte.
(...)
Nachdem sie die Gruft in der Kiva verschlossen hatten, verließen die Leute Wenima und nahmen ihre Wanderschaft wieder auf. Sie berührten auf ihrem Weg noch viele Orte, aber schließlich erreichten sie Oraibi, und es wurde ihnen erlaubt, dort für immer wohnen zu bleiben. Der Baugrund, den der Führer des Wasserklans auswählte, lag am Südostrand des Dorfes bei dem Tipkyavi, „Schoß", das bei allen wichtigen Zeremonien benutzt wurde. Hier wurde eine besondere Kiva gebaut, und alle vier Wände wurden zur Verwendung bei den Wasserklanritualen mit Malereien versehen. Als diese vollendet waren, stieg der Führer am Abend auf eine Erhebung und schaute nach Südosten. Nach kurzer Zeit erschien Panaiyoikyasi als kurzer Regenbogen und zeigte damit an, daß er die Gebete der Menschen erhört hatte und immer Feuchtigkeit für ihre Felder bringen würde.
(...)

Wir erfuhren von einem der wenigen noch lebenden Mitglieder des Tiefbrunnenklans, daß Panaiyoikyasi noch heute seine Gottheit ist. An sein wu'ya oder tiponi erinnerte er sich noch gut. Es war eine kleine Figur aus Holz, mit Streifen in orange, grün, blau und schwarz bemalt ... Während der Spaltung von Orbaibi im Jahre 1906, als der Tiefbrunnenklan aus Oraibi auszog, ließen seine Mitglieder die Figur in einer geheimen Gruft begraben zurück. (...)

Ein Mitglied des Wasserklans, das in einem anderen Dorf lebt, erzählte uns ebenfalls, daß sein tiponi, eine Holzfigur, die Panaiyoikyasi darstellt, noch immer vor dem Ein-Horn-Altar während der Wuwuchimzeremonie aufgestellt wird; er selbst ist einer der Teilnehmer.

Frank Waters: Das Buch der Hopi*   Köln 1980

* Das „Buch der Hopi" beruht auf mündlichen Überlieferungen einer großen Zahl traditioneller Hopi. Diese Überlieferungen hat Waters durch eigene Forschung ergänzt und daraus den Text des Buches geformt. Durch diese seine Arbeit ist die Wiedergabe der Überlieferungen zum Teil ungenau geworden. Leider war es während der Fertigstellung des vorliegenden Buches nicht möglich nachzuprüfen, ob auch der oben wiedergegebene Abschnitt von dieser Einschränkung betroffen ist. Waters selbst weist wiederholt (z.B. S.81 und 104 der amerikanischen Ausgabe) auf die Bestätigung der Überlieferung hin, die er von verschiedenen Seiten erhalten hat. Dem Herausgeber sind auch keine widersprechenden Darstellungen bekannt.

Was ist die Lösung?

Was können wir tun, damit unsere Mutter Erde wieder gesund wird? Wie können wir die entfesselte Technik aufhalten, die Erde und das Leben auf ihr zu vernichten? Hat Mutter Erde uns nicht die Tage gegeben, um zu leben, zu arbeiten und uns des Lebens zu freuen, und die Nächte, um zu ruhen? Gab sie uns nicht die Jahreszeiten, um auf dem Land zu säen und die Früchte zu ernten und uns davon zu ernähren, und gab sie uns nicht Wasser zum Wachsen? Mit ihrer Liebe gibt sie uns Leben, Hoffnung und Träume vom Glück, die uns verbinden, damit wir alle einander lieben.

Leider wurde, seitdem die Technik herrscht, aus unseren Tagen und Nächten eine Mischung von Glück, Traurigkeit, Laster und Zorn. Was wir böse oder gut nennen, was negative Gedanken über Liebe und Haß verbreitet, hier und überall, trübt uns den Blick für das, was jenseits liegt. Die Nationen sprechen von Frieden und Menschenrechten und stapeln dabei Waffen. Die Gier nach Bodenschätzen schafft Spannungen zwischen den Nationen, Vergeltung oder Bündnisse mit reicheren und stärkeren Nationen im Guten wie im Schlechten, auf Gedeih und Verderb. Wen soll man lieben oder hassen? Die Massen der Menschen warten auf einen Haufen zusammengetrieben, verstört und entmutigt und voll Angst auf das, was auf sie zukommt – Friede oder Umsturz.

Es wurde gesagt, daß, wenn der Mensch seine ursprüngliche Bestimmung aus den Augen verliert und sich gegen die universalen Gesetze des Großen Schöpfers aufzulehnen beginnt, er Unglück in vieler Gestalt sehen und erfahren wird. Um einige zu nennen: Kriege, Veränderungen des Klimas, Katastrophen durch Menschenhand und die Natur, und schließlich moralischen Zusammenbruch. Wir zeigen hier auf, was unseren Taten folgt. Wir haben verschiedene religiöse Quellen des Wissens und der Prophezeiungen analysiert und verglichen und sehen, daß dies alles miteinander zusammenhängt. Dies wird durch wissenschaftliche Untersuchungen bestätigt für diejenigen, die spirituelle Überzeugungen nicht gelten lassen. Zum besseren Verständnis wollen wir das spirituelle Wissen der Hopi und Bahanna kurz vergleichen.

Zur Zeit der Schöpfung macht der Große Geist die Erde, damit Leben auf ihr wohne, aber sie war leer und mit Wasser bedeckt. So erschuf Er vier Hilfsgötter, die der Welt eine Ordnung geben sollten. Einen Gott des Blitzes und des Donners, einen Gott des Wissens und der Weisheit, und die Zwillingsgötter Poquonghoya, den Gott der Festigkeit, und Palongwhoya, den Gott des Klanges. Zusammen erschufen sie Leben und Erde. Mit ihren Kräften drehten sie die Erde, worauf das Wasser zu den Polen floß, Land auftauchte, und das Wasser an den Polen zu Eis gefror. Die Zwillingsgötter hatten die Aufgabe, für die richtige Umdrehung der Erde Sorge zu tragen, indem sie sich auf die Wasserschlangen setzten und so die Pole in beständiger Ruhe hielten. Sie dürfen die Schlangen nicht loslassen, nur von Zeit zu Zeit ein wenig, um die

Menschen vor mangelnder Verantwortung und vor Ungehorsam zu warnen, welche zu Naturkatastrophen führen können. Wenn die Menschen das nicht beachten und die Grenzen überschreiten, wird die Wasserschlange losgelassen. Die Wasser werden sich über die Erde ergießen und uns alle verschlingen. Das ist das Ende dieses Zeitalters und der Beginn eines neuen.

Das Folgende sind die Vorstellungen der Bahanna, einige biblische Prophezeiungen mit kurzen Deutungen;

Genesis 1, 9: Und Gott sprach: Es sammle sich das Wasser unter dem Himmel an besondere Orte, daß man das Trockene sehe. Und so geschah es.

Deutung: Durch das Gebot des Großen Schöpfers bildete sich die Erde, und Wasser und Land wurden getrennt.

Jesaja, 45, 18: Denn so spricht der Herr, der den Himmel geschaffen hat – er ist Gott; der die Erde bereitet und gemacht hat – er hat sie gegründet; er hat sie nicht geschaffen, daß sie leer sein soll, sondern sie bereitet, daß man auf ihr wohnen solle: Ich bin der Herr, und sonst keiner mehr.

Deutung: Der Große Schöpfer schuf Himmel, Erde und Leben. Er bevölkerte die Erde mit Lebewesen und gab zu diesem Zweck einen Plan und Gesetze, die nur er allein geben kann.

Matthäus 24, 7-8: Denn es wird sich empören ein Volk wider das andere und ein Königreich wider das andere, und werden sein teure Zeit und Erdbeben hin und her. Das alles aber ist der Anfang der Wehen.

Deutung: Ich werde euch für eure Torheit ohrfeigen, weil ihr um das zankt, was euch nicht gehört. Ich werde euch strafen und läutern durch viel Leid und Schmerz.

Hiob 38, 8-10: Wer hat das Meer mit Toren verschlossen, als es herausbrach wie aus dem Mutterschoß, als ich es mit Wolken kleidete und in Dunkel einwickelte wie in Windeln, als ich ihm seine Grenze bestimmte mit meinem Damm und setzte ihm Riegel und Tore.

Deutung: Der Große Schöpfer sagte: „Ich bin für den Tag gerüstet, wo der Mensch seine Bestimmung vergißt und meine Gesetze übertritt. Ich habe das Wasser in Form von Eis und Schnee zurückgehalten, um es als meine Waffe zur Strafe zu gebrauchen, wenn die Menschheit nicht mehr unter Kontrolle zu halten ist. Das ist der Tag des Gerichts."

Daniel 9, 26: ... aber dann kommt das Ende durch eine Flut, und bis zum Ende wird es Krieg geben und Verwüstung, die längst beschlossen ist.

Deutung: Ihr verdient nicht, auf diesem Land zu leben, das ich für euch erschaffen habe. Ich will die Erde erneuern.

Durch welche Zeichen kündigt sich das Ende dieses Zeitalters an? Diese Frage ist auf den Lippen vieler. Leider ist die Enthüllung dieser Zeichen nicht erfreulich. Wir wenden uns jetzt den Studien der Wissenschaftler, der Geologen und anderer Gruppen zu. Ihre Berichte sagen, daß die Erde sich erwärmt, wodurch Hochwasser im Süden und Niedrigwasser im Norden entsteht. Man berichtet von absinkendem Land und verschwindenden Inseln an der Südspitze Südamerikas und anderswo. Man glaubt, daß Klimaveränderungen die Ursache von Dürre oder Hochwasser in verschiedenen Teilen der Erde sein könnten. Kälte- und Hitzeperioden erscheinen in neuer Form, so daß auch die Vegetation davon betroffen wird. Mais wächst jetzt in Kanada viel weiter nördlich. Es könnte die Zeit kommen, wo man dort Zitrusfrüchte anpflanzen kann.

Neue Insekten, Vierfüßler und Vögel erscheinen dort, während die bisher heimische Tierwelt verschwindet, wahrscheinlich auf der Suche nach ihrem gewohnten Lebensraum. Handelte es sich hier um Einzelfälle, dann gäbe es vielleicht eine Erklärung, aber wenn jede Phase des Lebens, Meer, Land und Luft, die gleiche Veränderung erfahren, dann geht etwas vor. Wissenschaftler glauben, daß die Erde ihr Schwergewicht nach Süden verlagert, denn das schmilzende Eis verringert das Gewicht am Nordpol. Ihr Bericht sagt, daß das Schmelzen des Eises sehr beunruhigend ist, denn die Erdtemperatur steigt beständig durch die Luftverschmutzung, verursacht durch Milliarden Tonnen Kohlendioxid von Verbrennungsmotoren und der Kohle, die in Fabriken und Haushalten verbrannt wird. Sie nennen das den Treibhauseffekt, der mehr Hitze in der Erdatmosphäre gefangenhält, im Durchschnitt 1-3 Grad im Jahr. Dies wiederum kann große Teile der Antarktis zum Schmelzen bringen, wodurch der Ozean um 55 Meter oder mehr ansteigt und große Gebiete überschwemmt. Das geschieht, wenn nichts getan wird, um diese Erhitzung abzubauen oder in Grenzen zu halten. Eisblöcke, die einige tausend Tonnen schwer sind, und die sich in Jahrtausenden gebildet haben, werden sich lösen und ins Meer schwimmen, wodurch der Meeresspiegel von neuem ansteigen wird. Wissenschaftler sagen, daß dies in drei oder vier Jahren geschehen könne.

Doch den Technologen ist das noch zu langsam. Das Zünden einer mächtigen Atombombe würde das Schmelzen des Eises beschleunigen. Sie sagen, man könne mit dieser Art von Krieg die Kommunisten besiegen oder umgekehrt. Aber keines Menschen Macht kann die drohende Flut besiegen. Wenn Gott die Wassermassen entfesselt, kann er allein sie wieder aufhalten.

Gibt es einen Weg, diesen katastrophalen Aufruhr auf der Erde zu verhindern? Werden wir alles als unsinnig abtun und weiterleben wie bisher? Es liegt an uns, aber wir sollten nicht die Zukunft unserer Kinder und Kindeskinder vergessen. Wir mögen jetzt hilflos sein gegen die mächtigen Technologen und die, die höheren Orts alles entscheiden, doch es muß einen Weg geben.

Techqua Ikachi, Ausgabe Nr. 17

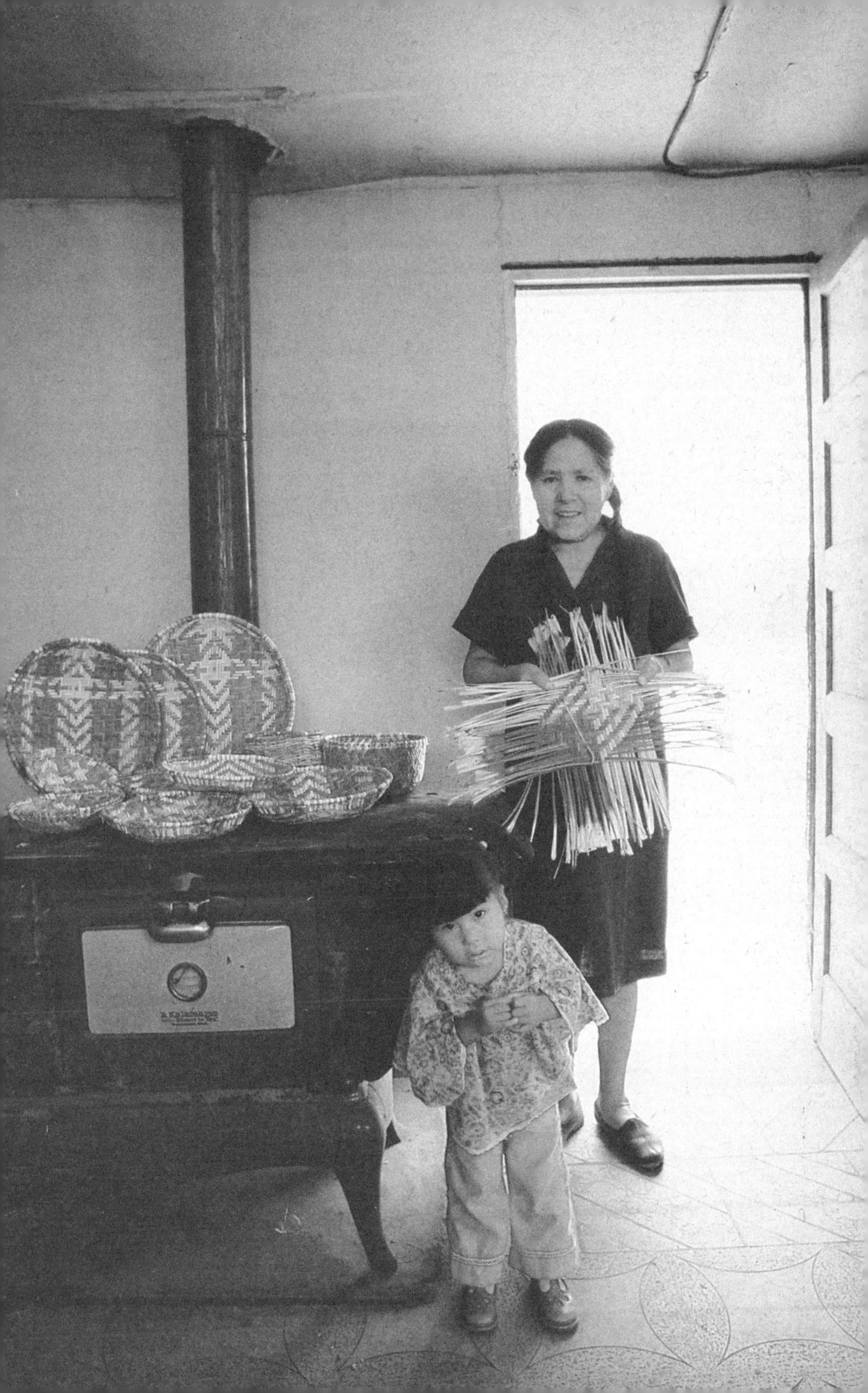

Die Kenntnisse der Bahanna

Die Bahanna haben große Kenntnisse, sie bauen gewaltige Maschinen, sie bohren Löcher in unsere Mutter Erde und bewegen Berge. Sie bauen mächtige Waffen und fliegen in der Luft wie Vögel, um sich herum Furcht und Schrecken verbreitend.

Wir sind nicht der Meinung, daß sie an ihren Gott, ihre Priester und ihre Bibel glauben. Genau genommen haben sie gar keine Religion. Wir brauchen das alles nicht. Wir sind zufrieden mit der Ordnung unseres Großen Schöpfers, dessen Licht uns nicht blind macht und in die Irre führt. Sein Licht erhellt unseren Weg, so daß wir seine große Weisheit erkennen und wie rechte Menschen leben können. Während die Bahanna mit ihren Erfindungen unsere Welt zerstören, sind sie so sehr verblendet, daß sie ihren eigenen Ursprung nicht mehr kennen. Wir machen uns über die Bahanna nicht lustig, wir erinnern nur an ihre Vergangenheit und den furchtbaren Schaden, den sie in den Gemütern von gerechten Menschen auf diesem und anderem Land angerichtet haben, und den sie mit allen ihren Reichtümern nicht mehr gutmachen können. Wir brauchen das alles nicht. Vielleicht ist es noch Zeit, auf diesem Land nach den Gesetzen unseres Großen Geistes und Großen Schöpfers weiterzuleben. Das ist es, wonach wir streben. Wir sind über unser heutiges Leben tieftraurig, es führt uns bergab auf dem Weg, den ihr uns gabt, die Flut steigt, und die Zeit, wo sie uns alle verschlingt, mag nicht mehr fern sein.

Die Zeit wird kommen, wo von der Erde ein mystischer Nebel aufsteigt, der die Köpfe und Herzen aller Menschen verdunkelt. Weisheit und Einsicht werden sie nicht mehr leiten, die Großen Gesetze des Schöpfers werden aus ihren Bewußtsein schwinden. Die Kinder werden haltlos und aufsässig werden, Unmoral und der rücksichtslose Krieg der Habgier werden alles beherrschen.

Nur wenige werden ihrem Glauben treu bleiben, aber ihre Versuche, das Dunkel in Licht zu verwandeln, werden vergeblich sein. Im Nebel der Torheit wird es eine plötzliche Eruption geben, die in anderen Ländern stattfindet und über die ganze Erde kriecht. Die Menschen werden einander in Raserei vernichten. Dieses Zeitalter wird mit dem Kürbis voll Asche enden, der heller als die Sonne glüht. Die Erde wird sich viermal überschlagen, und die Menschheit wird in der tiefsten Dunkelheit enden, wo sie für immer auf allen Vieren kriecht. Dann werden die Geister unserer Urahnen wiederkommen und das Land zurückfordern. Sie werden den primitiven Menschen verspotten, der das Land nicht mehr verdient und dessen unwürdig ist. Nur die werden überleben, die gehorsam den Gesetzen des Großen Schöpfers gefolgt sind. Wenn es der Schöpfer will, wird es durch die wahre Schwester und den wahren Bruder eine Wiedergeburt geben, damit die Erde und der Kreislauf ihres Lebens erneuert werden. Techqua Ikachi, Ausgabe Nr. 16

‹Hopi-Frau aus Shungopovi

Die drei Nationen und ihre heilige Aufgabe

"Wir warten und suchen nach unserem weißen Bruder, der die Steintafeln zu einem fernen Land getragen hat und nun zurückkommt. Unterhalb von Oraibi ist schon ein Schrein eingerichtet worden, wo ein Teil von ihnen aufbewahrt wird, und wo auch der andere Teil sein wird, wenn unser Bruder zurückkommt. Es wird ein Losungswort geben, eine Erklärung der heiligen Steintafeln und ein Erkennen, das der Welt beweisen wird, daß wir Brüder sind. Es wird jener weiße Bruder sein, der sagen wird: 'Was haben diese Menschen euch angetan?' Drei Läuterern wird die Kraft verliehen werden, ihn zu jener Zeit zu uns zu bringen. Wir stehen kurz vor diesem Ereignis.

Nach vielen Jahren, in denen wir versucht haben, herauszufinden, wer am Anfang der Zeit vom Großen Geist beauftragt worden war, die anderen Menschen zu beobachten, sie zu warnen und sie schließlich so zu beeinflussen, daß dieses Leben nicht vollständig zerstört wird, zeigte mir der Älteste, der jene Versammlung 1948 einberief, die Kürbisrassel, die wir immer noch in unserer heiligen Zeremonie gebrauchen. Wenn man sie einmal schüttelt, wird gesungen und getanzt: wenn man sie wieder schüttelt, wird der Tanz unterbrochen. Die Kürbisrassel mit dem aufgezeichneten Symbol bedeutet die Welt. Von allen Rassen der Welt wird eine das Symbol des Hakenkreuzes und eine das Symbol der Sonne hochhalten. Diesen beiden Nationen wurde die große, heilige Aufgabe in dieser Welt gegeben, die Menschen anderer Nationen zu beobachten. Sie werden viele Dinge erfinden und sehr mächtig und stark werden. Sie werden sich zuerst läutern, indem sie ihre Pflicht, andere zu warnen, erfüllen. Sie werden sich beinahe selbst zerstören. Aber von ihnen wird eine neue Generation aufstehen, viel stärker und mit einer großen Lebensaufgabe. Bald wird eine dritte Nation aufstehen. 'ein Mann mit einer roten Mütze, einem roten Hut oder einem roten Mantel'. Er wird viele Menschen mit sich haben, stark werden, viele Erfindungen machen und sehr mächtig sein. Er gehört keiner Religion an außer seiner eigenen. Sie werden herausfinden, daß die geistlichen Führer dieses Landes zerstört zu werden drohen, und daß sie mißhandelt, geplündert und ohne irgendeinen Grund getötet werden. Ein unsichtbares Wesen wird ihnen die folgende Botschaft bringen: 'Eure Brüder werden bald vernichtet werden. Ihr solltet ihnen helfen.'

Einige von Euch nennen diese Wesen fliegende Untertassen. Sie beobachten uns jeden Tag, um zu sehen, wie weit unsere Geistlichen schon vernichtet sind, die dieses Leben für den Großen Geist und alle Kinder - und nicht für irgendeine Regierung – in den Händen halten.

Die Zeit der Läuterung rückt näher, denn um uns herum ist das gesamte Land der Hopi bis hin zum geistlichen Zentrum mit Gewalt oder durch Bestechung enteignet worden. Man sagt den Hopi: 'Ich habe euch euer Land vor vielen Jahren genommen, doch ich habe euch nie dafür bezahlt. Ihr könnt mich verklagen. Dann werde ich zahlen.

Der Große Geist sagt, diese Drei werden aus dem Osten herbeieilen und das Gebiet in einem Tag einnehmen. Aber wenn sie ihre Aufgabe nicht erfüllen, wird einer da sein, der sich langsam von Westen her nähert. Wie Millionen von Ameisen werden sie die westliche Erde bevölkern. Wenn das geschieht, dann geht nicht auf die Haudächer, um sie zu beobachten, denn sie werden keine Gnade walten lassen. Sie werden sehr grausam sein und alles niederschlagen.

Wenn keiner von diesen seine Aufgabe in diesem Leben erfüllt, werden die Führer der Hopi an den vier Ecken der Erde ihre Gebetsfedern niederlegen und den Großen Geist anrufen. Er wird die Menschen der Erde vom Blitz treffen lassen. Nur die Rechtschaffenen werden wieder lebendig werden. Dann, wenn alle Menschen sich vom Großen Geist abgewandt haben, wird er die Erde wieder mit den großen Wassern bedecken. Wir Menschen werden die Möglichkeit des ewigen Lebens verloren haben. Sie sagen, daß danach vielleicht die Ameisen die Erde bewohnen werden.

Aber wenn die Drei ihre heilige Aufgabe erfüllen, und wenn sich ein oder zwei oder drei Hopi bis zum Ende fest an die alten Lehren oder Unterweisungen halten, dann wird der Große Geist, Massau'u, vor allen erscheinen, die gerettet werden, und die Drei werden einen neuen Lebensweg aufzeigen, der zum ewigen Leben führt. Die Erde wird wieder werden, wie sie zu Anfang war. Blumen werden wieder blühen, die wilden Tiere werden zurückkommen, und es wird reichlich Nahrung für alle geben. Die Geretteten werden alles gerecht untereinander teilen. Sie werden alle den Großen Geist erkennen. Es mag sein, daß sie untereinander heiraten und eine Sprache sprechen. Eine neue Religion wird begründet werden, wenn die Menschen es wollen.

Dies ist die Prophezeiung des Großen Geistes. Wir können sie nicht ändern, wir können nichts hinzufügen, wir können sie nicht aufhalten. Wir sehen uns um. Wer ist unser weißer Bruder, der uns nicht belügen und betrügen und plündern wird, sondern der wirklich kommt, um uns zu helfen, so daß wir als Brüder und Schwestern zusammenkommen und ein neues Leben und ein neues Zeitalter beginnen können? Ich hoffe, daß einige von Euch verstehen werden, und daß einige von Euch etwas tun werden, damit unser geistliches Zentrum nicht völlig zerstört wird.

Thomas Banyacya
Aus: East West Journal,
15. Dezember 1975

Die Sonne, der Vater aller Dinge

"Ich gehöre zum Sonnenklan, dem Vater aller Menschen auf der Erde. Ich wurde geheißen nicht nachzugeben, denn ich bin der Erste. Die Sonne ist der Vater aller lebenden Dinge von der ersten Schöpfung an. Und wenn es mit mir, dem Sonnenklan, zu Ende ist, dann wird kein lebendes Wesen auf der Erde übrigbleiben. Daher bin ich standhaft geblieben. Ich hoffe, Ihr werdet verstehen, was ich Euch zu sagen versuche.

Ich bin die Sonne, der Vater. Durch meine Wärme werden alle Dinge geschaffen. Ihr seid meine Kinder, und ich bin sehr besorgt um Euch. Ich halte Euch, um Euch vor Unheil zu schützen, doch mein Herz ist traurig, wenn es sieht, wie Ihr meine schützenden Arme verlaßt und Euch selbst vernichtet. Vom Atem Eurer Mutter, der Erde, erhaltet Ihr Eure Nahrung, doch sie ist zu krank, um Euch reines Essen zu geben. Was wird geschehen? Werdet Ihr Eures Vaters Herz erleichtern? Werdet Ihr die Krankheiten Eurer Mutter heilen? Oder werdet Ihr Euch von uns lossagen, so daß wir traurig zurückbleibend dahinschwinden? Ich möchte nicht, daß diese Welt zerstört wird. Wenn diese Welt gerettet wird, werdet Ihr alle gerettet werden, und alle, die fest geblieben sind, werden diesen Plan mit uns vollenden, so daß wir alle in Frieden glücklich sein werden."

Dan Katchongva

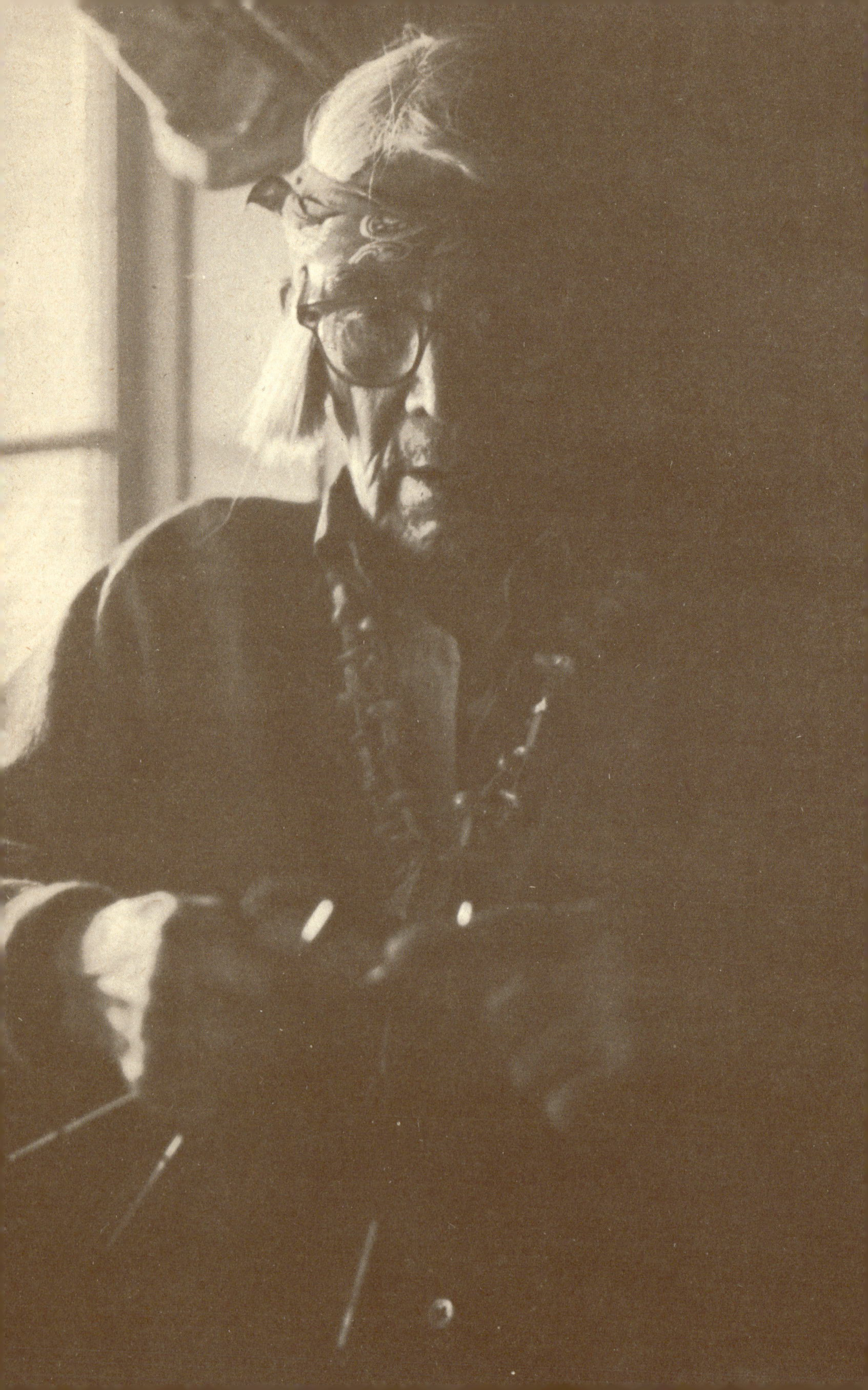

Einige weiterführende Gedanken...

Manche derer, die die Erkenntnisse von Joan Price, Ivan Tolstoy und Richard Clemmer für bedenkenswert halten, werden doch die Warnungen und Prophezeiungen der Hopi sehr viel zurückhaltender beurteilen. Vor allem wissenschaftlich geschulte Leser sind vielleicht geneigt, die Aussagen der Hopi unter Berufung auf eine 'magisch-mythische', 'prälogische' oder 'primärprozeßhafte' Denkweise als unwissenschaftlich oder nicht nachprüfbar abzuweisen. Meine persönlichen Erfahrungen mit indianischen Priestern lassen mir solche Urteile als ungerechtfertigt erscheinen. Ein mythisches Weltbild steht in keiner Weise in Widerspruch zu logischem Denken, und die Vorstellung, daß Eingeborene nicht genau wüßten, wovon sie sprechen, oder unter dem Einfluß magischen Wunschdenkens stehen, beruht auf irrigen und unzulässigen Erweiterungen europäischer psychologischer Theorien. Sie müssen jedem, der Eingeborene persönlich kennt, als grotesk erscheinen.

Wir wissen auch zu wenig über das Wesen dessen, was wir 'Zeit' nennen, um prophetische Voraussagen als haltlos abtun zu können. Michael Talbot hat in seinem Buch 'Mysticism and the New Physics' (1) einige Erkenntnisse über die Beziehungen von Zeit und Bewußtsein dargelegt, die sich aus der modernen Physik, besonders der Quantenphysik, ergeben. Diese Erkenntnisse lassen die Möglichkeit vorausschauender Aussagen, die nicht auf Extrapolation beruhen, ohne weiteres zu.

Wem Aussagen der Hopi als nicht nachprüfbar und damit unwissenschaftlich erscheinen, sollte meiner Ansicht nach zweierlei beachten.

Erstens vermag Wissenschaft immer nur die Richtigkeit einer Aussage festzustellen, nicht aber ihre Wahrheit. Werner Heisenberg selbst, der als Begründer der Quantenphysik zu den Grenzen der Wissenschaft vorstieß, hat in seinem "Philosophie-Manuskript" auf diese Unterscheidung hingewiesen:

"Dabei kann die Abbildung von Sachverhalten in der Sprache in zwei verschiedenen Weisen erfolgen, die man etwa als 'statisch' und 'dynamisch' unterscheiden, wenn auch nicht scharf trennen kann. Die Sprache kann einerseits versuchen, durch eine immer weiter gehende Verschärfung der Begriffe zu einer immer genaueren Abbildung des gleichen gemeinten Sachverhalts zu kommen...
Dabei kann schließlich ein völlig starres Schema von Verknüpfungsregeln zwischen den Begriffen und von Begriffen zu Erfahrungsinhalten gebildet werden, so daß von jedem Satz, der dieses Begriffssystem benützt, eindeutig entschieden werden kann, ob er 'richtig' oder 'falsch' ist. Dabei wird freilich die Frage, wie genau dieses Begriffssystem den gemeinten Teil der Wirklichkeit abbildet, ausschließlich durch den Erfolg entschieden. Ein vollständiges und exaktes Abbild der Wirklichkeit kann nie erreicht werden...
Diese Verschärfung der Sprache, auf Grund derer dann von jedem

Satz entschieden werden kann, ob er 'richtig' oder 'falsch' ist, geht freilich in vielen Fällen Hand in Hand mit einer Verarmung der in ihr vorkommenden Begriffe...
Der 'statischen' kann nun eine andere Art der Darstellung der Wirklichkeit gegenübergestellt werden, die eben durch das unendlich vielfache Bezogensein der Worte erst ermöglicht wird, und die man als 'dynamisch' bezeichnen kann...
An einen Gedanken gliedern sich durch die vielfachen Bezüge neue Gedanken an, aus diesen entstehen wieder neue, bis schließlich durch die inhaltliche Fülle des von den Gedanken durchmessenen Raumes nachträglich ein getreues Abbild der Wirklichkeit entsteht. Hier kann ein Satz im allgemeinen nicht 'richtig' oder 'falsch' sein. Aber man kann einen Satz, der fruchtbar zu einer Fülle weiterer Gedanken Anlaß gibt, als 'wahr' bezeichnen. Das Gegenteil eines 'richtigen' Satzes ist ein 'falscher' Satz. Das Gegenteil eines 'wahren' Satzes wird aber häufig wieder ein 'wahrer' Satz sein..." (2).

Beim Mythos haben wir sicherlich eine 'dynamische' Abbildung der Wirklichkeit vor uns. Er erscheint als Wahrheit, die gleichsam als Matrix oder Urbild (Archetypus) von Lebensvorgängen den verschiedenen Ebenen der menschlichen Entwicklung zugrundeliegt.

Mythos und auf ihm basierende Prophezeiungen werden aber — zweitens — von der Wissenschaft auch aus dem Grunde angezweifelt, weil diese genau diejenigen Methoden ausschließt, mittels derer die Wahrheit des Mythos erkannt werden kann: die mystischen Praktiken. Viele Wissenschaftler sind dieser Einsicht ausgewichen, indem sie anhand ihrer eigenen psychologischen oder soziologischen Theorien wiederum nur die Richtigkeit dieser oder jener mythologischen Überlieferung zu beweisen versucht haben. Die mystische Praxis als Methode zur Erkenntnis der — durch die Mythen ausgedrückten — Wahrheit wird bis heute weitestgehend abgelehnt.

Die mangelnde Bereitschaft zu einem adäquaten, das heißt von den Erklärungsmodellen der Überlieferungsträger ausgehenden Verständnis von Mythos und Mystik, sowie das Fehlen einer lebendigen mystischen Tradition haben schwerwiegende Folgen gehabt. Sie haben dazu führen können, daß auf Irrationalismus und Emotionen aufbauende politische Strömungen den Mythos immer wieder haben mißbrauchen können. Der Rückgriff auf das Germanentum im Dritten Reich liefert dafür ein beredtes Beispiel. Heute sind wir Zeugen, wie in den USA und im Nahen Osten sogenannte fundamentalistische Bewegungen (hinter denen sich dem Neofaschismus nahestehende Kreise verbergen) wiederum ihr verantwortungsloses Spiel mit den von einer allzu seelenlosen Wissenschaft verschütteten religiösen Gefühlen und Bedürfnissen der Menschen treiben können.

Wissenschaft, moderne Philosophie und Theologie haben dem nichts entgegenzusetzen, weil sie es versäumt haben, diese Existenzbereiche zu integrieren oder überhaupt anzuerkennen. In den säkularisierten Gesellschaften verloren der Mythos und die auf ihm begründete Religion durch das Fehlen der Mystik mit ihrer Erfahrbarkeit auch ihre Wahrheit. So konnte die Religion, auch als Weltbild durch die Wissenschaft ersetzt, zur Ideologie entarten und als Opium des Volkes mißbraucht werden. Die von einem ethischen Weltbild entblößte Vernunft aber findet sich nun in der Situation, zur Rechtfertigung sowohl der moralischsten als auch der unmoralischsten Handlungen herangezogen zu werden.

Mißbrauch des Mythos ist dagegen bei eingeborenen Völkern dort nicht möglich, wo seine Wahrheit alltäglich durch spirituelle Praxis erfahren wird. Wo noch eine genügend große Anzahl von Menschen diese Wahrheit erfährt, ist sie zugleich eine gesellschaftliche Realität, die die kulturelle Integrität und damit das Überleben eines Volkes sichert.

Aus diesen Gründen ist die Religion bei den Hopi und vielen anderen eingeborenen Völkern die stärkste Stütze ihres Befreiungskampfes. Neben ihr spielt der materielle Aspekt, die Ökonomie, nur eine untergeordnete Rolle. Unterdessen sind aber überall dort, wo es eine spirituelle oder mystische Praxis als gesellschaftliche Erscheinung nicht mehr gibt, die Wissenschaft und der von ihr postulierte 'Fortschritt', die Maximierung materieller Produktion und Bereicherung, zum Opium des Volkes geworden und haben große Teile der Menschheit überall auf der Welt in eine im wörtlichen Sinne besinnungslose Aktivität gestürzt. Ihr hervorstechendstes Merkmal ist eine ungeheure Beschleunigung der Stoffwechselprozesse auf allen Ebenen des Lebens und die mit ihr verbundene zur Raserei gesteigerte Umsetzung von Energie in all ihren Erscheinungsformen. Kurt Eissler (3) hat auf den aggressiven und narzißtischen Charakter dieser Entwicklung und die daraus sich ergebenden Gefahren hingewiesen.

Herkömmliche bürgerliche oder marxistische Theorien können diese Verhältnisse nicht erklären. Es wird daher nicht allein ausreichen, die von Marx so präzise formulierten Gesetze über die Kapitalverwertung zu druchbrechen, deren Folgen uns offensichtlich in die Katstrophe stürzen. Wir werden auch die diesen Gesetzen zugrundeliegenden Begriffe von Arbeit, Produktivität und Rationalität überwinden müssen, die der Menschheit bis vor wenigen hundert Jahren und eingeborenen Völkern bis heute fremd sind. Wenn wir also — mit einem Wort des Anthropologen Lawrence Krader — Mehrwert durch mehr Wert ersetzen wollen, dann wird dies nur auf der Grundlage einer mythischen Weltsicht und der ihr zugrundeliegenden spirituellen Erfahrung gelingen, wie sie eingeborene Völker besitzen. Mystische und intellektuelle Erkenntnis können und müssen sich zu einem *wissenschaftlichen Mystizismus* (nicht einer mystizistischen Wissenschaft!) ergänzen. Es ist meine Überzeugung, daß uns nur eine solche ganzheitliche Erkenntnis/Erfahrung einen menschlichen Fortschritt ermöglichen und zugleich den verlorenen Zauber der Welt wieder vermitteln wird.

Es gibt aber noch einige andere Dinge, die die mystische Tätigkeit als für unsere Zukunft außerordentlich bedeutsam erscheinen lassen.

Joan Price weist auf den direkten Zusammenhang zwischen physikalischer und psychischer Energie hin, wobei dem Phänomen der Ionisierung der Atmosphäre eine besondere Rolle zukommt. Die Ionisierungsverhältnisse in der Atmosphäre wirken sich offenbar direkt nicht nur auf die physische, sondern auch auf die psychische Gesundheit des Menschen aus, indem sie über ekeltromagnetische Felder bestimmte Gehirnfunktionen beeinflussen. Aus dieser Feststellung läßt sich der Schluß ziehen, daß die Qualität des menschlichen Bewußtseins von der der Erdatmosphäre abhängt. Diese Annahme wird unterstützt durch die Ansichten des amerikanischen Psychologen Oliver Reiser. Reiser lehnt die 'innerhalb-des-Schädels'-Theorie ab, die Bewußtsein lediglich als eine psychische Qualität des Gehirns ansieht. Stattdessen versteht er Bewußtsein als eine Resonanzbeziehung zwischen dem menschlichen Gehirn und bestimmten Schichten der Erdatmosphäre. Zur Unterstützung seiner Theorie führt Reiser ein von Prescott Sleeper entwickeltes Modell der 'pulsierenden Ionosphäre' an, das möglicherweise derartige Interaktionen erklärt.

"Mr. H. Prescott Sleeper Jr. macht dort aufmerksam auf die Möglichkeit, daß der Alpharhythmus (oder ruhende Gehirn-Schwingung) mit einer Frequenz von 8 bis 10 Hertz äußerlich durch die Resonanz kreisförmiger Frequenz der Ionosphäre kontrolliert wird, die es den Radiowellen mit einer Wellenlänge von etwa 25.000 Meilen ermöglicht, in diesem Intervall 8 mal die Erde zu umkreisen (d.h. die gleiche Anzahl wie die der Gehirnwellen-Frequenz). Wir stellten fest, daß diese erstaunliche Numerologie durch Dr. D.E. Beischers Forschung bestätigt wird, die zeigt, daß sich bei fehlendem Erdmagnetfeld (das durch eine geeignete Abschirmvorrichtung ausgeschaltet wurde), die Flackerfrequenzschwelle und damit auch die Alpha-Rhythmus-Frequenz innerhalb von zwei Wochen um 40 % verschiebt" (4).

Es ist bekannt, daß der Alpha-Rhythmus der Gehirnwellen einen Ruhezustand anzeigt, der normalerweise beim Schließen der Augen eintritt und vor allem auch in Meditationszuständen durchgehend auftaucht.

Sollten die Annahmen von Joan Price und Oliver Reiser zutreffen, dann könnte eine dauerhafte Störung der energetischen Verhältnisse in der Atmosphäre verhindern, daß der Mensch bestimmte psychische und Bewußtseinslagen überhaupt erreichen kann. Dies wäre eine dringende Veranlassung, in weit größerem Maße als bisher auch natürliche Gegebenheiten als Ursache sozialer Spannungen und Krisen zu untersuchen.

Umgekehrt drängt sich die Annahme auf, daß die Hopi sich die starken Ionenströme auf dem Colorado Plateau für ihre mystischen Tätigkeiten zunutze machen, um besondere psychische Zustände, die mit höherem Bewußtsein verbunden sind, zu erlangen. Auch für diese Annahme findet sich bei Reiser eine bemerkenswerte Unterstützung, indem er auf die Bedeutung hin-

weist, die die Juden ihrem Heiligen Land zumessen. Reiser faßt Blodwen Davies' Wiedergabe der Forschungen Eduard Schurés zusammen:
"Nach Miss Davies' Ansicht... schrieb Schuré über den Kampf zwischen Wissenschaft und Glauben, zwischen dem Ewigen und dem Augenblicklichen usw. Er nennt diese Polarität den 'Christus-Strom' und den 'Luzifer-Strom'. Darüber spricht er im Sinne von Strahlung — über die beiden Seelenströme, die schon immer die Erde 'gleich zwei sich bewegenden Elektrizitätsschlangen' umhüllt haben. Schuré sagt, daß Moses einen dieser Ströme *Horeb* nannte, eine nach innen gerichtete Kraft, die ihr Zentrum in der Erde hat und alles zurück zur Erde zieht, so daß sie einer Art Fegefeuer gleicht.
Der ander Strom wurde von Moses *Iona* genannt, die nach außen gehende Kraft der Ausdehnung, die mit dem ganzen Kosmos verbunden ist...
Schuré sagt, daß Eingeweihte aller Zeitalter wußten, wie man in den Strom von *Iona* eintritt... Die Auferstehung Christi erschloß den Menschen den Iona-Bereich. Er (Schuré) sagt, daß die ganze Bedeutung der christlichen Bewegung darin lag, den Weg spiritueller Auferstehung in den zentrifugalen Strom zu lehren...
Als ich diese suchenden, aber dennoch durchdringenden Gedanken meinem Freund Dr. Arthur A. Moor mitteilte, schrieb er mir:
'*Horeb*... bezieht sich auf den ganzen Gebirgsbereich, von dem der Sinai der bedeutendste Berg ist, und auf die Wüstenregion im Umkreis...
Iona erinnert an die Ionen der modernen Physik oder die Ionosphäre, wie Sie vorschlagen; man fühlt sich auch an das griechische Wort AION (mit Omega geschrieben) erinnert, das sich auf ein Äon bezieht oder auf das Ewige, Immerwährende. AIO als Verbwurzel kann 1. erkennen, wahrnehmen und 2. atmen oder ausatmen bedeuten. Dies erinnert an Emanation und sich entwickelndes Bewußtsein...' " (5).

Die Parallelen zum Colorado Plateau sind offenkundig. Die "Elektrizitätsschlangen" finden ihre Entsprechung in den beiden Wasserschlangen der Hopi, die die Energien der Erde kontrollieren. Auch die Bedeutung der heiligen Berge als Zentren der Energieströme wird bestätigt, und die Ströme Horeb und Iona erinnern an die hoch in die Atmosphäre aufragenden säulenförmigen Ionenströme, die Joan Price erwähnt. Auch der Zusammenhang von Atmen, Ionisierung und Bewußtsein findet sich wieder.

Wenn, wie Schuré sagt, das Eintreten in den Ionenstrom zu den höheren Bewußtseinszuständen führt, könnte dieser Vorgang nicht auch der 'Ineinssetzung' (samadhi) entsprechen, durch die im Yoga das 'kosmische Bewußtsein' erreicht wird? Und könnten die schweren sozialen Krisen im Nahen Osten unter anderem auch von tiefgreifenden Störungen dortiger Energieströme, zum Beispiel durch die unkontrollierte Förderung von Erdöl, begünstigt werden?

Wir sind davon ausgegangen, daß die Hopi sich offensichtich die besondere Intensität des Energieaustausches auf dem Colorado Plateau für ihre mystischen Aktivitäten zunutze machen, um höhere Bewußtseinszustände zu erreichen. Nun ist bekannt, daß die Hopi aber durch ihre Zeremonien (z.B. die Schlangenzeremonie) auch regelmäßig Gewitter zu erzeugen vermögen, denen jeweils ein Regenschauer folgt. Nach allem bietet sich zur Erklärung dieses Phänomens die Annahme an, daß die Hopi unter Ausnutzung vorhandener Energieströme durch kollektive psychische Aktivität starke Energiefelder und -spannungen aufzubauen in der Lage sind. Das heißt aber, daß sie durch ihre mystischen Tätigkeiten selbst zum Aufbau und zur Aufrechterhaltung natürlicher Energieströme beitragen können.

Wenn dem so sein sollte, dann müßten wir folgern, daß die Mystiker und eingeborenen Zeremonialgemeinschaften aller Kontinente tatsächlich die Welt in Balance halten und die 'Große Ordnung des Himmels' bewahren. Dies würde auch jeden von uns vor die Frage stellen, wie wir zur Aufrechterhaltung dieser natürlichen Ordnung beitragen können. Nicht alle werden den Weg der Mystik für sich akzeptieren. Doch wir könnten uns genötigt sehen, die mystische Praxis, die so sehr der Läuterung des Einzelnen zu dienen scheint, als ein im besten Sinne soziales Handeln zu verstehen, indem die Mystiker durch ihr unbeirrbares Wirken letztlich die natürlichen Voraussetzungen für bestimmte Qualitäten des Geistigen unter den Bedingungen menschlicher Existenz bewahren helfen.

Stephan Dömpke

1. Michael Talbot, "Mysticism and the New Physics", New York 1981
2. Werner Heisenberg, "Was ist eigentlich Wirklichkeit?", Süddeutsche Zeitung, München, 27. Dezember 1981
3. Kurt R. Eissler, "Der Sündenfall des Menschen", in: ders., "Todestrieb, Ambivalenz, Narzißmus", München 1980
4. Oliver L. Reiser, "Kosmischer Humanismus und Welteinheit", Frankfurt/Main 1978, S. 69
5. Reiser, op. cit., S. 186 ff.

Internationale Öffentlichkeit ist die Voraussetzung für eine Beeinflussung der amerikanischen Energiepolitik. Bitte, benützen Sie rechts stehenden Brief als Protestschreiben und senden Sie Kopien an die auf S. 167 (unter der deutschen Übersetzung) angegebenen Adressen!

Dear

The purpose of this letter is to express my serious concern over the disruption and destruction of Nativ American Sacred Lands in both the Colorado Plateau (where Colorado, Utah, Arizona and New Mexico join) and the Black Hills (South Dakota).

The uranium in these areas is currently being mined and milled, or is slated for these activities in the near future. The aquifers are being seriously threatened by both depletion and contamination. These activities are affecting the extremely high concentrations of lightning activity in these areas. Lightning has always, in the ancient traditions, been recognized as a symbol of spiritual inspiration and instruction.

According to both traditional Native American knowledge and prophecy and to the current theories of the global atmospheric electric system developed at the National Center for Atmospheric Research these activities can be expected to lead to regional and global changes and disturbance of weather patterns. These Holy Lands, which ought to be left alone in reverence, are instead slated to be National Sacrifice Areas, to be irreverently dug up and destroyed.

I demand and *expect* that these activities of disturbance to the earth be investigated and re-evaluated under the National Environmental Protection Act. I demand, that, according to the American Indian Religious Freedom Act, these areas be respected and left alone as Holy Lands.

Sincerely,

Briefvorschlag

Sehr geehrte(r)

Ich möchte mit diesem Brief meine ernste Besorgnis über die Verwüstung und Zerstörung Heiliger Länder eingeborener Amerikaner im Gebiet des Colorado Plateau (wo Colorado, Utah, Arizona und New Mexico zusammentreffen) und in den Black Hills (South Dakota) zum Ausdruck bringen.

Das in diesen Gebieten vorkommende Uran wird zur Zeit abgebaut und verarbeitet oder ist in naher Zukunft dafür vorgesehen. Die Grundwasserbekken werden sowohl durch Absenkung als auch durch Verseuchung ernstlich bedroht. Diese Aktivitäten beeinflussen die äußerst hohen Konzentrationen von Blitzen in diesen Gebieten. Blitze sind in alten Traditionen immer als Symbole spiritueller Inspiration und Unterweisung angesehen worden.

Sowohl nach dem Wissen und den Prophezeiungen traditioneller eingeborener Amerikaner als auch nach anerkannten Theorien des globalen Systems atmosphärischer Elektrizität, die vom Nationalen Zentrum für Atmosphärenforschung entwickelt wurden, kann erwartet werden, daß diese Aktivitäten zu regionalen und globalen Veränderungen und Störungen von charakteristischen Wetterabläufen führen werden. Diese Heiligen Länder, welche ehrfürchtig in Ruhe gelassen werden sollten, werden stattdessen zu nationalen Opfergebieten bestimmt, um rücksichtslos aufgegraben und zerstört zu werden.

Ich verlange und *erwarte*, daß diese Aktivitäten der Zerstörung der Erde nach dem nationalen Gesetz zum Schutz der Umwelt untersucht und neu beurteilt werden. Ich fordere, daß diese Gebiete nach dem Gesetz über die Religionsfreiheit amerikanischer Indianer als Heilige Länder respektiert und in Ruhe gelassen werden.

Mit freundlichen Grüßen

cc:
- Rep. Patricia Schroeder, 1767 High St., Denver, Colo. 80218
- Ms. Patricia Schlatter, Office of Lt. Gov. Nancy Dick, State Capitol Building, Denver, Colo. 80203
- Gov. of Nebraska Charles Thone, State Office Building, 301 Centennial Mall, Lincoln, Nebr. 68509
- Gov. of South Dakota William Janklow, State Capitol Building, Pierre, S.D. 57501
- Gov. of Utah Scott Matheson, State Capitol, Salt Lake City, Utah 84114
- Gov. of Arizona Bruce Babbitt, State Capitol, 2 North 17th Ave., Phoenix, Az. 85007
- Gov. of New Mexico Bruce King, State Capitol, Sante Fe, N.M. 87503

Bildnachweis

Innentitel: Ilka Hartmann
S. 10   Christian von Alvensleben
S. 16   Museum für Völkerkunde Berlin
S. 18   Nicholaus Roerich Museum, New York
S. 64   Christian von Alvensleben
S. 67   Adam C. Vroman
S. 68   Gail Russell
S. 69   Ilka Hartmann
S. 76   Christian von Alvensleben
S. 79   Dan Budnik
S. 82   Tom Barry und David Preusch
S. 83   Tom Barry und David Preusch
S. 86   Tom Barry und David Preusch
S. 87   Tom Barry und David Preusch
S. 88   Tom Barry und David Preusch
S. 92   Tom Barry und David Preusch
S. 93   Tom Barry und David Preusch
S. 94   Gert Hensel
S. 98/99 Nabahe Kadenehe
S. 102 American Indian Environmental Council
S. 106 Gail Russell
S. 114 Ilka Hartmann
S. 130 David Muench
S. 132 Joan Price
S. 133 Ben Wittick
S. 140 Claus Biegert
S. 141 Joan Price
S. 144 Horst Antes
S. 147 Chicago Field Museum of Natural History
S. 148 Chicago Field Museum of Natural History
S. 153 Christian von Alvensleben

Literaturhinweise

1. Cushing, F., „Origin Myth From Oraibi", in: Elsie Clews Parsons (Hg.), Journal of
13. Haas, Th., „Ten Years of Tribal Government Under IRA", U.S. Indian Service, Steward Anthropological Society Vol. 1, Nr. 1, 1969; „Truth, Duty, and the Re- to Predict Culture Change on an Indian Reservation in Arizona", University of Valley and Vicinity: Arizona and Utah", New Mexico Geological Society, Albu- Illinois Department of Anthropology, Urbana, Ill. 1970.
34. Parman, D.L., „The Navahos and the New Deal", Yale University Press, New Lon- on Center, an 'Americans for Indian Opportunity' vom 4. Januar 1979, Albuquer-
48. Matthiessen, P. und Budnik, D., „Battle for Big Mountain", in: GEO Vol. 2, New
50. Nach Niklaus, Ph.K. und Feldman, D., „How Safe ist New Mexico's Atomic City?
51. The People's Grand Jury, „The AMAX War Against Humanity", Washington, D.C.
62. Niklaus, Ph. K. und Feldman, D., op. cit. (50).

Anthropological Series Vol. 8, Chicago, Ill. März 1905.

Indianern wirksam helfen

Die 'Gesellschaft für bedrohte Völker' unterstützt direkt Projekte indianischer Bürger- und Landrechtsbewegungen in Nord-, Süd- und Mittelamerika, zum Beispiel:
- die Landrechtsbewegung der Dene-Indianer im kanadischen Nordwest-Territorium
- die indjanische Alternativschule im Yukon/Kanada
- Prozeßkosten für indianische politische Gefangene in den USA und ihre Familien
- die panindianische Zeitung 'Akwesasne Notes'
- indianische Alternativschulen in den USA
- ein Kindergartenprojekt der Irokesen
- Maya-Schüler in Guatemala
- die Bauernorganisation CRIC und die Zeitung 'Unidad Indigena' in Kolumbien
- die Zeitung der chilenischen Mapuche im Exil und Mapuchegenossenschaften in Chile
- Indianergemeinschaften im Tiefland von Ecuador und andere Projekte in Südamerika

**Sonderkonto Humanitäre Hilfe
Postscheck Hamburg 7400**

Spenden sind steuerlich absetzbar und werden in voller Höhe weitergeleitet. Gewünschtes Projekt angeben. Fordern Sie Prospekte an.

Gesellschaft für bedrohte Völker
Menschenrechtsorganisation fürMinderheiten
Gemeinnütziger Verein
Postfach 159   3400 Göttingen

GERONIMO

Ein indianischer Krieger erzählt sein Leben

STAN STEINER
DER UNTERGANG
DES WEISSEN MANNES?

Trikont
dianus

Barbara G. Myerhoff
Der Peyote Kult

Trikont
dianus

NIGEL PENNICK

DIE ALTE WISSENSCHAFT DER GEOMANTIE

DER MENSCH IM EINKLANG MIT DER ERDE

Trikont
dianus